思想文化转型视域下的

潘岳文学接受史

段春杨 著

吉林大学出版社

·长春·

图书在版编目（CIP）数据

思想文化转型视域下的潘岳文学接受史 / 段春杨著 . --
长春：吉林大学出版社，2023.3
ISBN 978-7-5768-0781-3

Ⅰ.①思… Ⅱ.①段… Ⅲ.①中国文学—古典文学研
究 Ⅳ.① I206.2

中国版本图书馆 CIP 数据核字 (2022) 第 192764 号

书　　名：思想文化转型视域下的潘岳文学接受史
SIXIANG WENHUA ZHUANXING SHIYU XIA DE PAN YUE WENXUE JIESHOU SHI

作　　者：段春杨
策划编辑：李承章
责任编辑：周婷
责任校对：高珊珊
装帧设计：百悦兰棠
出版发行：吉林大学出版社
社　　址：长春市人民大街 4059 号
邮政编码：130021
发行电话：0431-89580028/29/21
网　　址：http://www.jlup.com.cn
电子邮箱：jdcbs@jlu.edu.cn
印　　刷：廊坊市海涛印刷有限公司
开　　本：787mm×1092mm　1/16
印　　张：13.75
字　　数：170 千字
版　　次：2023 年 3 月　　第 1 版
印　　次：2023 年 3 月　　第 1 次
书　　号：ISBN 978-7-5768-0781-3
定　　价：67.00 元

序　言

　　潘岳是西晋文坛的代表作家，他特别擅长写作诗、赋、哀、诔，水平卓越，堪称魏晋文学史上的大家，因而受到历代论者的高度关注，这其中尤以六朝人对他的重视程度为盛。如沈约《宋书·谢灵运传论》概括西晋时期的繁艳文风，便以潘岳和陆机为代表，有云："降及元康，潘、陆特秀，律异班、贾，体变曹、王，缛旨星稠，繁文绮合。缀平台之逸响，采南皮之高韵，遗风余烈，事极江右。"其他如刘勰《文心雕龙》、钟嵘《诗品》、萧统《文选》等名家名著也不约而同地以不同方式给予潘岳充分的重视。隋唐到明清，虽然有关论者或针对潘岳人品上的缺陷提出批评，致使其在文坛的地位不像六朝时期那么崇高，但总体而言他仍然持续拥有着一个魏晋文坛大家的声望，并未形成因人废文的尴尬局面。这样的情况，说到底是由潘岳其人彪炳千古的创作实绩决定的，而非其他因素所能左右。

　　相对于曹植、阮籍、陆机、陶渊明、谢灵运、鲍照、庾信等六朝文坛大家，当今学界对于潘岳的研究较为薄弱。有关研究成果，涉及作品有限，较多集中于抒情性浓重的悼亡诗赋，以及思想内容较为深刻厚重的长篇纪行之作《西征赋》，而全面梳理和系统探讨的成果则比较缺乏，这其中尤其缺乏的是从接受史的视角对其予以系统探讨的成果。

　　有鉴于此，段春杨君经过多年的勤奋钻研，在认真梳理第一手文献资料的基础上，对历代人们关于潘岳接受的情况予以较全面系统的论述，其成果对以往研究的缺憾显然有所弥补。在具体的论述中，作者能够突出重点。这较明显地体现在书稿紧扣从六朝到明清，历代悼亡系列作品对潘岳创作的自觉接受情况。相比其他作家，潘岳更加关注并热衷表现生老病死这普遍性的人间境遇，擅长运用反复咏叹、不厌其繁的抒情方式。循此线索，书稿突出潘岳在悼亡文学题材及其在具体表现手法上的重要引领意义和启示作用。书稿中往往可见细致切实、富有新意的论述。譬如关于南宋文人史达祖之悼亡题材创作与潘岳的紧密联系，关于清人所撰古诗选本之评语对潘岳诗歌"深于情"之特色的解析，颇为精彩，读来能给人留下深刻印象。类似的精彩论述不少。总之，这部书稿拓展了潘岳研究的空间，强化了潘岳研究的深度，对于推动魏晋文学研究的不断发展作出积极的贡献。

作为魏晋文坛名副其实的大家，关于潘岳的研究无疑还有继续深入下去的必要。我衷心建议春杨君今后持续不懈地钻研这个课题，尤其有必要对历代作家关于潘岳辞赋、哀诔创作的接受情况方面多下功夫。由于本书稿所运用文献资料，较多依据历代诗歌总集、别集，以及各类诗话等，故其中内容也偏重论述历代作家关于潘岳诗歌的接受实况。相对而言，对潘岳辞赋、哀诔的接受情况的论述则有所逊色。其实，古人对潘岳辞赋、哀诔是非常看重的，譬如刘勰就曾明确地指出潘岳作品中最有分量的首先是赋，然后是哀、诔，所谓"钟美于《西征》，贾余于哀诔"；萧统《文选》所选录赋、哀、诔诸体之代表作品，也以潘岳的作品最为丰富。《文选》对历代文人的影响非常深远，他们所撰纪行题材的赋作以及哀诔之文，势必会对魏晋文坛大家潘岳的作品有所借鉴接受。

春杨君的书稿即将出版，可喜可贺！我先睹为快，略述感言于此。并祝愿她在学术上取得更加丰硕的成果。

王琳

壬寅年冬末

目录 CONTENTS

绪　论

法国著名文学理论家罗兰·巴特于 1968 年发表著名的《作者之死》，他认为：特定的文本完成后，发言的不再是作者，而是语言本身。正是作者的死去，才使文本不再只表达权威者的声音，而成为一个需要多次书写且互动书写的多维空间。作者的主宰地位被颠覆，建立起以读者为中心的新结构。巴特的文学思想影响了后来的接受美学，接受美学将文学研究的重心转移到读者的接受过程，为文学研究开拓了新的领域，潘岳作为西晋时期的文学大家，其人其作在历代的接受过程中不仅反映了潘岳在中国文学史上的地位，也通过不同时代接受群体折射出思想文化的变迁。

一、潘岳其人其文

潘岳，字安仁，荥阳中牟人，生于魏齐王芳正始八年（247），卒于晋惠帝永康元年（300）。晋武帝时辟司空太尉府，举秀才，出为河阳令，转怀县令，补尚书支度郎，迁廷尉评，以公事免。惠帝初，太傅杨骏引为主簿，骏诛除名，选为长安令；寻补著作郎，转散骑侍郎，与石崇等谋诛赵王伦，事觉遇害。

（一）官宦世家出身

唐代林宝《元和姓纂》云：

岳家谱云：潘氏，楚公族，芈姓之后。崇子尪，生党。汉潘瑾，后汉潘
勖。①

又宋郑樵《通志·氏族略·以字为氏》楚人字条云：

潘氏，芈姓，楚之公族，以字为氏。潘崇之先，未详其始。或言毕公高
之子季孙，食采于潘，谬矣。潘岳《家风诗》自可见。晋亦有潘父，恐自楚
往也。汉有潘瑾，后汉有潘勉。又有破多罗氏，改姓潘氏，虏姓也。②

由此可见，潘岳家系源于楚国公族，潘崇为其可考之最早祖先，潘崇事
迹主要见于《左传·僖公三年》《左传·文公元年》《左传·文公十一年》
《左传·文公十四年》，楚穆王时为太师，为穆王弑父即位出谋划策，而后
又助穆王排除异己，是楚穆王之心腹重臣。崇之子尪为楚庄王时大夫，其事
迹主要见于《左传·文公十六年》为庄王之谋臣。尪子党亦为楚国大夫，其
事迹主要见于《左传·宣公十二年》《左传·成公二十六年》，擅于军事。由
于文献资料有限，潘氏家族自党至瑾之间数代之繁衍已未可知。傅璇琮先生
据《晋书》《三国志》的文献资料列表以示潘岳家世：

潘瑾—潘芘—潘岳

潘勖—潘满—潘尼

又指出："潘勖是否为潘谨所生，无文献可征""潘芘与潘勖当非亲兄

---

① ［清］永瑢等：《文渊阁四库全书》卷一百三十五，子部，类书类，［唐］林宝：《元
和姓纂》卷四，台湾：商务印书馆，1986年版，第890册，第593页。

② ［宋］郑樵撰，王树民点校：《通志二十略》，北京：中华书局，1995年版，第118页。

弟。"①但从潘岳为尼之从父关系可见他们的亲缘关系。

　　1.直系亲属：汉之潘瑾，是为潘岳祖父。《晋书·潘岳传》云：

祖瑾，安平太守。②

　　又《汉书·百公卿表》云：

郡守，秦官，掌治其郡，秩两千石。有丞，边郡又有长史，掌兵马，秩皆六百石。景帝中二年更名太守。③

　　又《后汉书·百官志》云：

郡置太守一人，二千石，丞一人。④

　　太守一职，掌治郡务，属五品官职，秩二千石。
　　潘芘是潘岳之父，《晋书·潘岳传》云：

父芘，琅琊内使。⑤

　　又《晋书·职官志》云：

　　① 傅璇琮：《潘岳系年考证》，《文史》第十四辑1982年，第237—238页。
　　② ［唐］房玄龄等：《晋书》卷五十五，《潘岳传》，北京：中华书局，1974年版，第1500页。
　　③ ［汉］班固撰，［唐］颜师古注：《汉书》卷十九上，《百官公卿表第七上》，北京：中华书局，1962年版，第742页。
　　④ ［汉］范晔撰，［唐］李贤等注：《后汉书》，《百官志五》，北京：中华书局，1965年版，第3621页。
　　⑤ ［唐］房玄龄等：《晋书》卷五五，《潘岳传》北京：中华书局，1974年版第1500页。

诸王国以内使掌太守之任。①

内史为晋诸侯王的属官，却由于诸王皆不就国而掌有一定的行政职权。

潘岳的其他直系亲属也有在官府任职者，《晋书》记述潘岳遇害时情况：

岳母及兄侍御史释、弟燕令豹、司徒掾据、据弟诜，兄弟之子，已出之女，无长幼一时被害，唯释子伯武逃难得免。②

由是可知潘岳三代直系亲属中至少有五人在官府任职：潘瑾——安平太守，潘芘——琅琊内使，潘释——侍御史，潘豹——燕令，潘据——司徒掾。

2.其他家族成员：除直系亲属外，潘氏家族亦有多人在官府任职。《晋书·潘尼传》云：

祖勖，汉东海相。父满，平原内史。并以学行称。③

可知潘勖、潘满均在官府任职。关于潘勖的情况，《三国志·魏书·卫觊传》裴松之注引《文章志》云：

勖字元茂，初名芝，改名勖，后避讳。或曰勖献帝时为尚书郎，迁右丞。诏以勖前在二千石曹，才敏兼通，明习旧事，敕并领本职，数加特赐。二十

---

① [唐]房玄龄等：《晋书》卷二四，《职官志》，北京：中华书局，1974年版，第746页。

② [唐]房玄龄等：《晋书》卷五五，《潘岳传》，北京：中华书局，1974年版，第1507页。

③ [唐]房玄龄等：《晋书》卷五五，《潘岳传》，北京：中华书局，1974年版，第1507页。

年，迁东海相。未发，留拜尚书左丞。其年病卒，时年五十余。[①]

潘勖曾于东汉末年仕宦中央，于建安二十年（215）卒于官。而尼父满，则无更多记载。

潘尼的任职经历在《晋书》中有所记载：

初应州辟，后以父老，辞位致养。太康中，举秀才，为太常博士。历高陆令、淮南王允镇东参军。元康初，拜太子舍……出为宛令，在任宽而不纵，恤隐勤政，历公平而遗人事。入补尚书郎，俄转著作郎……及赵王伦篡位，孙秀专政，忠良之士皆罹祸酷。尼遂疾笃，取假拜扫坟墓。闻齐王冏起义，乃赴许昌。冏引为参军，与谋时务，兼管书记。事平，封安昌公。历黄门侍郎、散骑常侍、侍中、秘书监。永兴末，为中书令。时三王战争，皇家多故，尼职居显要，从容而已。虽忧虞不及，而备尝艰难。永嘉中，迁太常卿。洛阳将没，携家属东出成皋，欲还乡里。道遇贼，不得前，病卒于坞壁，年六十余。[②]

潘岳的表兄弟王堪及王堪之父即潘岳的姑父王烈，也都在官府任职，《世说新语·赏誉》云：

谢胡儿作著作郎，尝作《王堪传》。不谙堪是何似人，咨谢公。谢公答曰："世胄亦被遇。堪，烈之子，阮千里姨兄弟，潘安仁中外。安仁诗所谓

①　[晋]陈寿撰，[南朝宋]裴松之注：《三国志》卷二一，《魏书·卫觊传》，北京：中华书局，1959年版，第613页。

②　[唐]房玄龄等：《晋书》卷五五，《潘岳传附潘尼》，北京：中华书局，1974年版，第1510—1516页。

'子亲伊姑，我父唯舅'。是许允婿。"

又《世说新语·赏誉》注引《晋诸公赞》云：

堪字世胄，东平寿张人，少以高亮义正称。为尚书左丞，有准绳操。为石勒所害，赠太尉。……烈字阳秀，蚤知名。魏朝为治书御史。

又引《潘岳集》云：

堪为成都王军司马，岳送至北芒别，作诗曰……①

又《晋书·怀帝纪》云：

永嘉四年二月，勒又袭白马，车骑将军王堪死之。②

以上文献提供了如下信息：王堪生年不详，卒于永嘉四年（310），有名士风度，曾任尚书左丞、成都王军司马、车骑将军，卒后赠太尉。王堪之父王烈也就是潘岳的姑父仕于魏，任治书御史。

司马氏政权是依靠门阀士族的支持而建立起来的，他们为了篡位，借重于权贵勋旧，因而西晋形成了庞大的特权阶层。潘岳家族成员在近四代之中均有人在官府任职，但所任职务均属中下级官吏，在世家大族占统治地位的魏晋时期，相较于贵族阶层，只能算作一般仕宦家族，与有父祖之荫的门族相比政治地位不高，潘氏家族尽管数世业儒、形成门风但终未进入上层社会。

---

① ［南朝宋］刘义庆著，余嘉锡笺疏：《世说新语笺疏》，北京：中华书局，2007年版，第580—581页。

② ［唐］房玄龄等：《晋书》卷五，《怀帝纪》，北京：中华书局，1974年版，第120页。

《晋书·李重传》记载荀组的话："寒素者，当谓门寒身素，无世祚之资。"①没有世祚之资的潘氏家族在世家大族占统治地位的西晋，仍是庶族阶层。潘岳本人也是通过察举制度而被"举秀才为郎"的，与凭借权势起家即为朝官的世胄子弟有着根本性的差别。

（二）仕途几经波澜，人格饱受争议

潘岳一直以来被作为"文人无行"的典型而遭到批判，才高品劣已成为潘岳身上挥之不去的标签，历史事实既已确定，无需大作翻案，而其行为和性格的形成有着怎样外部和内在的原因是研究者应该予以关注的问题，试以潘岳仕宦经历为外在线索，以文学作品作为第一手资料深入探索其心灵深处的幽微变化。

1. 积极入世　露才扬己

魏正始八年到晋泰始四年（247—268）是潘岳人生经历的第一阶段。从出生至被辟为司空掾，潘岳少年得志，受到赏识，可以说是其一生当中最为得意的时期。这时的潘岳在行为上表现为拥戴晋王朝、积极入世，心态上是露才扬己、意气风发、心无城府。《晋书》本传记载："岳少以才颖见称，乡邑号为奇童，谓终、贾之俦也。"②他在十二岁时受到后来的岳父杨肇的赏识，此时为魏甘露三年（258），有潘岳《怀旧赋》为证："余十二而获见于父友东武戴侯杨君，始见知名，遂申之以婚姻。"于此可见，潘岳从小便显露出过人的才华，如众星捧月般长大成人。

潘芘于泰始元年任琅琊内使，潘岳随父赴任，作《射雉赋》。《文选》

---

① ［唐］房玄龄等：《晋书》卷四六，《李重传》，北京：中华书局，1974 年版，第1311 页。

② ［唐］房玄龄等：《晋书》卷五五，《潘岳传》，北京：中华书局，1974 年版，第1500 页。

李善注引潘岳自序云："余徙家于琅琊，其俗实善射，聊以讲肄之余暇，而习媒翳之事，遂乐而赋之也。"①《射雉赋》详细地叙述了射雉的过程，反映了西晋时期琅琊一带农民的生产生活，充分体现了少年潘岳蓬勃的朝气，在享受田猎所带来的快乐之余不忘告诫自己要乐而有度："若乃耽盘流遁，放心不移，忘其身恤，司其雄雌，乐而无节，端操或亏，此则老氏之所戒，而君子之所不为。"他牢记古训，以君子之言行规范自己，此时他还只是个未满弱冠的少年。泰始二年，潘岳作《沧海赋》，激情澎湃，表现出不凡的气度和胸襟。《射雉赋》中"厉耿介之专心兮，矜雄艳之娇姿。巡丘陵以经略兮，画坟衍而分畿"的媒雉形象，《沧海赋》中"汤汤荡荡，澜漫形沉；流沫千里，悬水万丈"的沧海景象，都是早期热情自信的潘岳的自我写照。

在琅琊期间，潘岳与导致其后来招致杀身之祸的小人孙秀结怨，《晋书》本传记载："初，芘为琅琊内使，孙秀为小史给岳，而狡黠自喜。岳恶其为人，数挞辱之，秀常衔忿。"②《世说新语·仇隙篇》刘孝标注引王隐《晋书》载："岳父文德，为琅琊太守，孙秀为小吏给史，岳数蹴塌秀，而不以人遇之也。"③另有《晋书·王戎传》记载："初，孙秀为琅琊郡吏，求品于乡议。戎从弟衍将不许，戎劝品之。及秀得志，朝士宿怨者皆被诛，而戎、衍获济焉。"④这些史料的记载一方面说明了孙秀多方攀附高门的小人面孔，也从另一方面反映了青年时代潘岳的年轻气盛、心无城府。

---

① ［南朝梁］萧统编，［唐］李善注：《文选》，上海：上海古籍出版社，1986年版，第415页。

② ［唐］房玄龄等：《晋书》卷五五，《潘岳传》，北京：中华书局，1974年版，第1506页。

③ ［南朝宋］刘义庆著，余嘉锡笺疏：《世说新语笺疏》，北京：中华书局，2007年版，第1081页。

④ ［唐］房玄龄等：《晋书》卷四三，《王戎传》，北京：中华书局，1974年，第1235页。

晋泰始四年（268）潘岳被辟为司空掾，举秀才，此时他二十二岁。潘岳是通过察举制度走上仕途的，西晋建国初年，统治者意识到九品中正制带来的弊端，有意扩大察举制度的影响，晋武帝下诏："勉励学者，思勤正典，无为百家庸末，致远必泥。士庶有好学笃道，孝弟忠信，清白异行者，举而进之。"①朝廷的提倡，为庶族出身而有才学之士敞开了大门，与潘岳交好的夏侯湛、挚虞等人都是通过察举制度而被举贤良进入仕途。暂露头角的潘岳为躬耕藉田的武帝写下《藉田赋》而扬名，《晋书·潘岳传》记载曰："泰始中，武帝躬耕藉田，岳作赋以美其事曰：'伊晋之四年，正月丁未，皇帝亲率群后藉于千亩之甸，礼也。'"②赞美并祝福西晋帝国的国运昌盛、统治者重视农业生产的功德，能够看到事物的本质："高以下为基，民以食为天；正其末者端其本，善其后者慎其先。"起到委婉劝谏的作用，认为德本兼修为圣人之道。整篇作品体现出潘岳此时对国家充满信心，已经准备好了将大显身手，充分施展自己的才华，充满了报效国家的信念，此时的他心无挂碍，还无法深刻认识到朝廷暗藏的各种危机和矛盾。

从潘岳在二十二岁之前的活动和作品所表达的思想来看，少年潘岳有着家学熏陶，受儒家思想影响较深，积极入世，锐意进取，在人生最得意时期的心态是积极进取、阳光向上的。而他的锋芒毕露也反映出其为人太过张扬，甚至在不经意间已经树敌，这是从政之人所忌讳的，为后来屡屡受挫埋下伏笔，潘岳初出茅庐，便显露出过人的才智，虽成就了他才名冠世，却同时招来了嫉妒，因而泰始四年（268）既是潘岳最得意之时，亦是其"栖迟十年"

---

① ［唐］房玄龄等：《晋书》卷三，《武帝纪》，北京：中华书局，1974年版，第57页。

② ［唐］房玄龄等：《晋书》卷五五，《潘岳传》，北京：中华书局，1974年版，第1500页。

的肇端。

2. 辗转下僚　患得患失

晋泰始四年至晋元康元年（268—291）是潘岳人生经历的第二阶段。潘岳扬名之后，也开始了漫长的居于人下的仕途历程。《晋书》本传记载："岳才名冠世，为众所嫉，遂栖迟十年。"① 李善注引臧荣绪《晋书》："弱冠辟司空太尉府，举秀才，高步一时，为众所嫉。"② 潘岳因才名而为众所嫉，一时高步，而马上转入低谷，理想与现实产生强烈冲突，造成了极大的心理落差。潘岳的失意，也反映出貌似生机勃勃的西晋王朝并没有真正为有抱负有理想的士人打开光明的仕途之门，在残酷的现实面前，潘岳不得不重新思考可行的仕进之阶。

泰始八年（272），潘岳入贾充幕。晋咸宁二年（276）为太尉贾充掾。晋咸宁四年（278）以太尉掾兼虎贲中郎将。晋太康三年（282）屏居天陵东山后出为河阳令。晋太康七年（286）由河阳令转为怀县令。晋太康九年（288）自怀县令调补尚书度支郎。晋太康十年（289）迁廷尉评，以公事免。晋太熙元年（290）为太子舍人，同年，以太子舍人转太傅主簿。晋元康元年（291）以杨骏府主簿坐杨骏诛除名，幸得旧友公孙宏相救才免于杀身之祸。《寡妇赋》《景献皇后哀策文》《秋兴赋》《为任子咸妻作孤女泽兰哀辞》《太宰鲁武公诔》《河阳庭前安石榴赋》《河阳县作》二首、《怀旧赋》《上客舍议》《在怀县作》二首、《世祖武皇帝诔》《夏侯常侍诔》等作品都是于这个时期陆续写成。

---

① ［唐］房玄龄等：《晋书》卷五五，《潘岳传》，北京：中华书局，1974 年版，第 1502 页。

② ［南朝梁］萧统编，［唐］李善注：《文选》，上海：上海古籍出版社，1986 年版，第 337 页。

史书上记载的"栖迟十年"是指泰始四年潘岳任司空掾（268）至咸宁四年（278）任太尉掾兼虎贲中郎将之前的十年，这期间潘岳得到他人生中的第二位伯乐贾充的赏识，却并没因此在仕途上平步青云，反而受到朝廷党争的波及而屡遭排挤。他时常对现实表现出极大的不满，发泄胸中郁积的不平之气，《狭室赋》"历甲第以游观，旋陋巷而言归"的强烈对比，《九品议》直斥中正制弊端："莫如达观，各举其属；方岳九列，朝所取信。"还有《阁道谣》对政敌的讥讽。在这里潘岳延续了上一人生阶段中直接豁达个性的同时，愤愤不平的心态显露无遗。

"栖迟十年"之后，潘岳仍不得志，但也随着人生阅历的丰富而多了一些理性，他逐渐地对门阀士族统治有所认识，慢慢体会到庶族士人的仕途道路举步维艰，在行动上恪尽职守，勤于政绩。如他的《上客舍议》指出客舍的种种弊端，给百姓带来的灾难，表现出正直官吏应有的气度，潘岳似乎意识到自己的人微言轻，因而作者在文中议客舍造成的弊端时饱含担忧，而少了写作《藉田赋》时所表现出的踌躇满志。《河阳县作》（二首）、《在怀县作》（二首）表现出患得患失的矛盾心理，时而旷达："人生天地间，百年孰能要。"时而难舍所得："徒怀越鸟志，眷恋想南枝。"有心将目光转向景物："归雁映兰畤，游鱼动圆波。"又摆脱不了内心的不平："徒恨良时泰，小人道遂消。"而"祇奉社稷守，恪居处职司"之言，透露出潘岳仍不失为"勤于政绩"的良吏。最能反映潘岳此时患得患失的矛盾心态的作品莫过于《秋兴赋》，这篇作品表达了作者经历官场险恶后的归隐之念，事实上潘岳也没有因为作品中表达的退隐的愿望而真正远离仕途，反映了潘岳此时在"仕"与"隐"之间矛盾徘徊的心态。潘岳在自己身受挫折之时仍不忘明志，《河阳庭前安石榴赋》明写在枯陋环境中充满勃勃生机的植物，实写身处险恶境地中仍不失本真的自己，篇尾四句为全文点睛之笔："岂伊仄陋，用渝厥真，果犹如此，而况于人。"表明了潘岳患得患失心态下仍以入世思想为主流。

这一时期，潘岳写下了大量表现私人情感的作品，说明潘岳已将一部分的精力转移到自己的情感世界中来。即使是写权贵贾充的《太宰鲁武公诔》，也包含了许多的对其知遇之恩的感激，私人感情所占比重很大。如果说《河阳县作》二首和《在怀县作》二首是在对仕途不顺发泄牢骚之余而表达内心情感，那么《寡妇赋》《为任子咸妻作孤女泽兰哀辞》《怀旧赋》《内顾诗》二首、《夏侯常侍诔》则完完全全将自己关注的重心转移到亲情、友情的情感世界中来了，这些作品的问世是潘岳深情的初步显现。

这时期潘岳的总体心态是彷徨而迷惘的，在回归自己的情感世界之余，仍充满着对仕途的渴望，他对官场没有完全的丧失信心，仍幻想着明君能够重用于他，赋予他施展才华的机会，身处异地，心系朝廷。至于他所表现出的退隐之念，只能看做是他仕途失意后的心理安慰，他的牢骚乃至愤怒均由于他太在意这些得失了。所以"患得患失"是他这个期心态的最好概括。

3. 临渊履薄　优游养拙

晋元康元年至元康六年（291—296），是潘岳人生经历的第三个阶段。元康元年杨骏被诛成为潘岳人生的又一转折点，心态也随之发生明显的变化。杨骏被诛，潘岳免官，又于晋元康二年（292）出为长安令，晋元康六年（公元296年）征补博士，未召，以母疾去官，免。在惠帝元康元年（291）潘岳经历了杨骏之祸，这是潘岳人生中的又一重大转折，他切实看到并亲身经历了官场的刀光剑影，其心态随之发生了新的变化。这时期的主要作品有《西征赋》《伤弱子辞》《思子诗》《金谷集作诗》《金鹿哀辞》《闲居赋》《为贾谧作赠陆机诗》。

上一阶段的潘的内心深处对官场还抱有一丝希望，仍存有凭借自己的才智争取一席之地的幻想，这一次官场血腥给他以"匪择木以栖集，鲜林焚而鸟存"（《西征赋》）的教训，因而企盼找到一条捷径来达到自己飞黄腾达的目的，与贵游子弟石崇过往甚密，依附权臣贾谧等躁兢之事都是在这一时期所为。当然，他与石崇的交往不能仅仅以攀附权贵来定性，他们可算作是志趣相投的心契朋友了，金谷之游、"白首同归"之谶，都留下了二人过从甚密的历史印记。与贾谧的交往不能说没有感恩贾充的关系在内，但这些都不能成为其心理失衡和走向歧途的理由。

杨骏之祸在潘岳心中打下深深烙印，噤若寒蝉的他受命赴远离都城的长安任职，与他的理想渐行渐远，再也看不到他少年时代的意气风发、亦儒亦道的坦然，甚至是怀才不遇的满腹牢骚，洋洋四千字的《西征赋》有的只是岁月积淀的苍凉、无力掌握命运的无奈和人生阅历留给他的创伤。带着这些复杂的感情，在面对现实追溯历史之时，作者以政治家的眼光观察西周至秦汉的历史，对重要史实和人物予以立场鲜明的评价，表达了自己的政治理想与人生观，体现了作者对现实与历史的理性思考。有学者认为："潘岳的《西征赋》与贾谊的《过秦论》一样，当是规模宏大的政论。"[①]然而，他越是表现出超人的才华、敏锐的洞察力、过人的智慧，就越能够反衬出无用武之地的悲哀，他自己也能够意识到短时间内是不会得到重用的，即便如此，追求功名之心丝毫没有退减，《西征赋》开篇即称："唯生与位，谓之大宝"，于巨大灾祸之中侥幸脱身的经历没有使他清醒地认识到对"位"的热衷追求是他临难的祸根，反而更加高扬名位，对仕途功名执迷不悔的思想和心态为

---

① 　凌迅：《潘岳文学刍议》，《东岳论丛》1983 年第 2 期。

他后来的不幸埋下了伏笔。

《闲居赋》提出了拙者为政的主题，那"浮杯高歌，天伦乐事"不是他真正向往的，这里没有把身处官场视为"池鱼笼鸟"，而试图乐在其中，要"优游以养拙"，他是认为自己找到了处理官场事物的方法，而不像以前那样消极的避退，他是离不开官场的，他所要探寻的只是怎样才能让自己过得舒适，而不是离开这污浊的泥潭。这样的思想使得他与"士志于道"的伦理价值标准渐行渐远，他明知自己是在以身犯险，却仍旧义无反顾，表面上视自己为"拙者"，实际上是在等待时机再搏一次。

4. 随波逐流　情洞悲苦

晋元康六年至永康元年（296—300）是潘岳人生经历的第三个阶段。元康六年，潘岳在短暂的去官之后再度出山，入为尚书郎，晋元康七年（297）为著作郎，晋元康八年（298）由著作郎迁散骑常侍，晋元康九年（299）迁给事黄门侍郎。《马汧督诔》《议晋书限断》、代乐广作让表、《北邙送别王世胄》、奉诏作《关中诗》《悼亡诗三首》《悼亡赋》《哀永逝文》《金鹿哀辞》《上关中诗表》《杨仲武诔》《为杨长文作弟仲武哀祝文》《愍怀太子祷神文》等是这一时期的作品。

自元康六年潘岳被增补博士开始，潘岳重回洛阳，开始了他人生最后阶段的历程，这一年赵王伦被召入京，进而掌握禁军和执掌朝政，他所依附的贾谧逐渐失势，在遭遇仕途与家庭双重打击下，潘岳内心的天平彻底失衡了，以投机取巧代替了抽身远引，再也找不到理由在"仕"与"隐"之间徘徊，走进了朝廷互相倾轧的内讧斗争的漩涡中，一去不返。《晋书·潘岳传》载："岳性轻躁，趋世利，与石崇等谄事贾谧，每候其出，与崇辄望尘而拜。构愍怀之文，岳之辞也。谧二十四友，岳为其首。谧晋书限断，亦岳之辞也。

其母数诮之曰：'尔当知足，而乾没不已乎？'而岳终不能改。"①为贾谧作《议晋书限断》《愍怀太子祷神文》这类不耻之事皆出自潘岳之手，《晋书·愍怀太子传》详细记载了贾后指使潘岳构陷愍怀太子之事："使黄门侍郎潘岳作书草，若祷神之文，有如太子素意，因醉而书之，令小婢承福以纸笔及书草使太子书之。"②这些都反映了后期的潘岳在凶险的官场中已经完全迷失了自己，走向了随波逐流之路。

晋元康八年（298），杨氏卒，随后幼女早亡，亲人的相继离世使潘岳失去了情感的依托，无限的亲情映射出作者无比悲苦的内心世界，"视天日兮苍茫，面里邑兮萧散"流露出了无限孤苦，"鸣呼上天，胡忍我门。良嫔短世，令子夭昏。既披我干，又剪我根。块如瘣木，枯荄独存。"（《金鹿哀辞》）在痛苦的哀号中展露了一个心灵饱受煎熬的鳏夫形象，他于孤独中默默承受着晚景的凄凉，潘岳哀文的"情洞悲苦"，其实也是其晚年内心的真实写照。

在潘岳的心中一直有两条线索：一条是追求功名之线，一条是亲情之线。追求功名之线是主线，潘岳的人生以它开始又由它结束；亲情的线索曾经在他心中占据重要位置，甚至一度成为心灵的主导，但在失去亲情之后，也最终失去了心理平衡。潘岳一生心态起伏变化，正直人格也曾在其心中驻足，普通的人性光辉也曾闪光，可惜温暖的亲情没有拉回功名之心——"熟知其

①　[唐]房玄龄等：《晋书》卷五五，《潘岳传》，北京：中华书局，1974年版，第1504页。

②　[唐]房玄龄等：《晋书》卷五三，《愍怀太子传》，北京：中华书局，1974年版，第1459页。

仕宦情重，方思热客，慈母拳拳，非所念也。"①虽然如此，潘岳的人格发展是有一定的过程的，呈现出阶段性的特点，他的错误只在于"仕宦情重"而迷失了自己，这不能代替和否认他前期作为正直文吏的一面，从心态的变化看其一生，能还原一个真实的潘岳。

（三）钟爱一生，不负深情

潘岳的妻子杨容姬，生年不详，卒于惠帝元康八年（298），与潘岳相守二十余年。潘杨感情笃厚，潘岳的一些文学作品表达了对妻子深深的爱恋，主要包括：《悼亡诗》三首、《杨氏七哀诗》《离合诗》《悼亡赋》《哀永逝文》等。在姻亲关系与政治密切相关的魏晋南北朝时期，婚姻被看作是一件关乎家族政治生命的事情，如果"婚宦失类"将被士族所不齿。②即使是感情深如潘杨者，其婚姻关系也是与家族利益紧密相连的，潘岳妻子杨氏一家，门第比潘家更盛，魏及西晋初期，都得到当时君主的宠信。潘岳的岳父杨肇为荆州刺史，封东武伯，谥号戴，《文选》李善注引《杨肇碑序》云："肇，骁骑府君之嫡孙，领军肃侯之嗣子。"③杨肇的父亲杨暨是曹魏时期朝廷重臣，《三国志·魏书·刘晔传》注引《傅子》曰："中领军杨暨，帝之亲臣，又重晔，持不可伐吴之意最坚，每从内出，辄过晔，讲不可之意。"④可见杨暨在魏明帝时颇受重用。杨肇祖父杨恪也在朝廷位居要职，《文选》注引贾弼之《山公表》注："杨恪字仲义，骁骑将军。生暨，字休先，领军

---

① ［明］张溥著，殷孟伦注：《汉魏六朝百三家集题辞注》，北京：人民文学出版社，1981 年版，第 124 页。

② ［梁］萧统编，［唐］李善注：《文选》，上海：上海古籍出版社，1986 年版，第 1812 页。

③ ［梁］萧统编，［唐］李善注：《文选》，上海：上海古籍出版社，1986 年版，第 2440 页。

④ ［晋］陈寿著，［南朝宋］裴松之注：《三国志》卷十四，《魏书·刘晔传》，北京：中华书局，1982 年版，第 449 页。

将军。"①杨肇的儿子即潘岳的内兄杨潭在西晋任职，《文选》李善注引贾弼之《山公表》注曰："肇生潭，字道源，太中大夫；次韶，字公嗣，射声司马。"②可见杨氏家族四代位居显宦。潘岳在《怀旧赋》中提道："道元、公嗣亦隆世亲之爱。"可知潘杨两家本为世交。

潘杨笃厚的感情是潘岳研究者关注的重点之一，于是在潘杨婚姻问题上的疑点便被一再提及，陆侃如《中古文学系年》认为潘岳成婚于晋武帝泰始八年（272）前后，时潘岳二十六岁；日本学者兴膳宏先生认为潘岳成婚于晋武帝咸宁元年（275），时潘岳二十九岁；傅璇琮先生认为潘岳在咸宁元年前后成婚，具体年份不详。后又有林文月《潘岳的妻子》在兴膳宏先生的结论基础上求证潘岳于二十九岁才成婚的原因为杨氏的年龄太小。近年来又有胡旭先生的《潘岳三考》、王立芬的《潘岳家世婚姻考订》、王晓东的专著《潘岳研究》也专门在第一章第三节对潘岳的婚姻状况予以考订。胡旭推翻了陆侃如的"潘岳二十六岁成婚"说，王晓东又进一步对陆侃如、兴膳宏、傅璇琮的说法提出疑议，得出潘岳的两次婚姻所娶皆为杨肇之女的结论。据以上考证，我们能够得出确切结论的有两个：一为潘岳有两次婚姻，有文学作品为证，挚虞赠潘岳《新婚箴》："结发之丽，不同偕老。既纳新配，内芬外藻"，潘岳《答挚虞新婚箴》："女无二归，男有再聘"便是潘岳再婚的佐证。一为274—298年为潘岳与杨氏的婚姻存续期间。《杨仲武诔》曰："德宫之艰，同次外寝。惟我与尔，对筵接枕。自时迄今，曾未盈稔。"言"未盈稔"实意"快盈稔"也，而《杨仲武诔》序中明确指出："（仲武）不幸

① ［南朝梁］萧统编，［唐］李善注：《文选》，上海：上海古籍出版社，1986 年版，第 2440 页。

② ［南朝梁］萧统编，［唐］李善注：《文选》，上海：上海古籍出版社，1986 年版，第 730—731 页。

短命，春秋二十接，元康九年夏五月己亥卒。"那么杨氏的卒年即为元康八年（298）回潘岳《悼亡赋》曰："伊良嫔之初降，几二纪以迄兹。"由此推断潘杨结姻不会晚于 274 年。而潘岳的《悼亡诗》《悼亡赋》《哀永世文》《杨氏七哀诗》均为怀念杨氏所作，又潘岳与岳父杨肇和妻侄仲武的感情，也是潘杨深厚感情的延伸，潘杨的婚姻主要是两人感情维系，政治和家族的作用反而变得不那么重要，这样真挚深厚的感情在一夫一妻多妾制的专制社会、在生活奢侈腐朽的西晋时期是十分难得的，现实生活中的伉俪情深成为潘岳创作的源泉，乃至千百年来传唱不衰。

（四）潘才如江，诚不诬也

潘岳的文学成就颇高，现存作品近七十篇（以篇名计），诗赋哀诔皆擅，与陆机并称"潘陆"。潘岳对文坛"中兴"的贡献很大，太康文风的形成及主要的特征都与潘岳的文学创作有着密切的关系。

沈约《宋书·谢灵运传论》在系统评述先秦至南朝刘宋文学时，论述了太康文学的基本特征：

降及元康，潘、陆特秀，律异班、贾，体变曹、王，缛旨星稠，繁文绮合。缀平台之逸响，采南皮之高韵，遗风余烈，事极江右。①

沈约这段话首先肯定了西晋文学以潘陆为代表，其次指出对前代文学的发展，"体变曹王"一语，道出了建安文学到西晋文学的转变，沈约在论建安文学时说到"子建仲宣以气质为体"②就是说建安文学的质朴刚健，"体变

---

① ［南朝梁］沈约：《宋书》卷六七，《谢灵运传》，北京：中华书局，1974 年版，第 1778 页。

② ［南朝梁］沈约：《宋书》卷六七，《谢灵运传》，北京：中华书局，1974 年版，第 1778 页。

曹王"的潘陆诸人就是改变了建安文学的质朴而发展了文辞之美而呈"缛旨星稠，繁文绮合"之势。

刘勰在《文心雕龙·时序》中对太康文学的看法与沈约大致相同：

晋虽不文，人才实盛：茂先摇笔而散珠，太冲动墨而横锦，岳、湛曜"联璧"之华，机、云标"二俊"之采；应、傅、三张之徒，孙、挚、成公之属，并结藻清英，流韵绮靡。①

肯定了潘岳在太康文人群体中的突出地位。

潘岳亦作为钟嵘比较欣赏的诗人，被列为《诗品》中的上品：

其源出于仲宣。《翰林》叹其翩翩奕奕，如翔禽之有羽毛，衣被之有绡縠，犹浅于陆机。谢混云："潘诗烂若舒锦，无处不佳，陆文如披沙简金，往往见宝。"嵘谓：益寿轻华，故以潘为胜；《翰林》笃论，故叹陆为深。余常言：陆才如海，潘才如江。②

后世诸家对潘岳的才华及在太康文坛地位的评价几乎没有脱离三者窠臼。而从潘岳作品在后世文学创作的影响上来看，无论是唐代的对其才华的仰视还是宋代对其钟情的解读，都从不同侧面肯定了潘岳在西晋文坛的地位，即便是元明清对潘岳人品多有苛责，其实也并没有使潘岳的光辉暗淡下去，反而增加了对潘岳其人的关注度。

---

① ［南朝梁］刘勰著、詹锳义证：《文心雕龙义证》，上海：上海古籍出版社，1989年版，第1701—1702页。

② ［南朝梁］钟嵘著，曹旭集注：《诗品集注》，上海：上海古籍出版社，1994年版，第140页。

二、中国古代思想文化转型及潘岳文学接受的分期

雷海宗先生《断代问题与中国历史的分期》中提出中国历史两周论认为：
"中国四千年来的历史分成了两大周。第一周，由最初至公元 383 年的淝水
之战，大致是纯粹的华夏民族创造文化的时期，外来的血统与文化没有重要
地位。第一周的中国可称为古典的中国。第二周，由公元 383 年至今日，是
北方各种胡族屡次入侵、印度的佛教深刻地影响中国文化时期。无论在血统
上或文化上，都起了大的变化。第二周的中国已不是当初纯华夏族的古典中
国，而是胡汉混合、梵华同化的新中国，一个综合的中国。"①进而又将两大
周分别划分为五个时代：

第一周：（1）封建时代（公元前 1300 年 — 公元前 771 年）

（2）春秋时代（公元前 770 年 — 公元前 473 年）

（3）战国时代（公元前 473 年 — 公元前 221 年）

（4）帝国时代（公元前 221 年 — 公元元 88 年）

（5）帝国衰亡与古典文化没落时代（公元 88 年 — 公元 383 年）

第二周：（1）南北朝、隋、唐、五代（公元 383 年 — 公元 960 年）

（2）宋代（公元 960— 公元 1279 年）

（3）元明（公元 1279 年——1528 年）

（4）晚明盛清（公元 1528— 公元 1839 年）

（5）清末中华民国（公元 1839 年以后）

雷先生的中华文化两周论运用西方文化形态的史学理论，将中华文化
视为一个有机整体明其演化过程，由雷先生的观点生发之，将潘岳这样一

---

① 雷海宗：《中国文化与中国的兵》，北京：商务印书馆，2017 年版，第 129 页。

位饱受历史争议的人物在后世的接受情况及其成因置于中华文化思想转型的轨迹当中，对潘岳研究更是意义重大。

　　思想文化上的重大转型带来了审美文化的大发展，魏晋南北朝时期正值中华文化由"古典的中国"向"综合的中国"转变，潘岳文学作品的审美特征得到了充分重视，当时重要的文艺理论著作《文心雕龙》和《诗品》对潘岳的文学创作给予了很高的评价，其创作方法、艺术特征等方面受到了许多重要文学家如谢庄、江淹、谢朓等的追捧和效仿。隋唐五代时期，"综合的中国"的进一步发展，中唐儒学复兴又使中国思想文化向第二次转型迈开了一步。注重声色之美的初唐时期、高扬"汉魏风骨"的盛唐时期、强调"文以载道"的中晚唐时期，勾勒出潘岳地位下滑的轨迹。但潘岳的经典地位经过"精英读者"的批评与效仿、"普通读者"的接受与传播，至迟在中唐已经确立。宋元时期，随着思想文化第二次转型的深入，儒学重构使道德意识逐渐纳入审美评价范畴，文学批评越来越重视创作主体的作用，在这种审美期待视野的统摄下，宋元时期对潘岳的阐释研究进一步多元化、复杂化：诗文品评上的理性之思、人物评价上的毁誉参半、"据事废言"批评的开端。在文学影响领域，潘岳在宋词中重获新生。明清时期，经过宋代三百年的"整理和清算"，名节观念得到强化，在文学批评领域，"据事废言"批评标准深入人心，潘岳所受到的评价也随着儒家正统思想的回归和道德因素的介入而呈现出越来越严苛的趋向，这不争的事实却恰恰从反方面证明了潘岳作品是不断被开发着的文学遗产，是不断被诠释着的活着的文学，证明了潘岳诗文的经典持续性。

　　综上，本书将以历史朝代为主线，融入思想文化转型的要素，以明潘岳及其文学作品接受的轨迹，这对于潘岳及其创作的研究意义重大。

三、潘岳文学接受的三个层面

产生于二十世纪六七十年代的文学接受理论将文学研究由原来的形式主义引向了一个全新的视点，开辟了一个全新的领域，将文学研究的重心转向了读者的接受过程，联邦德国学者赫伯特·尧斯和沃尔夫冈·伊塞尔共同提出了文学接受理论。现代阐释学为其提供了哲学基础和方法论前提，现代阐释学的代表伽达默尔认为，对于所有历史流传物的阐释都是现在与过去的"对话"，进而提出两个"视界"说，这两个"视界"一个是由阐释者自身的"成见"出发形成的对作品的预想和前判断，也称个人视界；一个则是作品本身置于其中的"历史视界"，它是文本在与历史的"对话"中构成的一种现存的连续性，包括不同时期人们对文本所做的一系列阐释。理解也就发生在这两个"视界"的融合过程中。伽达默尔这一思想等于向人们证明，一部分作品的意义并不是作者给定的，而是阐释者给定的，因为只有在阐释者与作品的交流中，作品才显示出意义。由此出发，伽达默尔认为，一个文本的意义永远是相对的，它不可能为作者的意图所穷尽，而总是由阐释者所处的历史环境乃至全部的历史所决定。伽达默尔所谓的"成见"就是由阐释者的历史存在决定的主观成分，包括由此出发对阐释对象所作出的预先判断。文学接受理论突出地表现为重视读者的作用，同时它也要试图在对读者接受过程的研究中，把握艺术经验在社会历史意义上的规定性，探寻文学艺术价值实现的途径，由此沟通文学与社会历史的联系。

文学接受理论同样为中国古代文学研究提供了新的视角，它对读者的重视将文学研究的范围扩大，正如伽达默尔所言：文本的意义总是由阐释者所处的历史环境乃至全部的历史所决定，由此也就沟通了文学与不同时期的社会历史之间的联系。将潘岳文学作品与历代读者所处的社会历史状况联系起来，研究潘岳及其作品对同一时代读者所发生的效果以考察文学接受研究的共时性维度，在不同历史时期接受状况研究的基础上考察时代变迁，从而得出潘岳文学的垂直接受状况，进而把握潘岳在历代的接受中反映出的某些规律，这不仅拓宽了潘岳研究的范畴，也对不同历史时期的思想文化研究具有重大的意义。

需要指出的是，西方的文学接受理论不能够完全覆盖中国古代文学接受史，传统道德政治意识的介入是文学接受在中国的特殊方式，文学的接受在古代的中国不仅仅限于以文本为对象，还要包括对作者的道德评价，甚至在某一历史时期，对人物的道德评价要凌驾于对作品的接受之上，就此而论，潘岳的接受状况在中国文学史上很具有典型意义。王玫在《建安文学接受史论》中依据西方接受理论将接受史研究分为三个方面：以普通读者为主体的效果史研究、以诗评家为主体的阐释史研究和诗人创作者为主体的影响史研究。并且注意到：效果史主要考察普通读者对文本的接纳反应，由于中国封建时代以官僚士大夫为文化主流，所以文本所产生的效果多也局限于这个范围。那么在具体研究潘岳文学接受史时，这三个方面大致可以涵盖潘岳文学接受中的文学批评、潘岳创作的影响、潘岳作品版本流传等方面，此外还应包括潘岳其人在历代的接受情况，从而尽可能真实地还原潘岳在整个接受史上的地位。

第 一 章

潘岳接受的黄金期：两晋南北朝

第一节　思想文化转型与士族文化心理

一、"古典的中国"向"综合的中国"的转型

依据雷海宗的"中化文化两周论",以淝水之战为分界点,之后的中国由于北方胡族的屡次入侵,印度佛教的深刻影响,使中华民族无论在血统上还是文化上,都发生了重大变化,而两晋南北朝时期正是这个大变动的开端。

在这一大变动时期,持续不断的社会动乱带给人们生存的危机感,外部社会的黑暗混乱引发了人们内心与政治中心的疏离,正统的意识形态、价值观念遭遇到前所未有的信仰危机。任继愈认为:"向外追求接近现实的通道越是受到阻遏,向内的追求也越是强烈。人们对玄远之学发生兴趣是以这种历史背景为动因的。"[①]玄学全新的思维理念使处于思想挣扎中的士人看到了思想解放的曙光,汉末建安以来思想解放所追求的个体精神的自由、人格的独立,带来了内向型文化意识的空前发展,尤其是东晋以来佛学的大量涌入,对于心灵和精神自由的追求达到了前所未有的高度,仪平策曾这样总结东晋南北朝的审美文化特点:"个人与社会、情感与伦理的内在矛盾逐渐让位于人与自然、心神与物象之间的和谐关系……本阶段实为中国士人在'自我超越'的人格追求之后其内在心灵、性灵、灵慧、精神等获得有史以来空前的

---

① 任继愈:《中国哲学发展史·魏晋南北朝卷》,北京:人民文学出版社,1988 年版,第 84 页。

开发和拓展的一个时期，或者说是一个专注于'心灵自由'的时期。"①追求心灵自由的解放表现在文学艺术上便是审美情趣的日趋雅化，西晋文人将山水引入审美领域以及东晋士人放迹山水、流连林涧之趣尚便是日趋雅化的审美情趣的反映。在人物品评上，由曹丕《典论·论文》开始，将创作风格与作家个性相结合，使作家的才性受到尊重。《世说新语》对魏晋士人生活和思想的记述，反映了魏晋时期"才性至上"的人物品评标准。魏晋品评人物的精神，推之于文学评论中，使作家的个性与风格受到重视，萧统《文选》明确地指出了其选录标准："综辑辞采""事出于沉思，义归乎翰藻。"②致力于遴选情辞并茂的文学作品，钟嵘"陆才如海，潘才如江"③的评语也是典型的以才论诗。刘勰《文心雕龙》专设《才略》一篇论述作家成就高低的主观因素。

思想文化转型的大变动直接影响到了人的审美价值观念，潘岳及其作品在"才性至上"的人物品评和审美标准下，得到了高度的认可。

二、两晋南北朝时期的士族文化心理

潘岳在两晋南北朝时期的较高地位与当时的士族文化心理密切相关。冯天瑜在《中华文化史》中提出了文化结构的四分法，即将文化分作"物态文化层制度文化层行为文化层"和"心态文化层"，又将其中的"心态文化层"区分为"社会心理"和"社会意识形态"两个层次。冯先生认为社会心理是指："人们日常的精神状态和道德面貌，是尚未经过理论加工和艺术升华的

---

① 仪平策：《中华审美文化通史·魏晋南北朝卷》，合肥：安徽教育出版社，2007年版，第19页。

② ［南朝梁］萧统编，［唐］李善注：《文选》，上海：上海古籍出版社，1986年版，第3页。

③ ［南朝梁］钟嵘著，曹旭集注：《诗品集注》，上海：上海古籍出版社，1994年版，第141页。

流行的大众心态，诸如人们的要求、愿望、情绪、风尚等等。"①特定时代的社会心理反映众多个体共同的、本真的心理趋向，因而能在更深层次上揭橥当时社会的真实状态。

由两汉时期逐渐成长起来的世家大族到魏晋时期已经发展成为统治阶层的重要组成部分。作为魏晋时期特殊社会群体，士族在国家权力机构中起着举足轻重的作用，但"当士大夫阶层以一种自觉的意识从事政治活动时，已经开始出现了这一阶层与皇权在某种意义上的离异倾向，他们的领袖或代表人物虽然并不否认皇权是国家权力的最高代表，但同时也并不将自身视为完全依附于皇权的存在；在一定条件下，他们会认为自己才真正是能够维护合理的社会秩序与文化价值的人"。②东晋时期"王与马，共天下"局面的形成就是对当时士族社会地位最好诠释，魏晋时期这种特殊的政治格局为士族文化心理特殊性提供了前提条件。

要理解魏晋时期士族文化心理还必须明确地将其与社会意识形态区分开来。"社会意识形态"是冯天瑜所谓"心态文化"的另一个层次，"指经过系统加工的社会意识，它们往往是由文化专门家对社会心理这一中介进行理论的或艺术的处理，曲折地，同时也更深刻地反映社会存在"。③还有论者提出："思想形态意识表现着文化精英对社会实践的理性认识"，但这种认识"带有较为浓厚的理想色彩，只是'镜中之像'，并不完全具备社会实践的品质"④。也就是说，社会意识形态是历史上的和观念上的社会心理，因此它

---

① 冯天瑜，何晓明，周积明：《中华文化史》，上海：上海人民出版社，1990年版，导论第31页。

② 骆玉明：《世说新语精读》，上海：复旦大学出版社，2012年版，第3页。

③ 冯天瑜，何晓明，周积明：《中华文化史》，上海：上海人民出版社，1990年版，导论第31页。

④ 赵辉：《心旅第一驿——中国古代社会文化心态之源》，北京：东方出版社，2003年版，导言第5—6页。

对社会的反映具有虚幻性的一面，而社会心理是未经加工的大众心态，它是更加贴近社会"本我"的真实性存在。作为社会文化心理重要组成部分的士族文化心理包括士族阶层的日常生活风尚、理想、愿望、情绪和动机，反映的是众多个体的心理趋向性，是当下社会原生态的精神风尚，是有别于理性的、虚幻的社会意识形态的。

魏晋时期的士族文化心理是建构在儒释道并存互补的文化土壤之中的。当然，这种文化互补的状态是有阶段性的。大致说来，西晋以前是以儒道的调和折衷为主，东晋之后则呈现出儒释道共同的作用和影响。这种处于变化中的文化环境，在魏晋时期主要表现为名教与自然的辩证关系："在儒与道之间，形成了'有'与'无'、'名教'与'自然'的相互对立的理论系统。前者主要强调事物的规定性与秩序（它的背后就是以理念来规范事实的理想），后者则更多地重视事物的自然本性与可变性。"[①] 众所周知，佛教是依附于"神仙道"和"黄老道"传入中国的，佛教对道家的依附性，正说明了二者对事物的态度有某种程度的共通性，对"自然"的态度恰是它们重要的交汇之处。诚如李泽厚所言："禅宗教义与中国传统的老庄哲学对自然态度有相近之处，它们都采取了一种准泛神论的亲近立场，要求自身与自然合为一体，希望从自然中吮吸灵感或了悟，来摆脱人事的羁縻，获取心灵的解放。"[②] 在这样一种多元文化土壤上生长起来的士族文化心理，便具有了鲜明的特质：追求独立从容的人格个性（重视事物的自然本性）、身名俱泰的人生欲求（用理念规范事实）以及以家族利益为重（追求秩序）的处世原则。

在追求独立与自由又重视社会秩序重新架构的社会文化心理的作用下，潘岳文学的接受在两晋南北朝时期较少受到道德意识的介入，作品的审美特性受到了较多的关注。

---

① 骆玉明：《世说新语精读》，上海：复旦大学出版社，2012年版，第33页。

② 李泽厚：《美的历程》，北京：三联书店，2009年版，第173页。

第二节　潘岳在两晋南北朝时期的接受状况

伴随着人的自觉和文学自觉的逐渐深入，文学发展到两晋南北朝时期，更加注重对文学自身规律的探索，文学艺术的日益精微化反映了特定历史时期读者的期待视野，在两晋玄风的影响下，特殊的人生观、审美价值观同样反映在潘岳及其文学作品的接受中。这个时期对文学审美特征的重视占据文学批评的主流，对人物品行的批评较少道德意识的介入，充分肯定人物自身的才情、智慧。重要文学批评专著《文心雕龙》《诗品》及文学总集《文选》，皆高度关注潘岳，同时也出现了一些明显受到潘岳作品影响的作家作品，可见在两晋南北朝时期的审美价值观念中，潘岳文学受到了较高的重视。

一、对潘岳才情和文辞的阐释

基于魏晋时期的审美批评标准，潘岳其人其文在当时受到了相当的重视，在当时的接受状况可归纳为三个方面：

（一）地位高

潘岳在两晋南北朝时期读者心目中的地位可以用一组数据来显示，据统计《文心雕龙》共提到的作家有 112 位，潘岳被提及 15 次，仅次于曹植（30次）、陆机（26次）、曹丕（17次）三人，潘岳被提及的 15 次，有才性之论亦有诗文品评，褒扬之语占主要方面，可见潘岳其人其文在刘勰心目中的地位之高。《文选》共收录周代至南朝梁八九百年间一百三十个知名作者和少数佚名作者的作品七百余篇，其中诗赋文均被选的作家只有八人：曹植（赋一篇，诗二十五首，文十三篇）、嵇康（赋一篇，诗七首，文二篇）、张华（赋一篇、诗六首，文一篇）、潘岳（赋八篇，诗九首，文五篇）、左思（赋三篇，诗十一首，文一篇）陆机（赋二篇，诗五十二首，文五十六篇）、颜延之（赋一篇，诗二十一首，文五篇）、谢惠连（赋一篇、诗五首、文一篇）。尤其是在赋的选录上，潘岳被选篇数在众家之上，可见，在萧统心目中潘岳作品的地位是相当高的。诗歌理论专著《诗品》，将潘岳的诗歌列为上品，足见潘岳诗歌在当时的地位。

（二）才情优

对潘岳才情的褒扬，体现在批评家对其作品创造性的肯定上。裴子野《雕虫论》："其五言为家，苏李自出，曹刘伟其风力，潘陆固其枝叶。"[①]指出了潘岳诗歌渊源的同时，赞扬其对苏李五言的的继承与开拓。萧子显《南齐书·文学传论》："五言之制，独秀众品。习玩之理，事久则渎，在乎文章，弥患凡旧。若无新变，不能代雄。建安一体，《典论》长短互出，潘陆齐名，机、岳之文永异。"[②]萧氏指出"机、岳之文永异"，意谓二人作品均具有较高的辨识度，具有独特的创作个性。萧纲《与湘东王书》："但以当世之作，历方古之才人，远则扬、马、曹、王，近则潘、陆、颜、谢，而观其遣词用心，了不相似。"[③]将潘岳作品视为诗文典范，因其超高的才情而使诗文自成一格。史书上也记载了潘岳才情，臧荣绪《晋书》卷十："岳总角辩慧，摛藻清艳，乡邑称为奇童。"[④]也是以才情为出发点给出的评价。

（三）文辞美

刘勰在《文心雕龙·明诗》中评价太康诗歌的总体特点时说道："晋世

---

① 穆克宏、郭丹：《魏晋南北朝文论全编》，南京：江苏教育出版社，2004年版，第462页。

② ［南朝梁］萧子显：《南齐书》卷五二，《文学传论》，北京：中华书局，1972年版，第908页。

③ 穆克宏、郭丹：《魏晋南北朝文论全编》，南京：江苏教育出版社，2004年版，第485页。

④ ［清］汤球辑，杨朝明校补：《九家旧晋书辑本》，中州古籍出版社，1991年版，第84页。

群才，稍入轻绮。张、潘、左、陆，比肩诗衢。采缛于正始，力柔于建安。或析文以为妙，或流靡以自妍，此其大略也。"《时序篇》："晋虽不文，人才实盛：茂先摇笔而散珠，太冲动墨而横锦，岳、湛曜联璧之华，机、云标二俊之采，应、傅、三张之徒，孙、挚、成公之属，并结藻清英，流韵绮靡。"①前者专门论诗，后者论诗文至大略总结了包括潘岳在内的"晋世群才"的文学特征：重视辞采的铺排、对偶等句法，亦即"采缛""析文"，音律的和谐亦即"流韵绮靡"，风格的轻绮亦即"结藻清英"。

关于潘岳个人诗文的风格特点，时人也有不少评价，李充《翰林论》："潘安仁之为文也，犹翔禽之羽毛；衣被之绡縠，犹浅于陆机。"②赞潘岳为文轻捷优美。《世说新语·文学》篇载："孙兴公云：'潘文浅而净，陆文深而芜。'"注引《晋阳秋》曰："（岳）善属文，清绮绝世，蔡邕未能过也。"又引《续文章志》曰："岳为文，选言简章，清绮绝伦。"③沈约《宋书·谢灵运传论》曰："降及元康，潘陆特秀，律异班、贾，体变曹王，缛旨星稠，繁文绮和。"④肯定了潘、陆在元康时期的文学地位，而且指出他们在文学创作上的新探索，赞赏他们文采翩翩的风格。萧绎《金楼子·立言》："潘安仁清绮若是，而评者止称情切，故之为文难也。"⑤称赞潘岳为文辞情并茂。以上几种评价上看，潘文的"轻绮""浅净"是时人的共识。

①　[南朝梁]刘勰著，詹锳义证：《文心雕龙义证》，上海：上海古籍出版社，1989年版，第1701—1702页。

②　[南朝梁]钟嵘著，曹旭集注：《诗品集注》上海：上海古籍出版社，1994年版，第140页。

③　[南朝宋]刘义庆著，余嘉锡笺疏：《世说新语笺疏》，北京：中华书局，2007年版，第299页。

④　[南朝梁]沈约：《宋书》卷六七，《谢灵运传论》，北京：中华书局，1974年版，第1778页。

⑤　穆克宏、郭丹：《魏晋南北朝文论全编》，南京：江苏教育出版社，2004年版，第489页。

（四）潘岳人品讨论的弱化

潘岳为文在其同时代乃至之后的东晋南北朝时期都得到了较高的评价，可以说他在两晋南北朝时期被认为是一流的文学家。魏晋以来，文学品评方式更重视文学作品的审美特性而弱化对作者道德品质的关注。在魏晋这样一个思想大解放的时代，思想观念上注重人格的独立、心灵的解放，表现在人物品鉴上，就十分重视个体的风姿神韵，较少注重道德品质。在这方面，曹操便是一个典型的例子，《三国志》裴松之注曰："（太祖）尝问许子将：'我何如人？'子将不答。固问之，子将曰：'子，治世之能臣，乱世之奸雄。'太祖大笑。"①曹操不以被称为"奸雄"而怒，反而大笑，他所关注的是"能"而非"德"，这在他之后的为政上也能看出，他广纳人才，并明确提出自己选才标准："士有偏短，庸可废乎？"（《敕有司取士勿废偏短令》）②在《举贤勿拘品行令》中提出："……或不仁不孝而有治国用兵之术，其各举所知，勿有所遗。"③曹操所提倡的士有偏擅，人少兼长，在西晋时期已成为知识阶层所普遍认同和乐于接受的现象。曹丕《典论·论文》最早在文学批评领域提出了人各有所偏、鲜能备善的观点，并进一步指出，文"本同而末异"，故而"能之者偏矣"，④人各有所长，不能求全责备。提出："文以气为主，气之清浊有体，不可力强而致……至于引气不齐，巧拙

---

① ［晋］陈寿著，［南朝宋］裴松之注：《三国志》卷一，《武帝纪》，北京：中华书局，1982 年版，第 3 页。

② ［清］严可均：《全上古三代秦汉三国六朝文·全三国文》，北京：商务印书馆，1999 年版，第 21 页。

③ ［清］严可均：《全上古三代秦汉三国六朝文·全三国文》，北京：商务印书馆，1999 年版，第 22 页。

④ ［南朝梁］萧统编，［唐］李善注：《文选》，上海：上海古籍出版社，1986 年版，第 2271 页。

有素，虽在父兄，不能以移子弟。"①刘勰在曹丕的基础上讨论了才性与创作的关系，在《文心雕龙·程器》也提道："盖人禀五材，修短殊用，自非上哲，难以求备。"②《才略》以文学才力为出发点论述先秦、两汉到魏晋时期的近百名作家，诸如："潘勖凭经以骋才""子建思捷而才俊""仲宣溢才""左思奇才"③等，对作家品评主要着眼于作品自身艺术的高下，并不把作家的品行作为审美判断的砝码，因而对道德品质的要求比较宽容，并不认为人品德行的高下决定着创作。魏晋南北朝的文学批评注重个性风格和审美特征，在艺术品鉴上讲求文辞并重。要求文学作品的内容与形式紧密配合，以成文质兼备的理想作品。鉴于以上原因，才华横溢又能创作出声情并茂的文学作品的潘岳自然受到较高的礼遇，传统道德意识较少掺杂在文学批评之中也使潘岳的品行较少受到关注。

第三节 《世说新语》对潘岳言行的记载

南朝宋刘义庆的《世说新语》向来被视为一部兼具小说特点和史学色彩的著作。其小说的性质已然毋庸赘言，其以小说的形貌而别具史著之神采。唐人刘知几撰《史通·外篇》论及本书曰"伪迹昭然，理难文饰"，④明人郎

---

① ［南朝梁］萧统编，［唐］李善注：《文选》，上海：上海古籍出版社，1986年版，第2271页。

② ［南朝梁］刘勰著，詹锳义证：《文心雕龙义证》，上海：上海古籍出版社，1989年版，第1885页。

③ ［南朝梁］刘勰著，詹锳义证：《文心雕龙义证》，上海：上海古籍出版社，1989年版，第1794、1798、1801、1810页。

④ ［唐］刘知几著：《史通》，北京：商务印书馆，1936年版，第4册第2页。

瑛在《七修类稿》中对本书有"记事多谬"的批评。① 显然，刘、郎二人均以史学家"实录精神"为标准来衡量《世说新语》的史学价值。类似的论述直到今天依然影响着人们对该书的整体认知。虽然《世说新语》所载人物事迹是根据相关史迹旧闻纂集提炼而成，材料来源多为野史杂记，似乎有违于追求信实的史学精神，但这不足以否定其"鉴证实录"的品格。事实上，《世说新语》的史学价值突出地体现在它真实地再现了魏晋时期的士族文化心理，反映了当时士族社会精神世界的整体风貌，具备一定的社会实践品质。这部具有极高史料价值的文学作品，对于潘岳研究具有重要意义。

《世说新语》有关潘岳的记载如下：

《言语第二》：桓玄既篡位，将改置直馆，问左右："虎贲中郎省，应在何处？"有人答曰："无省。"当时殊忤旨。问："何以知无？"答曰："潘岳秋兴赋叙曰：'余兼虎贲中郎将，寓直散骑之省。'"玄咨嗟称善。（188 页）

《政事第三》：山公以器重朝望，年踰七十，犹知管时任。贵胜年少，若和、裴、王之徒，并共言咏。有署阁柱曰："阁东，有大牛，和峤鞅，裴楷鞦，王济剔鞴不得休。"或云：潘尼作之。（197 页）

《文学第四》：乐令善于清言，而不长于手笔。将让河南尹，请潘岳为表。潘云："可作耳。要当得君意。"乐为述己所以为让，标位二百许语。潘直取错综，便成名笔。时人咸云："若乐不假潘之文，潘不取乐之旨，则无以成斯矣。"（299 页）

《文学第四》：夏侯湛作《周诗》成，示潘安仁。安仁曰："此非徒温雅，乃别见孝悌之性。"潘因此遂作《家风诗》。（299 页）

---

① ［明］朗瑛著：《七修类稿》[A]，《明清笔记丛刊》[c]，北京：中华书局，1959 年版，上册第 347 页。

《赏誉第八下》：谢胡儿作著作郎，尝作王堪传。不谙堪是何似人，咨谢公。谢公答曰："世胄亦被遇。堪，烈之子，阮千里姨兄弟，潘安仁中外。安仁诗所谓'子亲伊姑，我父唯舅'是许允婿。"（580 页）

《容止第十四》：潘岳妙有姿容，好神情。少时挟弹出洛阳道，妇人遇者，莫不连手共萦之。左太冲绝丑，亦复效岳游遨，于是群妪齐共乱唾之，委顿而返。（717 页）

《容止第十四》：潘安仁、夏侯湛并有美容，喜同行，时人谓之'连璧'。（719 页）

《企羡第十六》：王右军得人以《兰亭集序》方《金谷诗序》，又以己敌石崇，甚有欣色。（743 页）

《仇隙第三十六》：孙秀既恨石崇不与绿珠，又憾潘岳昔遇之不以礼。后秀为中书令，岳省内见之，因唤曰："孙令，忆畴昔周旋不？"秀曰："中心藏之，何日忘之？"岳于是始知必不免。后收石崇、欧阳坚石，同日收岳。石先送市，亦不相知。潘后至，石谓潘曰："安仁，卿亦复尔邪？"潘曰："可谓'白首同所归'。"潘金谷集诗云："投分寄石友，白首同所归。"乃成其谶。（1081 页）[1]

　　《世说新语》虽是一部小说，但其对人物言行的记载多有史实依据，不同于现代的虚构故事情节的小说概念，可以作为研究历史人物的重要文献资料。潘岳的事迹在《世说新语》中的记载说明了当时潘岳的接受群体已经延伸到社会的各个阶层，《世说新语》采集魏晋时期的逸闻轶事的性质，反映了潘岳其人其事在当时影响的广度，读者对潘岳的接受已经超出了文学接受的范围。

---

　　[1] ［南朝宋］刘义庆著，余嘉锡笺疏：《世说新语笺疏》，北京：中华书局，2007 年版，页码注于段末。

　　首先，与史互证，尽可能真实地还原历史原貌。现存文献资料对潘岳记载的细微差别给研究者带来了不小的麻烦，《世说新语》及刘孝标之注便成了研究者辨伪的依据。余嘉锡《世说新语笺疏》附录二引《世说旧题》肯定了其史的价值："宋临川王义庆采撷汉、晋以来佳事佳话为《世说新语》，极为精绝，而犹未为奇也。刘孝标注此书，引援详确，有不言之妙。如引汉、魏、吴诸公史及子传地理之书皆不必言，只如晋氏一朝史及晋诸公列传谱录文章，凡一百六十六家，皆出正史之外。记载特详，闻见未接，实为注书之法。"① 就是说《世说新语》及刘孝标注历史价值重大，可补史之不足。如《容止第十四》所载"掷果盈车"的佳话，经过长期的口耳相传，成了潘岳作为如意郎君的典故，这主要是因为史书记载的误导（《晋书·潘岳传》云："岳美姿仪，妇人遇之者，皆连手萦绕，投之以果。"）而其实《世说新语·容止》明确指出这是潘岳少年之事，又注引裴启《语林》曰："安仁至美，每行，老妪以果掷之，满车。张孟阳至丑，每行，小儿以瓦石投之，亦满车。"② 这一"少"一"老"的年龄限定，解开了史书记载模糊的谜团。卢文弨在《钟山札记》对史书记载提出了质疑："乃史臣作论，以挟弹盈果与望尘趋贵相提并论，无乃不伦？"③ 可见史书的记载也同样受到修史者主观因素的影响。

　　《世说新语》的小说性质决定了其对史实的记载比史书更加详细。如关于孙秀与潘岳结怨，王隐《晋书》曰："初，岳父为琅琊太守，孙秀为小吏给使，岳数蹴塌之，而不以人遇之也。"而唐人纂《晋书》曰："孙秀为小

　　① ［南朝宋］刘义庆著，余嘉锡笺疏：《世说新语笺疏》，北京：中华书局，2007 年版，第 1093 页。

　　② ［南朝宋］刘义庆著，余嘉锡笺疏：《世说新语笺疏》，北京：中华书局，2007 年版，第 717 页。

　　③ ［南朝宋］刘义庆著，余嘉锡笺疏：《世说新语笺疏》，北京：中华书局，2007 年版，第 717—718 页。

吏给使，而狡黠自喜。岳恶其人，数挞辱之。"几字的变化，改变了二人的形象，在王隐眼中，二人的结怨，责任完全在潘岳，唐《晋书》则是认为孙秀卑鄙，潘岳为人颇具正义感。《世说新语》及其注引更加详细地记录了潘岳知道自己不能免祸的种种表现，可见潘岳颇具坦诚率真和任侠仗义的气质，与唐人《晋书》记载的人物性格颇为相似，而王隐《晋书》则个人好恶明显。

其次，文学作品流传广泛的事实依据。《世说新语》有关潘岳才情及文学的记载反映了潘岳作品在当时接受状况。如《言语第二》在有关中央机构调整的朝议中引用潘岳的文学作品作为依据，《文学第四》中的潘岳与乐广、夏侯湛的交游事迹显现了潘岳在当时久负盛名的文学造诣。由《赏誉》可知王堪的事迹在东晋已经知之者甚少，谢安于潘岳的诗歌中找出了王堪与潘岳的亲戚关系，此段叙述既是赏誉谢安的博学洽闻，也是潘岳作品流传广泛的佐证。

再次，彰显潘岳事迹的教育意义。明人袁褧为《世说新语》作序曰："旷达拓落，滥觞莫拯，取讥世教，抚卷惜之。"[①]概括了魏晋风度的教育意义。潘岳的事迹对读者的启示作用于其客观的记录中显示出来，细观记录潘岳的几件事，其实已经涉及到潘岳人生的重要方面：一为仕途（《政事》）；二为文学造诣（《言语》《文学》《赏誉》）；三为才藻（《容止》《企羡》）；四为品行（《仇隙》）。《世说新语》所标榜的魏晋风度，其清谈玄虚、洒脱不凡的显性特征在关于潘岳的记录中少有体现，所关注的是潘岳强烈执着人生的一面，反映的是魏晋士人最世俗的、最现实的人生，这是魏晋风度内在深刻的一面，袁褧所谓"事琐而意奥"[②]之于潘岳的意义正在于此。

---

① ［南朝宋］刘义庆著，余嘉锡笺疏：《世说新语笺疏》，北京：中华书局，2007年版，第1092页。

② ［南朝宋］刘义庆著，余嘉锡笺疏：《世说新语笺疏》，北京：中华书局，2007年版，第1092页。

《世说新语》对潘岳才情和行事风格的评价，少有封建道德意识的参与，它记录的客观性见称于当时，取信于后代。

第四节　刘勰、钟嵘等人对潘岳的态度

魏晋南北朝时期文学自觉的一大标志，就是文学批评的兴盛，这一时期出现了中国文学史上第一篇文学专论《典论·论文》、第一篇完整的创作专论《文赋》、第一部有严密体系的文学理论专著《文心雕龙》、第一部诗歌批评专论《诗品》，充分体现了魏晋南北朝时期文学审美观念的发展。而对后世影响重大的《文心雕龙》《诗品》，文学总集《文选》等都对潘岳及其文学作品给予了高度关注和评价，是潘岳研究的珍贵资料，现分述之。

一、刘勰《文心雕龙》对潘岳的全面评骘

刘勰是最早对潘岳文学创作进行全面批评研究的接受者，《文心雕龙》的作家论看似分散，归纳起来颇为全面，一些重要作家的艺术风格、构思特点、才华品德等都有所论及，将其放在一定的历史条件和文体自身发展进程中考察，有肯定也有批判，深入剖析了作家创作的得失。潘岳是刘勰比较欣赏的作家之一，《文心雕龙》是潘岳研究不可多得的重要文献：

《明诗》：晋室群才，稍入轻绮……（上册，202页）

《诠赋》：及仲宣靡密，发端必遒；伟长博通，时逢壮采；太冲、安仁，策勋于鸿规；士衡、子安，底绩于流制；景纯绮巧，缛理有余；彦伯梗概，情韵不匮：亦魏晋之赋首也。（上册，300页）

《诔碑》：潘岳构意，专师孝山，巧于序悲，易入新切；所以隔代相望，

能徵厥声者也。（上册，436 页）

《哀吊》：建安哀辞，惟伟长差善，《行女》一篇，时有恻怛。及潘岳继作，实踵其美。观其虑善辞变，情洞悲苦，叙事如传，结言摹诗，促节四言，鲜有缓句：故能义直而文婉，体旧而趣新，《金鹿》《泽兰》莫之或继也。（上册，471 页）

《谐隐》：至魏文因俳说以著笑书，薛综凭宴会而发嘲调，虽抃笑衽席，而无益时用矣。然而懿文之士，未免枉辔。潘岳丑妇之属，束晳卖饼之类，尤而效之，盖以百数。（上册，533—535 页）

《体性》：安仁轻敏，故锋发而韵流。（中册，1025 页）

《声律》：陈思、潘岳，吹籥之调也。（中册，1235 页）

《丽辞》：至魏晋群才，析句弥密，联字合趣，剖毫析厘。然契机者入巧，浮假者无功。（中册，1032 页）

《比兴》：又安仁《萤赋》云："流金在沙。"（中册，1302 页）

《指瑕》：潘岳为才，善于哀文，然悲内兄，则云感口泽，伤弱子，则云心如疑。《礼》文在尊极，而施之下流，辞虽足哀，义斯替矣。（下册，1533 页）

《时序》：逮晋宣始基，景文克构；并迹沉儒雅，而务深方术。至武帝惟新，承平受命；而胶序篇章，弗简皇虑。降及怀愍，缀旒而已。然晋虽不文，人才实盛：茂先摇笔而散珠，太冲动墨而横锦，岳湛曜联璧之华，机云标"二俊"之采；应傅三张之徒，孙挚成公之属，并结藻清英，流韵绮靡。前史以为运涉季世，人未尽才；诚哉斯谈，可为叹息！（下册，1702 页）

《才略》：潘岳敏给，辞自畅和，钟美于《西征》，贾余于哀诔，非自外也。（下册，1810 页）

《程器》：略观文士之疵……潘岳诡诐于愍怀。（下册，1870 页）①

归纳起来，刘勰对潘岳的评价集中在如下几点：

首先，刘勰第一次对潘岳作品的得失进行正反两方面的评价。他肯定了潘岳在诗赋哀诔等多种体裁创作中所取得的优秀成果，同时也指出了他在创作中所出现的问题，《指瑕》篇以潘岳作品为例说明写作上尊卑不分的毛病，《谐隐》篇以其失传的《丑妇》为例说明一些文人将本为"意在微讽"的体裁写成了供人赏玩的无聊作品，丧失了其本来的意义和作用。

其次，刘勰第一次明确了潘岳文学创作的总体成就。在《诠赋》中，给予潘岳"魏晋赋首"的定位，《诔碑》突出了潘岳在情感特征上对诔文的开拓。《哀弔》："《金鹿》《泽兰》，莫之或继也。"将潘岳哀文视为难以超越的高峰。

再次，刘勰追溯了潘岳文学创作的艺术渊源。刘勰的文体论多从发端论起，进而论述该文体的嬗变轨迹，并将其置于社会历史背景中考察，正如他自己对"论文叙笔"的具体内容所做的总结：一是"原始以表末"，二是"释名以章义"，三是"选文以定篇"，四是"敷理以举统"。刘勰将潘岳的作品置于"考镜源流"之中，以凸显其在文体发展中的贡献和地位。如《哀弔》一篇，先讲"哀"的意义、哀文的运用范围，并选取历代具有代表性的作家作品来叙述哀文的发展情况，再讲哀辞的主要写作特点。认为先人之哀只是"哀辞之类"，并非真正意义上的哀辞，崔瑗有"始变前式"之功，却有"仙而不哀"之弊，苏顺、张升的哀文未能表达真情实感，建安徐干哀文只是"时有恻怛"，却表现出对潘岳哀文的偏爱"观其虑善辞变，情洞悲苦，叙事如传。"进而对其进行了内容、艺术上的全面总结，可见在刘勰心中潘岳的哀文是最符

_____

① ［南朝梁］刘勰著，詹锳义证：《文心雕龙义证》，上海：上海古籍出版社，1989 年版，页码注于段末。

合其创作原则的。

　　第四，总结潘岳文学创作的风格特色。刘勰对潘岳创作风格的总结是分散的，归纳起来，主要有三点：1.明确潘岳文学创作的主要风格：才情毕显、辞韵调和。《体性》篇论述创作风格与个性气质的关系："才力居中，肇自血气。气以实志，志以定言；吐纳英华，莫非性情。"刘勰认为人的才华由先天气质而来，人的内在性格与创作的风格是一致的，潘岳的性格轻率而敏捷，文辞锐利而音节流畅。《才略》篇论述作家成就的主观因素，与《体性》篇对潘岳的评价相呼应，进一步提出其内在的情感对丰富才力的决定作用。《声律》讲声律在文学创作中的重要作用时，总结掌握正确音律的必要性，以曹植、潘岳为例，以"吹籥之调"喻其作品属正声，能够无往不适。《比兴》以潘岳作品为例说明作家用"比"的方法来施展文采而取得成功。《丽辞》肯定潘岳对偶手法的运用。2.归纳了潘岳作品风格特色形成的重要原因。除了在表述潘岳作品的风格特色时所提到的主观因素之外，《时序》篇探讨了文学与社会现实的密切关系，提出"文变染乎世情，兴废系乎时序"的观点，论述了儒道思想对西晋文学内容和风格特色的影响，以及政治衰颓对作家创作的影响，这正是对潘岳文学风格客观原因的总结。3.刘勰又从思想品德方面评论潘岳其人。《程器》篇指出了贾后合谋潘岳构陷愍怀太子之事，虽论及了人品，但只认为这是文士之"疵"，他对文人无行有自己的理解："文既有之，武亦宜然。"一些将军宰相等高级官吏亦有污点，却因"名崇"而"讥减"，这对地位低微的文人来说显然是不公平的，足见刘勰对文人才性所偏采取包容的态度。

　　由是观之，刘勰在面对道德与才情的冲突时，也是难以取舍的，但是他没有将道德意识凌驾于文学批评之上，反映了思想大解放的魏晋南北朝时期特有的文艺批评标准，也显示了刘勰独特的批评视角和眼光。

二、钟嵘《诗品》对潘岳诗歌的评价

潘岳作为钟嵘比较欣赏的诗人，被列为《诗品》中的上品：

其源出于仲宣。《翰林》叹其翩翩奕奕，如翔禽之有羽毛，衣被之有绡縠，犹浅于陆机。谢混云：'潘诗烂若舒锦，无处不佳，陆文如披沙简金，往往见宝。'嵘谓：益寿轻华，故以潘为胜；《翰林》笃论，故叹陆为深。余常言：陆才如海，潘才如江。①

钟嵘《诗品》关于潘岳的评价具有一定的理想化色彩，主要集中在如下几点：

（一）追溯潘岳诗歌渊源

作为六朝文学批评双璧之一的《诗品》，以其独特的诗歌史观、诗歌美学及批评方法垂范后世。钟嵘对诗歌发生发展的穷源探流方法为后世许多诗评家所效法，清人章学诚谓其"知溯流别，则可以探源经籍，而进窥天地之纯，古人之大体矣。此意非后世诗话家流所能喻也。"②在论及汉魏六朝文学研究方法时刘师培也曾提到："今之研治汉魏六朝文学者，或寻源以竟流，或沿流而溯源，上下贯通，乃克参透一家之真相。"③对于潘氏诗歌的渊源，钟嵘只提一句："其源出于仲宣"，而联系对其他人的诗评，可归纳出与潘岳风格相近的作家之间的师承关系。

钟嵘认为诗歌有三个源头：《国风》《小雅》《楚辞》，在作家论中，提到潘岳"其源出于仲宣。"王粲条云："其源出于李陵，发揪怆之词。"

---

① ［南朝梁］钟嵘著，曹旭集注：《诗品集注》，上海：上海古籍出版社，1994 年版，第 140 页。

② ［清］章学诚著，吕思勉评：《文史通义》，上海：上海古籍出版社，2008 年版，第 179 页。

③ 刘师培：《中国中古文学史讲义》，上海：上海古籍出版社，2006 年版，第 136 页。

李陵条云："其源出于楚辞，文多凄怆，怨者之流。"可见在钟嵘眼中，潘岳诗歌是继承了楚辞以来的"凄怆"传统的。"凄怆"一词来源于《楚辞·九辨》："中憯恻之凄怆兮，长太息而增欷。"①在李陵一条的评语中，还有一个引人注目的词就是"怨"，《礼记》："乱世知音怨以怒。"②司马迁《史记·屈原列传》载："屈平作离骚，盖自怨生也。"③《诗品》班姬条云："《团扇》短章，词旨清捷，怨深文绮，得匹夫之至。"④"凄怆"指凄怨悲怆，"怨"是创作主体内在的情绪，"凄怆"则是创作主体内心情感在诗歌上的外在显现。屈原之怨在国家危亡、君不纳言，李陵之怨在生命不谐、声颓身丧，班姬之怨在见弃于君王，王粲之怨在伤乱之情，潘岳之怨在仕途失意。众人之怨都包含着身世之感，包含着强烈的主体意识与客观现实不可改变性之间的矛盾，只是境界上有阔大与狭小之别。因而钟氏认为潘岳诗歌属楚辞一脉：《楚辞》—李陵—王粲—潘岳—郭璞，具有"凄怨悲怆"的风格特色。

（二）陆海潘江

"陆才如海，潘才如江"是对陆潘二人诗风特点和诗人才力的总体评价。而实际上《诗品》对潘陆在多个方面进行了比较，这对后世诗歌批评史上的潘陆之争影响深远。首先，诗歌总体风貌，钟嵘认为陆机是要优于潘岳的。《诗品·序》曰："陆机为太康之英，安仁、景阳为辅。"⑤在诗人排序上，他虽

---

① ［宋］朱熹集注：《楚辞集注》，上海：上海古籍出版社，1979 年版，第 2 页。

② 崔高维校点：《礼记》，沈阳：辽宁教育出版社，1997 年版，第 108 页。

③ ［汉］司马迁：《史记》卷八四，《屈原贾生列传》，北京：中华书局，2009 年版，第 505 页。

④ ［南朝梁］钟嵘著，曹旭集注：《诗品集注》，上海：上海古籍出版社，1994 年版，第 94 页。

⑤ ［南朝梁］钟嵘著，曹旭集注：《诗品集注》，上海：上海古籍出版社，1994 年版，第 28 页。

说"一品之中,略以世代为先后,不以优劣为诠次",而在实际的品评中,"上品"诗人之间是以优劣为次序的:如"古诗"置于李陵和班婕好之前,曹植置于刘祯和王粲之前,陆机置于潘岳和左思之前,这样的排序分明是以时代最优秀的作家为统摄,与其在序中所持的观点一致。

钟氏所谓'陆才如海,潘才如江'意指二人各有千秋,而非裁定孰优孰劣,曹旭在《诗品集注》说道:"钟氏此评,意在先列矫抗之说,而后为之仲裁。《翰林论》赞叹潘诗'翩翩奕奕,如翔禽之有羽毛,衣被之有绡縠',但与陆机相比,则稍逊,盖深博不如也;谢混誉陆诗'披沙简金,往往见宝',但仍不如潘诗之'烂若舒锦'。钟氏则以为潘陆才性不同,各臻佳处,折衷以'陆才如海,潘才如江'。"①明确指出了钟氏对二人折中性的评价。

其次,陆深潘浅之说。《诗品》陆机条云:

> 其源出于陈思。才高词赡,举体华美。气少于公干,文劣于仲宣。尚规矩,不贵绮错,有伤直致之奇。然其咀嚼英华,厌饫膏泽,文章之渊泉也。张公叹其大才,信矣!②

与潘岳条互见,钟嵘十分欣赏潘陆诗风的"华赡",在他看来潘诗源出仲宣,也就继承了他的"文秀";陆诗源出陈思,也就继承了他的"词彩华茂"。又借他人之口赞潘诗之辞采,对陆机则直言"才高词赡,举体华美",二人引领着西晋诗风日益走向精美化的道路。二人之"才"有所不同,潘才天然,如翔禽之羽毛,陆才建立在规矩、古法的基础上又能吸取前代文学遗产之精华。认识到二人诗歌风格的"深""浅"之别,先是在潘岳条称潘诗

---

① ［南朝梁］钟嵘著,曹旭集注:《诗品集注》,上海:上海古籍出版社,1994年版,第143页。

② ［南朝梁］钟嵘著,曹旭集注:《诗品集注》,上海:上海古籍出版社,1994年版,第132页。

"翩翩奕奕"亦即比喻文辞的轻快美好。"叹陆为深"，又在颜延之条对"深"进行诠释："体裁绮密，情喻渊深"。在《文心雕龙》《世说新语》《翰林论》等著作中均有关于"陆深潘浅"之说的论述，于是陆诗深而芜、潘诗浅而净的观点在中国诗歌批评史上几成定论。

"陆海潘江"引起了后人的纷纭评说。有的在钟嵘的基础上进行阐发，如《晋书·潘岳传》："机文喻海，韫蓬山而育芜；岳藻如江，濯美锦而增绚。"[1]张溥《潘黄门集题辞》："《藉田赋》《客舍议》并以典则见称，陆海潘江，无不善也。"[2]有的对钟嵘陆优潘劣的观点承流扬波，叶矫然《龙性堂诗话》云："潘安仁《代贾谧赠士衡》诗，前辈有谓其发端四韵源流太远者，殆非也。潘意铺扬晋得天统，历数皇王，以诋吴国之僭耳。然溯羲、轩迄周汉，反遗却唐、虞，立言殊不知务。且发端二十余句……堆叠满纸可厌，远不及陆之报章，典缛多风，琅琅可诵也。即此可见潘、陆优劣耳。"[3]又许学夷《诗源辨体》曰："安仁体制既亡，气格亦降，察其才力，实在士衡之下。元美谓安仁气力胜士衡，误矣。钟嵘云：'陆才如海，潘才如江。'"[4]沈德潜《古诗源》卷七曰："安仁诗品，又在士衡之下……格虽不高，其情自深也。"[5]有抑陆扬潘者，如明人毛先舒在《诗辩坻》云："潘岳较机力小弱，而风趣寓旨乃过之。……紬黄组碧，潘陆同工，而沈秀陆不及潘也。"[6]陈僅《竹林答问》云："古诗、乐府之分，自汉魏已然。故潘胜于陆，而安

①　[唐]房玄龄等：《晋书》卷五五，《夏侯湛潘岳张载传论赞》，北京：中华书局，1974年版，第1525页。

②　[明]张溥：《汉魏六朝百三家题辞》，北京：人民文学出版社，1981年版，第124页。

③　郭绍虞：《清诗话续编》，上海：上海古籍出版社，1983年版，第957页。

④　[明]许学夷著，杜维沫校点：《诗源辨体》，北京：人民文学出版社1987年版，第93页。

⑤　[清]沈德潜：《古诗源》，北京：中华书局，2006年版，第138页。

⑥　郭绍虞：《清诗话续编》，上海：上海古籍出版社，1983年版第43页。

仁之乐府无闻。"①陈祚明更是有针对性地颠覆了钟嵘的陆优于潘的观点："安仁过情，士衡不及情；安仁任天真，士衡准古法……故安仁有诗而士衡无诗。钟嵘惟以声格论诗，曾未窥其诗旨。其所云'陆深而芜，潘浅而净'，互易评之，恰合不谬矣。不知所见何以颠倒至此。"②这些见仁见智的说法从不同角度印证了钟嵘对潘岳评价对后世潘岳诗评意义重大。

（三）指出潘岳诗歌之不足

《诗品》潘岳条并未明确指出潘诗风格上的缺点，却在对其他人的诗评中侧面道出了潘诗气骨较弱的不足。潘岳源出王粲，王粲诗歌"文秀而质羸"也就是谓其文辞华彩秀逸，缺乏风骨，柔性有余而刚气不足。在钟氏眼中，同样源出于王粲的张华诗歌有"其体华艳"的优点，亦存在"儿女情多，风云气少"的毛病，评张协诗"雄于潘岳，靡于太冲"也是从气骨上谓其强于潘岳。钟嵘的诗歌理想是文质彬彬、刚柔相济的，以此为标准则潘岳的诗风是偏于柔弱的重情一派。

（四）潘岳被置于上品的原因

1. 符合钟嵘的诗学观念

钟嵘在《诗品·序》中阐述了他对诗歌的认识："气之动物，物之感人，故摇荡性情，形诸舞咏。"认为文学作品都是作者情感活动的外在表现。诗歌源自情感，而情感又源自"物"的感召和激动。变化不居的自然景物和不同寻常的社会生活，都能使身临其境的人产生激动的情感，这种情感形诸"舞咏"就是诗歌。对诗人来说，诗歌具有宣泄作用，对读者来说，诗歌具有极强的感召力。它可以医治人的精神苦闷，给人的心灵以抚慰，即所谓："穷

---

① 郭绍虞：《清诗话续编》，上海：上海古籍出版社，1983 年版第 2224 页。

② ［清］陈祚明：《采菽堂古诗选》，上海：上海古籍出版社，2008 年版，第 332—333 页。

贱易安，幽居靡闷，莫尚于诗矣。"①

从诗歌发生论上看，四季感荡人心是西晋以来诗论家的共识，陆机《文赋》曰："遵四时以叹逝，瞻万物而思纷。悲落叶于劲秋，喜柔条于芳春。"②刘勰《文心雕龙·明诗》曰："人禀七情，应物斯感，感物吟志，莫非自然。"③而社会生活对诗歌发生作用则是钟嵘的发现："嘉会寄诗以亲，离群托诗以怨。至于楚臣去境，汉妾辞宫；或骨横朔野，或魂逐飞蓬；或负戈外戍，杀气雄边；塞客衣单，孀闺泪尽；又士有解佩出朝，一去忘返；女有扬蛾入宠，再盼倾国。"④自然与社会对人的影响，使诗人的内心情感自然地流露出来，因而钟嵘认为诗歌的本质是吟咏性情的。在《诗品》中凡同潘岳一样被列入上品者，无不胜在情感的表达上，如评李陵诗："文多凄怆，怨者之流"，评班婕妤诗："怨深文绮"，评王粲"发愀怆之词"，评左思诗"文典以怨"，此"怨"者，既有内心深处情感的流露，也是人际感荡的反映，李陵、班婕妤、王粲皆有"生命不谐"之恨，大概钟嵘所谓潘岳"其源出于仲宣"不仅仅是就诗歌文体本身而言，也是作者生活经历共鸣之故。

2. 符合钟嵘的美学原则

关于钟嵘在《诗品》中所表达的美学理想，曹旭在其《诗品集注》前言部分做出了分析："钟嵘从曹植的诗歌中概括出自己的诗学理想，又以对曹植的理想化，使自己理想的诗学得到体现。其中'骨气奇高，词彩华茂；情兼雅怨，体被文质'正是钟嵘诗学理想的核心。这一核心包括了两组美学范畴：一

----

① ［南朝梁］钟嵘著，曹旭集注：《诗品集注》，上海：上海古籍出版社，1994年版，第47页。

② ［南朝梁］萧统编，［唐］李善注：《文选》，上海：上海古籍出版社，1986年版，第762页。

③ ［南朝梁］刘勰著，詹锳义证：《文心雕龙义证》，上海：上海古籍出版社，1989年版，第173页。

④ ［南朝梁］钟嵘著，曹旭集注：《诗品集注》，上海：上海古籍出版社，1994年版，第47页。

是内容上的'雅'、'怨';二是体制风格上的'文'、'质','骨气'与'词采'。钟嵘把诗歌情感分成两种不同的美学类型:即源出《诗经》的'雅'和源出《楚辞》的'怨'。'雅'代表了雅正和高层次、高品位的美学原则;'怨'代表了汉魏以来以悲为美的思想。钟嵘在内在情感上要求'雅'与'怨'的结合。在诗歌的体制风格上,他又要求'质'与'文','风力'与'丹彩','骨气'与'词采'这些不同的,既相联系又相对立的美学要素统一在一起,使刚性的诗歌精神与柔性的辞采高度融合,体现出刚柔相济的美学境界。"① 这是钟嵘心目中最为理想化的美学境界,也是其诗歌评论的最高标尺,也可以说,就连他最为欣赏的曹植都是理想化的,而在实际的评价中,除了他心目中的曹植之外,无一人达到他所谓的美学境界,都是有所偏美的,这也是钟嵘在批评实践中接受了的现实,不然他就不会将众人之诗分为三个系统来评价了。钟嵘也设置了其美学原则的下限,他反对用事,反对拘忌声病。在钟嵘的美学标准中,潘岳虽不能比肩曹植的"骨气奇高,词彩华茂",在对其如江之才和"翩翩奕奕"的辞采的赞叹中,也足以见出潘岳的诗歌创作是符合钟嵘以辞采和才华为主要评判标准的美学原则的。

三、萧统《文选》对岳作品的推重

萧统《文选》是我国现存编选最早、最负盛名的诗文总集。它一共收录周代至南朝梁八九百年间一百三十多个知名作者和少数佚名作者的作品七百余篇,文兼众体、包揽古今,充分体现了齐梁时代的审美趣味和审美标准,也反映出不同时代的作家在编选者心目中的地位。

《文选序》交代了其编选目的和选录标准,由于"时更七代",文围辞林中作家作品众多,必须"略其芜秽,集其精英",以便于游目骋怀。根据

---

① [南朝梁]钟嵘著,曹旭集注:《诗品集注》,上海:上海古籍出版社,1994年版,第15—16页。

"综辑辞采""事出于沉思，义归乎翰藻"的选录标准"杂而集之"，就是要选取情义辞采并茂的作品，集结文章精华。潘岳的诗、赋、哀、诔文均被《文选》所选录。它们分别是：赋八篇《藉田赋》《射雉赋》《西征赋》《秋兴赋》《闲居赋》《怀旧赋》《寡妇赋》《笙赋》，诗十首《关中诗》《金谷集作诗》《悼亡诗三首》《为贾谧作赠陆机诗》《河阳县作二首》《在怀县作二首》，诔文四篇《杨荆州诔》《杨仲武诔》《夏侯常侍诔》《马汧督诔》，哀文一篇《哀永逝文》。与同时代的作家进行横向比较，潘岳的赋作入《选》八篇，西晋作家只有左思（三篇），陆机（二篇）、张华（一篇）入《选》。潘岳的诗歌入《选》十首，只有陆机和左思被选诗歌超过了潘岳。至于诔文和哀文，同时代没有任何作家的作品入《选》。从纵向来看，就潘岳入选体裁而言，辞赋、诔文的入选数量均名列前茅：辞赋类作品共选三十位作家的五十六篇赋作，潘岳入《选》八篇；共选诔文八篇而潘岳的作品就有四篇。哀文共选三篇其中就有潘岳一篇。这些数字充分证明了在"事出于沉思，义归乎翰藻"的审美标准下，潘岳一流大家的地位。

四、吉光片羽的品评

潘岳在两晋南北朝史书中的记载比较零散。臧荣绪《晋书》重事实与文采，全文引录了潘岳《藉田赋》《西征赋》《马汧督诔》，注意到了潘岳部分作品可与史互证。王隐《晋书》重行迹，主要记载了潘岳非议山涛、诌事贾谧、构陷愍怀、得罪孙秀等劣迹，并表现出明显的主观性。南朝史书更多的是对潘岳文学的地位和影响的记载，如《南齐书·武陵昭王晔传》载南朝齐太祖谓其第五子武陵昭王晔曰："见汝二十字，诸儿作中最为优者。但康乐放荡，作体不辨有首尾，安仁、士衡深可宗尚，颜延之抑其次也。"[①]《宋书·颜延之传》曰："延之与陈郡谢灵运俱以词采齐名，自潘岳、陆机之后，

---

① ［南朝梁］萧子显：《南齐书》卷三五，北京：中华书局，1972年版，第624页。

文士莫及也，江左称颜、谢焉。所著并传于世。"① 可见潘岳作品在当时就已经得到了广泛的传播，而且被视为"深可宗尚"者。

必须指出的是，王隐的《晋书》是带有明显主观色彩的史学资料，其中的一些记载引起后世的怀疑，如前文所述唐修《晋书》对它的修改，当代学者也有对其记载的事迹进行考辨、质疑，张国星在《潘岳其人其文》②一文中对其"构愍怀太子之文，岳之辞也"言论予以颠覆。而王隐的《晋书》对于后人诟病潘岳品行却起到了一定的导向作用，就两晋南北朝这一时段来说，对潘岳人品诟病的声音甚微，其中颜之推的《颜氏家训》算是对潘岳人品批评最为苛刻的一个，《颜氏家训·文章》："自古文人，多陷轻薄……潘岳干没取危……每尝思之，原其所积，文章之体，标举兴会，发引性灵，使人矜伐，故忽于持操，果于进取。今世文士，此患弥切，一事惬当，一句清巧，神厉九霄，志凌千载，自吟自赏，不觉更有傍人。加以砂砾所伤，惨于矛戟，讽刺之祸，速乎风尘，深宜防虑，以保元吉。"③ 魏晋南北朝时期，如王隐、颜之推一样诟病潘岳人品的评价并非潘岳接受的主流。

第五节　潘岳浸染下的东晋南朝诗文

潘岳诗文在东晋南北朝时期备受推崇，还在于这一时期的文学作品受到潘岳创作的深刻影响，甚至出现了一些仿作。南朝的颜延之、谢庄和江淹的诗文创作是潘岳影响下的典型，这类"精英作家"的效仿和学习，大大加强

---

① ［南朝梁］沈约：《宋书》卷七三，《颜延之传》，北京：中华书局，1974 年版，第 1904 页。

② 张国星：《潘岳其人其文》，《文学遗产》，1984 年第 4 期。

③ ［北齐］颜之推著，庄辉明、章义和译注：《颜氏家训译注》，上海：上海古籍出版社，1999 年版，第 160 页。

了潘岳诗文的广泛传播。这三位作家被选入《文选》的作品都有明显的学习潘岳的痕迹，这无疑给予潘岳入《选》作品的经典化以巨大的助推力。

一、起安仁之尘的谢庄之诔

谢庄现存诔文两篇，分别是《黄门侍郎刘琨诔》和《宋孝武宣贵妃诔》，后者入《文选》，颇能代表其诔文特点。萧子显《南齐书·文学传论》曰："谢庄之诔，起安仁之尘。颜延《阳瓒》，自比《马督》，以多称贵，归庄为允。"[①]道出了潘岳诔文对谢庄的影响，现以谢庄《宋孝武宣贵妃诔》为例说明之。此诔写作最精彩的也是受潘岳影响最深的是其叙哀部分，如下：

帷轩夕改，軿辂晨迁。离宫天邃，别殿云悬。灵衣虚袭，组帐空烟。巾见余轴，匣有遗弦。呜呼哀哉！移气朔兮变罗纨，白露凝兮岁将阑。庭树惊兮中帷响，金釭暖兮玉座寒。纯孝瓣其俱毁，共气摧其同乐。仰昊天之莫报，怨凯风之徒攀。茫昧与善，寂寥余庆。丧过乎哀，棘实灭性。世覆冲华，国虚渊令。呜呼哀哉！

题凑既肃，龟筮既辰。阶撤两奠，庭引双輴。维慕维爱，曰子曰身。恸皇情于容物，崩列辟于上旻。崇徽章而出寰甸，照殊策而去城闉，呜呼哀哉！

经建春而右转，循闾阖而迟度。旌委郁于飞飞，龙逶迟于步步。锵楚挽于槐风，喝边箫于松雾。涉姑繇而环回，望乐池而顾慕。呜呼哀哉！

晨辒解凤，晓盖俄金。山庭寝日，隧路抽阴。重扃閟兮灯已黯，中泉寂兮此夜深。销神躬于壤末，散灵魄于天浔。响乘气兮兰驭风，德有远兮声无

① ［南朝梁］萧子显：《南齐书》卷五二，《文学传论》，北京：中华书局，1972 年版，第 908 页。

穷。呜呼哀哉！^①

得益于谢庄对潘岳诔文的学习和效法，此诔有潘岳诔文之神韵，主要表现在以下几个方面：

（一）化用潘岳叙悲文字

化用潘岳作品中的词句是谢庄接受潘岳文学最直接的方式，全文共有四处："国轸丧淑之伤，家凝罶庇之怨"化用了潘岳《秦氏从姊诔》"家失慈覆，世丧母仪"；"灵衣虚袭，组帐空烟"化用潘岳《寡妇赋》"瞻灵衣之披披"；"阶撤两奠，庭引双辒。维慕维爱，曰子曰身"化用潘岳逸文《妹哀辞》"庭祖两柩，路引双辒，尔身尔子，永与世辞"；"重扃闼兮灯已黯，中泉寂兮此夜深"化用潘岳《哀永逝文》"户阖兮灯灭，夜何时兮复晓"。对潘岳表达哀情文辞的成功化用，使谢庄此诔也具有了平民化叙悲的特点。

（二）学习潘岳叙悲手法

潘岳诔文情感特征的鲜明化，离不开他独特的写作方法，谢庄有意地学习了潘岳善于以景叙哀、睹物伤情等表现方法。潘岳诔文的创新性主要表现在他将诔文的对象扩大化，成功地将这种饰终典文的文体，应用于表达私人化的情感，因而也促成了他创作方法的更新。谢庄是潘岳的知音，借鉴了潘岳表达私人化情感时常用的叙悲手法，此诔叙哀部分占全文一半的篇幅，有睹物伤情者："巾见余轴，匣有遗弦""庭树惊兮中帷响，金钉暖兮玉座寒"，有以景托情者："移气朔兮变罗纨，白露凝兮岁将阑"，调动与诔主相关的因素，表达哀情。谢庄对潘岳诔文中常用的手法，应用自如，毫无生涩之感。这是谢庄对潘岳诔文写作方法的继承，也是谢庄对南朝诔文创作的贡献。

---

① ［南朝梁］萧统编，［唐］李善注：《文选》，上海：上海古籍出版社，1986年版，第2480—2482页。

（三）表达哀情的个体化

潘岳为亲友所作之诔善于通过对往事的回忆曲尽个体哀思，诔主与作者之间的亲密关系便于直接地表达哀情。谢庄在《宋孝武宣贵妃诔》中借鉴了潘岳的表达方式，在叙哀部分里，有两个主人公形象，一为诔主之子："纯孝擗其俱毁，共气摧其同乐。仰昊天之莫执，怨凯风之徒攀。茫昧与善，寂寥余庆。丧过乎哀，棘实灭性。"一为诔主之夫："恸皇情于容物，崩列辟于上旻""涉姑繇而环回，望乐池而顾慕。"淡化了诔主的贵妃身份，而强化了其作为一个家庭的女主人的身份，叙哀部分表达的是她的离去给家庭成员带来的伤痛，这要比表达群体性泛化的悲痛更能打动人心。这是对潘岳诔文表达哀情个体化的继承和发展。

二、脱胎于潘岳的颜延之之诔

颜延之的诔文在南朝颇具代表性，《文选》选其《阳给事诔》《陶征士诔》。《阳给事诔》是一篇明显受到潘岳《马汧督诔》影响的作品，颜延之在文末直言此诔有感于马汧督之事而作："贲父殒节，鲁人是志。汧督效贞，晋策攸记。皇上嘉悼，思存宠异。于以赠之，言登给事。疏爵纪庸，恤孤表嗣。嗟尔义士，没有余喜。呜呼哀哉！"[①]《阳给事诔》在写作顺序上对《马汧督诔》可谓亦步亦趋，序交代写作对象及作诔之旨：潘序直叙马敦汧城建功及含冤而死的经过；颜序同样写阳赞功业及守城殉节的经过。正文先以感言开篇："知人未易，人未易知"（《马汧督诔》），"贞不常祐，义有必甄"（《阳给事诔》）。在诔辞的主体部分以直接叙写诔主在某个阶段的人生片段代替一般性的颂赞功业：《马汧督诔》突出马敦在守城建功上表现出的忠勇和智慧，然后写汧督马敦死亡之冤，将个体的悲愤与诔主之死紧密联

---

① ［南朝梁］萧统编，［唐］李善注：《文选》，上海：上海古籍出版社，1986年版，第2468页。

系在一起；《阳给事诔》略述诔主先世德行，然后直接切入边乱受命，守城殉节之事，在事件的叙述中凸显人物品格，在写法上与《马汧督诔》并无二致。

就作品的价值而言，潘文要略胜一筹。潘岳《马汧督诔》以其强烈的感情色彩打动人心，潘岳将个体的议论和抒情融于叙事当中，其中既有作者自我的情感认识，也有类似于传记的写作手法，而《阳给事诔》更多直写事件，以事件本身彰显人物品格，创作主体的个体性和情感性较之前者大大减弱。在颂德部分潘岳只写马敦守城建功之事，在充分展示诔主功德的同时，将作者敬仰之情融入其中。而颜氏则由阳瓒的先祖功业入手，未脱前代诔文程式化叙述的痕迹。潘岳叙事明白晓畅、易入真切，颜氏介绍先祖功业用典甚多，叙写事件详细客观，如写守城一事，先写边危："边兵丧律，王略未恢。函陕埋阻，瀍洛蒿莱。朔马东骛，胡风南埃。路无归辙，野有委骸。"又写滑台之险："憬彼危台，在滑之坰。周卫是交，郑翟是争。昔惟华国，今实边亭。凭巇结关，负河萦城。金柝夜击，和门昼扃。"再写边敌之犯："凉冬气劲，塞外草衰。遏矣獯虏，乘障犯威。鸣镝横厉，霜镝高翚。"接连的叙述而很少有议论和抒情融入其中，减弱了主体情感的表达。总体上看，《阳给事诔》并未实现对《马汧督诔》的超越，但却以事实证明了潘岳诔文在南朝的影响力。

颜延之的《陶徵士诔》为模仿潘岳《夏侯常侍诔》而作。《文心雕龙·诔碑》："诔者，累也；累其德行，旌之不朽也。"[①]认为诔文就是用来累列死者生时功业，表彰其德行的文章，具有饰终礼文的性质。"巧于序悲，易入新切"的潘岳诔文，在伤悼文学大盛的魏晋时期，具有鲜明的个人风格特色，他将诔文对象扩大化。潘岳现存的十四篇（含残章）诔文中，诔主有帝

---

① ［南朝梁］刘勰著，詹锳义证：《文心雕龙义证》，上海：上海古籍出版社，1989年版，第427页。

妃、大臣等在社会上有名望地位之人，也有作者的家人或亲故，更有素昧平生的义士，潘岳诔文之优秀者正是那些突破了饰终礼文创作规范、只是代表个体怀悼对象的部分。《夏侯常侍诔》体现了潘岳诔文的创新性，表达了对好友夏侯湛的怀悼之情。颜延之的《陶征士诔》学习了潘岳于诔文中表达深厚友情的写法。叙赞陶渊明的高风亮节，始终围绕陶渊明的人格精神而展开，又写自己的哀思怀念，最后叙自己与陶渊明的友谊："深心追往，远情逐化。自尔介居，及我多暇。伊好之洽，接阎邻舍。宵盘昼憩，非舟非驾。"深切真诚的情感由于作者与诔主之间的密切关系得到很好的表达，因而此篇诔文颇得潘岳风韵。

谢庄和颜延之的诔文反映出南朝人受到潘岳作品影响之深，他们有意地学习潘岳创作中的一些表现方法，折射出潘岳在诔文创上的开拓性贡献。

三、江淹对潘岳诗赋的接受

南朝时期的江淹对潘岳的接受尤为耀眼，这当然有江淹的名气使然的因素，更重要的是江淹在多种体裁上都学习和模仿潘岳的创作，同时他的诗歌批评方式让人耳目一新。江淹在《杂体诗三十首》的《潘黄门叙哀》中，表现出对潘岳悼亡诗创作方法的继承，又用《悼室人十首》证明了自己在情感上与潘岳的共鸣。此外，在江淹的辞赋中亦能捕捉到潘岳的踪迹。

（一）模拟潘岳诗歌创作

江淹《杂体诗三十六首》，效仿上至古诗、李陵、班婕妤下及谢灵运、鲍照等三十种诗歌创作，他在文中指出先人创作的诗歌异彩纷呈，各具特色，反对诗歌批评上的"贵远贱近"，反对批评者常以主观之好恶决定诗歌的优劣："各滞所迷，莫不论甘而忌辛，好丹而非素。"[1]在江淹看来诗歌创作

---

① ［南朝梁］江淹著，胡之骥注：《江文通集汇注》，北京：中华书局，1984年版，第136页。

"各俱美兼善"，只有博采众长，方能创作出好诗，并以创作实践了他的诗歌主张。江淹为诗歌批评史提供了一种新型的批评方式：以诗歌的形式对各家最具代表性的诗歌题材进行品藻。江淹对潘岳诗歌的评价，抓住了潘岳诗歌最具代表性的题材，以《潘黄门叙哀》为题，不仅模拟了潘岳的诗歌创作，而且敏锐地把握潘岳悼亡诗的内涵意义。江淹《潘黄门述哀》诗模拟潘岳作品的对照情况如下：

潘黄门述哀原文	拟潘岳原句	潘岳文句出处
青春速天机	曜灵运天机	《悼亡诗》其三
素秋驰白日		
美人归重泉	之子归穷泉	《悼亡诗》其一
凄怆无终毕	声有止兮哀无终	《哀永逝文》
殡宫已肃清	归反哭兮殡宫	《哀永逝文》
松柏转萧瑟	长风鼓松柏	《杨氏七哀诗》
俯仰未能弭	俯仰兮挥泪	《哀永逝文》
寻念非但一		
抚衿悼寂寞	抚衿长叹息	《悼亡诗》其二
恍然若有失	怅恍如或存	《悼亡诗》其一
明月入绮窗	皎皎窗中月	《悼亡诗》其二
仿佛想蕙质	仿佛睹尔容	《悼亡诗》其二
销忧非萱草		
永怀寄梦寐		
梦寐复冥冥	曾寤寐兮弗梦	《哀永世文》
何由觌尔形	怅恍如或存	《悼亡诗》其一
	寝兴目存形	《悼亡诗》其二
我惭北海术		
尔无帝女灵	独无李氏灵	《悼亡诗》其二
驾言出远山	驾言陟东阜	《悼亡诗》其三
徘徊泣松铭	徘徊不忍去	《悼亡诗》其三
雨绝无还云	邈若雨绝天	《杨氏七哀诗》
华落岂留英	叶落何时连	《杨氏七哀诗》
日月方代序	四节代迁逝	《悼亡诗》其三
	亹亹期月周	《悼亡诗》其三
寝兴何时平	寝息何时忘	《悼亡诗》其一

①

此诗共二十四句，只有五句没有直接化用潘岳诗文，江淹此诗对潘岳诗文的接受主要表现在五个方面：

第一，仿造或摘用潘岳悼亡诗文中的词语。江淹拟潘岳诗作，最明显的表征就是仿造或完全摘用潘岳悼亡诗文中的词句，代表性的有：俯仰、抚矜、徘徊等动词，这些动词展现了一位在思念亡妻的痛苦中无法自拔的主人公形象，与潘岳诗文异曲同工。天机、殡宫、松柏、梦寐等名词，同潘岳所描绘的萧瑟寂寥的生活场景极其相似。

第二，袭用潘岳悼亡诗文中的典故。潘岳在悼念亡妻的作品中不止一次地运用汉武帝悼念李夫人的典故，于恍惚梦寐中思念亡妻的写法也是源于汉武帝《李夫人歌》。《哀永逝文》："是乎非乎何遑，趣一遇兮目中。既遇目兮无兆，曾寤寐兮弗梦。"在《悼亡赋》中如是说："入空室兮望灵座，惟飘飘兮灯荧荧。灯荧荧兮如故，惟飘飘兮若存。"意境营造同汉武帝于灯烛中仿见李夫人十分相似，《悼亡诗》（其二）又反用了这一典故："独无李氏灵，仿佛睹尔容。"潘岳以这样的方式追慕了汉武帝的儿女情长，江淹又以"仿佛想蕙质""永怀寄梦寐，何由觌尔形""我惭北海术，尔无帝女灵"等诗句沿用汉武帝与李夫人的典故，手法与潘岳颇为相似。

第三，句式的模仿。江淹拟诗如"青春速天机""美人归重泉""仿佛想蕙质""驾言出远山"，句式运用与潘岳相当；"华落岂留英""寝兴何时平"两句反问更得潘岳叙哀之风神。

第四，诗歌内涵和意境创造上的模拟。江淹拟诗的标题已明确了潘岳悼亡诗文"叙哀"的内涵，运用"松柏转萧瑟""日月方代序"等诗句模拟潘岳运用四时更替、环境的萧瑟来渲染哀情，抒情的诗句如"凄怆无终毕""抚

---

① ［南朝梁］江淹著，胡之骥注：《江文通集汇注》，北京：中华书局，1984年版，第146页。

衿悼寂寞"仿佛潘岳所出，几能乱真。其中的意象如日月、松柏、梦寐、雨等营造的哀婉缠绵的意境，烘托生死不渝的爱情，也是对潘岳手法的继承。

第五，模拟之中见批评。从文学批评的角度上讲，江淹的《杂诗三十首》为后世诗歌批评开启了以诗论诗的一道新法门，显示出了特殊的批评眼光。《潘黄门述哀》题目即已抓住潘岳悼亡诗文"巧于叙悲"的特点，并将其置于五言诗发展的历史之中去考察，肯定潘岳在五言诗形成和发展过程中的重要地位。诗歌内容里有部分诗句是对潘岳悼亡诗的概括和评价，已经超出了简单的模拟效仿，"凄怆无终毕"，"凄怆"一语概括了潘岳诗歌的情感内涵，"无终毕"道出潘岳悼亡诗情感情表达上的反复叙悲。"抚衿悼寂寞"一语点破潘岳既是悼念亡妻又是自伤身世。"寻念非但一"，其实就是对潘岳沉浸在丧妻的悲伤与凄惶状态的概括，这些是对潘岳诗文文本的解读，更体现出江淹对潘岳创作心理的准确把握。

除了以上拟诗，江淹还以《悼室人诗》十首显现其在潘岳接受史上所作出的巨大贡献。江淹《悼室人诗》十首模仿潘岳《悼亡诗》而作，在内容和形式上都继承了潘岳悼亡诗，并将悲情写得更加细致入微，将潘岳开创的悼亡题材予以继承，并有新的开拓。

首先，继承潘岳《悼亡诗》组诗的形式，并拓展了悼亡的角度。潘岳《悼亡诗》共三首，作者主要着眼于季节的更替变化引发的思念之情，如："荏苒冬春谢，寒暑忽流易"（其一），"清商应秋至，溽暑随节阑"（其二），"曜灵运天机，四节代迁逝"（其三），江淹组诗共十首，分别以两首的篇幅写春、夏、秋、冬四个季节的悼妻之情，如春日之思："帐里春风荡，檐前还燕拂。垂涕视去景，摧心向徂物。"（其二）秋日之悲："秋至捣罗纨，泪满未能开。风光肃入户，月华为谁来。"（其五）相较于潘岳，江淹有意对时间和空间进行安排，细致入微地展现妻亡之后生活的点点滴滴。关注于四时变化给人情感带来的冲击，借时序抒写悼亡之情，是江淹受到潘岳悼亡诗写作的深刻影响使然。

其次，受到潘岳诗歌赋化的影响。以赋法写诗是潘岳诗歌的一大特点。魏晋时期各种文体都有所发展，而文体之间相互产生影响亦较为普遍，但不是所有人都能各体皆工，潘岳就是少数各体皆工者之一，他的文学创作囊括诗、赋、哀、诔、铭、箴等多种文体，"破体"现象不可避免，其中尤以诗赋之间写作方法的相互借鉴最为明显。潘岳诗赋之间的"破体"如诗歌《悼亡诗》《杨氏七哀诗》，与辞赋《悼亡赋》《哀永逝文》题材一致。除此之外潘岳在诗歌中运用赋的表现手法，使二者都得以"恢弘焉"。"赋"本为《诗经》六义之一，赋最突出的特点是"铺采摛文"[①]，也就是说铺陈与辞藻华丽本是赋的特点，潘岳的诗歌也同样呈现出上述两方面的特征。其一，借鉴了辞赋华美艳丽之风。建安时期，曹丕标举"诗赋欲丽"[②]，明确指出诗歌与赋应有同样的审美追求："丽"，后来的诗歌创作也渐渐产生了赋化的倾向，南朝批评家已经注意到这一点，如钟嵘《诗品》论诗，谓曹植诗歌"词彩华茂"，张华诗歌"其体华艳"，陆机"举体华美"，张协诗"词彩葱菁"[③]，可见自曹魏之初到西晋时期诗歌已有赋化趋势。潘岳诗歌的语言重视华丽藻饰，融入到了时代文学的潮流之中。其二，借鉴铺张扬厉的赋法。诗歌自其产生以来，主要的职能是抒情言志，而辞赋的主要职能是写景状物。在潘岳的手中，诗歌则借鉴了辞赋写景状物的笔法，扩大了诗歌的表现功能。如《金谷集作诗》中的景物描写，《悼亡诗》是潘岳具有代表性的侧重于抒情的诗篇，也呈现出反复吟咏，务尽其情的赋化特征。清代陈祚明赞扬安仁"情深"，却也承认其"笔端

---

① ［南朝梁］刘勰著，詹锳义证：《文心雕龙义证》，上海：上海古籍出版社，1989年版，第270页。

② ［南朝梁］萧统编，［唐］李善注：《文选》，上海：上海古籍出版社，1986年版，第2271页。

③ ［南朝梁］钟嵘著，曹旭集注：《诗品集注》，上海：上海古籍出版社，1994年版，第97、216、132、149页。

繁冗不能裁节"①。葛晓音认为："其实潘诗笔端之繁冗不亚于陆诗。"②其实这是受到赋体浸染所致。

和潘岳一样，江淹也是当时有名的辞赋大家，其流传下来的辞赋作品有数十首之多，以《恨赋》《别赋》最为著名。江淹也善于以赋法写诗。潘岳的赋法主要应用在淋漓倾注地抒发情感上，江淹则把这些情感分别融入到各个季节当中，将季节引发的不同情感分别表现出来。江淹学习潘岳，同样采取浓墨重彩的方式对悼亡之情予以铺陈渲染。如潘岳《悼亡诗》（其三）："驾言陟东阜，望坟思纡轸。徘徊墟墓间，欲去复不忍。徘徊不忍去，徙倚步踯躅。落叶委埏侧，枯荄带坟隅。孤魂独茕茕，安知灵与无。投心遵朝命，挥涕强就车。"反复写徘徊于妻子坟前不忍离去的悲情。江淹《悼室人十首》（其三）云："夏云多杂色。红光铄蕤鲜。苒弱屏风草。潭拖曲池莲。黛叶鉴深水。丹华香碧烟。临彩方自吊。揽气以伤然。命知悲不绝。恒如注海泉。"①将笔墨施与夏日之景的描绘中，注意空间色彩的变化和对比，为情感的抒发作良好的铺垫。二人铺陈渲染的位置不同，却都是为了突出妻亡后作者的伤感和寂寥，所不同的是，潘岳因深情取胜，江淹更显匠心。

再次，强烈的抒情性。潘岳悼亡诗之所以成为悼亡诗史上的标志，原因之一就是他确立了一种诗歌类型，这种诗歌类型最大的特点就是具有强烈的抒情性。潘岳之前的悼亡诗如《诗经·邶风·绿衣》《诗经·唐风·葛生》以及汉武帝的《李夫人歌》，都是率性而作，表达的是质朴的悲情，但在表现手法上还稍显稚嫩，而潘岳则开始为情造文，着力于物是人非的悲情诉说，围绕悲情三首诗各有侧重：第一首侧重于物是人非之感，第二首以旧日之乐景衬今日之哀情，第三首侧重望坟惜别的深情，又结合旧庐、遗物等真实物品倍增其哀。江淹深刻地认识到潘岳《悼亡诗》"抚衿悼寂寞"的抒情特征，

---

① ［清］陈祚明：《采菽堂古诗选》，上海：上海古籍出版社，2008年版，第332页。

② 葛晓音：《八代诗史》，北京：中华书局，2007年版，第97页。

而以更加巧妙的构思完成组诗。整体构思上，写完春夏秋冬之思，再写祝愿，什么时候写景，什么时候抒情都是作者事先安排好了的，每一首诗也分别有精心的安排，如第七首：

> 颢颢气薄暮，萩萩清衾单。阶前水光裂，树上雪花团。庭鹤哀以立，云鸡肃且寒。方东有苦泪。承夜非膏兰。从此永黯削，萱叶焉能宽。①

先写气候变化，是该冬衣的时候了，再写景物环境的变化，接着写寒冷的天气带给动物们的影响，因物推人，反衬出亡妻去世后无人照顾的凄凉与寂寥，又以景物烘托人物的心情，最后自然而然地道出失去亡妻的锥心之痛。匠心独运的构思悼亡诗在先唐时期并不多见，江淹是继潘岳之后又一标志性的悼亡大家。

（二）逐安仁之流的江淹之赋

江淹的《恨赋》《别赋》同潘岳的《寡妇赋》《怀旧赋》一样被收入《文选》之中，与诗歌的模拟不同，江淹的赋作接受了潘岳文学作品所表现的情感内涵而别具特色。深情是潘岳诗文的基调，"布景淋漓，写情透彻"②也是后人对江淹的评价，清人刘熙载亦云："江文通诗，有凄凉日暮，不可如何之意，此诗之多情而人之不济也。"③潘岳叙写哀情的辞赋都是有具体对象的，有悼念妻子者，有为思念亲友而发，江淹也有这类内容的作品，如《伤爱子赋》《伤友人赋》《知己赋》。而《恨赋》和《别赋》别具一格，把人生的"恨"与"别"以抽象的形式表达出来，抒发的是一种宏观的悲伤怨恨。

---

① ［南朝梁］江淹著，［明］胡之骥注：《江文通集汇注》，北京：中华书局，1984年，第167页。

② ［南朝梁］江淹著，［明］胡之骥注：《江文通集汇注》，北京：中华书局，1984年，第1页。

③ ［清］刘熙载：《艺概·诗概》，上海：上海古籍出版社，1978年版，第57页。

《恨赋》分别展现了帝王之恨，列侯之恨、名将之恨、美人之恨、才士之恨、高人之恨、孤臣孽子之恨、荣华富贵者之恨；《别赋》以"行子"与"居人"的分离为总括描写各类离情：富贵者之别、侠士之别、从军者之别、绝国者之别、夫妻之别、方士之别、情人之别。如果说潘岳的哀情是有情感指向的，那么江淹则是通过对人类情感共性的概括来展现其恋生恨死、伤离惜别的深情的，这是在"潘黄门叙哀"基础上的开拓。此外，江淹的《伤爱子赋》也颇得潘岳《伤弱子辞》的风韵。在伤悼文学盛行的魏晋南北朝时期，江淹的多篇作品均能探寻出潘岳的踪迹，说明了江淹在创作上对潘岳的钟爱，潘岳与江淹不啻为"情深之子"的隔代知音。

四、沈约、庾信的悼亡诗

潘岳的《悼亡诗》三首标志着悼亡诗体制的确立，从此悼亡诗成为诗歌创作领域的一个正式的题材类型。南北朝时期的大文学家沈约、庾信的悼亡诗作，为悼亡诗的题材能够在后世引起越来越多的关注起到了推动作用，二人的悼亡诗作亦能看到潘岳悼亡诗的影响。

沈约作为齐梁时期的文坛领袖，以悼亡为题的诗今存一首：

去秋三五月，今秋还照梁。今春兰蕙草，来春复吐芳。

悲哉人道异，一谢永销亡。帘屏既毁撤，帷席更施张。

游尘掩虚座，孤帐覆空床。万事无不尽，徒令存者伤。

潘岳"荏苒春冬谢，寒暑忽流易"（其一）和"曜灵运天机，四节代迁逝"（其三）的节序之感和迁逝之悲，到沈约这里发展成永恒与短暂之比，更显哲思。"帘屏既毁撤，帷席更施张。游尘掩虚座，孤帐覆空床"，同潘岳"帷屏无仿佛，翰墨有余迹。流芳未及歇，遗挂犹在壁。"都是抒写物是人非之感，只是潘岳更突出的是怀念，沈约更显生者之寥落。

庾信对潘岳悼亡诗的继承，也是潘岳文学在魏晋南北朝时期接受的重要一端。庾信的悼亡诗现存《伤往诗》二首：

> 见月长垂泪。看花定敛眉。从今一别后。知作几年悲。
>
> 镜尘言苦厚，虫丝定几重。还是临窗月，今秋逈照松。

此诗虽非悼亡之题，实为悼亡之作，[①] 此诗在布局上明显摆脱了潘岳诗歌"繁缛"的特点，不是在叙写思念，而重在写凄凉的心境，两首诗在情感表达上一直接一间接的对照，反衬出作者在妻子去世之后不同时期的心境，让人顿生共情之感，作者的情真意切藏于短小含蓄的表达中。

鉴于永明体的影响，沈约和庾信的悼亡诗，在艺术上更精进，体现出悼亡诗在体裁上的更新，对潘岳文学尤其是悼亡诗在后世的接受起到了一定的推动作用。

---

① 尚永亮、高晖：《十年生死两茫茫》，陕西人民出版社，1989 年版。胡旭：《悼亡诗史》，上海：东方出版中心，2010 年版。

第 二 章

潘岳接受的发展期：唐五代

　　"南北朝、隋、唐、五代是一个大的过渡、综合与创造的时代。"①自佛教大盛的东晋南北朝以来，至中唐韩愈、柳宗元掀起文化的复古运动，新旧文化的竞争十分激烈，如果说东晋南北朝是"综合的中国"的开端，那么隋唐五代证实了这场"文化运动"的极盛和转衰的过程。"综合的中国"的进一步发展带来潘岳文学接受呈现出多元化趋势，文学批评方面则呈现出明显的阶段性特点：注重声色之美的初唐时期、高扬"汉魏风骨"的盛唐时期、强调"文以载道"的中晚唐时期。潘岳的文学审美特性得到了一如既往的肯定，唐代诗歌创作的流行使潘岳及其作品以典故的形式得以广泛传播，而李善注《文选》，则是以训诂和释义的形式开辟了潘岳文学接受的新方式。这一时期，潘岳其人，包括他的人格个性、仕途经历等方面向唐人社会生活的各个领域渗透。

第一节　潘岳诗文的经典性

　　"经典"一词的基本解释为具有典范性、权威性的作品或著作。典范性和权威性能否确立是要通过经典化对象在读者中的影响力来判断，陈文忠依据西方接受理论将接受史研究分为三个领域："以普通读者为主体的效果史""以诗评家为主体的阐释史"和"以诗人创作者为主体的影响史"，②将作为接受主体的读者群体分成了普通读者、诗评家和创作者三大类。无独有偶，郁玉英

---

① 雷海宗：《中国文化与中国的兵》，北京：商务印书馆，2017年版，第139页。

② 陈文忠：《中国古典诗歌接受史研究》，合肥：安徽大学出版社，1998年版，第14页。

在《宋词经典第一名篇〈念奴娇·赤壁怀古〉经典化探析》中论述道："（一部作品）经典地位的确立，得力于批评型和创作型读者的推崇。"而且，"精英读者对某种风尚的推重，在经过一定时间之后往往能成为大众读者接受的风向标。"①其提到的批评型和创作型的读者当然就是所谓的"精英读者"。"经典"的定义及二位学者的阐释充分印证了这样的事实：作家作品经典地位的确立，与"精英读者"的推重以及他们向"普通读者"的传播密切相关，并且取决于"精英读者"与"普通读者"接受程度的总和。经典性的形成及其历史持续性除了受到时代政治、文学观念等外在干预之外，更多地取决于文学作品在"精英读者"中的影响以及在"普通读者"中的传播等实际情况。

潘岳的经典地位经过"精英读者"的批评与效仿、"普通读者"的接受与传播，至迟在中唐已经确立。在这一进程中，文学批评总体上肯了潘岳诗文的独创性、典范性和丰富性，其阶段性反映了潘岳在唐代接受的多重文化语境，《文选》成为潘岳诗文得以传播的重要载体，李善的注本是其得以推广的重要途径，唐诗成为潘岳诗文向普通读者群体渗透的媒介。以上几种接受方式对于衡定潘岳及其作品的经典地位具有重要意义。

第二节 唐代关于潘岳诗文批评的阶段性

隋朝统治时间短暂，文学创作相对沉寂，文学思想处于承接南北朝而来的过渡时期，文学批评和文学理论上少有建树，在整个文学发展过程中的意义不大，在潘岳的接受史上更是几无贡献。在它之后的唐代政治军事强大，经济文化繁荣，文学批评随着文学思想的转变而呈现出不同的风貌，关于潘

---

① 郁玉英、王兆鹏：宋词第一名篇《念奴娇·赤壁怀古》经典化探析，《齐鲁学刊》.2009年第6期，第116页。

岳的文学批评也因此而呈现出阶段性的特点。

一、注重文辞声色之美的初唐时期

隋朝之于唐代统治者最大的价值在于它提供了历史的借鉴，唐代统治者十分注意从隋代的灭亡中汲取经验教训，这不仅表现在治理国家方面，也表现在文学方面。隋代统治者已经注意到齐梁文风之弊，但没有正确地引导文学发展的方向，他们所提倡的文学观是一种纯功利性质的政教中心论，李谔、王通等批评家在对历代作家作品的评论中就非常重视其思想内容是否合乎儒道，而轻视艺术和审美方面，这就将文学引入了另一个极端。唐初的统治者深刻地认识到了隋代文学思想的偏颇，唐太宗和他的重臣们提出了"文质并重"的文学观，他们一方面反对绮艳文风，重视政教的功用，另一方面也非常重视文学的艺术特质，为文学的发展提供了正确的指导思想。在实际的文学批评中，受到汉魏六朝以来根深蒂固的审美价值观的影响，初唐时期仍然是重视文学的审美特征的，而传统伦理道德意识的介入相对薄弱，对于文辞声色之美的重视与南朝人并无二致。初唐文人对六朝作品审美性质的推崇溢于言表，对声情并茂的潘岳诗文及其出众的才华亦赞赏有加，如《晋书·文苑传序》："潘夏连辉，颉颃名辈。"[1]令狐德棻《周书·王褒庾信传论》："潘、陆、张、左，擅侈丽之才，饰羽仪于凤穴。"[2]元兢《古今诗人秀句序》："至如王粲《灞岸》，陆机《尸乡》，潘岳《悼亡》，徐干《室思》，并有巧句互称奇作。"[3]潘岳引领时代风气之先，因而初唐批评家在对时代文风的评价中亦可见对潘岳的态度，魏征《隋书·经籍志集部总论》："爰逮晋民，见称潘陆，并黼藻相辉，宫商间起，清辞润乎金石，精义薄乎

---

① ［唐］房玄龄等：《晋书》卷九二，《文苑传》，北京：中华书局，1974年版，第2369页。

② 周祖譔：《隋唐五代文论选》，北京：人民文学出版社，1990年版，第34页。

③ 周祖譔：《隋唐五代文论选》，北京：人民文学出版社，1990年版，第49页。

云天。"①骆宾王《和道士闺情诗启》："河朔词人，王、刘为称首；洛阳才
子，潘左为先觉。"②初唐统治者本着文质并重的指导思想重视文学自身艺术
特征，使得潘岳的文学作品得到了堪比南北朝时期一样的推崇和褒赞。

唐初统治者对文学政教功能的重视在史书中得到了充分体现，最典型的
例子是唐代官修史书《晋书》，史臣们更多从总结历史的经验教训以巩固唐
王朝的统治的角度着眼，探讨文学与政教得失的关系，因此传统道德意识介
入相对明显，而《晋书》中对潘岳的记载表明唐代读者对潘岳关注的焦点已
经开始初步转移。《晋书》对潘岳的文学建树的褒扬延续了魏晋南北朝时期
批评家的态度，本传载：

> 岳少以才颖见称，乡邑号为奇童，谓终、贾之俦也。……岳美姿仪，辞
> 藻绝丽，尤善哀诔之文。③

对潘岳的才华文采及所擅长的文体一一给予正面评价。又《夏侯湛传》
载：

> 湛幼有盛才，文章宏富，善构新词，而美容观，与潘岳友善，每行止同
> 舆接茵，京都谓之联璧。④

为潘岳的姿仪才华增添了一层传奇的色彩。又《晋书·夏侯湛潘岳张载
传论赞》载：

---

① 周祖譔：《隋唐五代文论选》，北京：人民文学出版社，1990 年版，第 29 页。
② 周祖譔：《隋唐五代文论选》，北京：人民文学出版社，1990 年版，第 57 页。
③［唐］房玄龄等：《晋书》卷五五，《潘岳传》，北京：中华书局，1974 年版，第
1500、1507 页。
④［唐］房玄龄等：《晋书》卷五五，《夏侯湛传》，北京：中华书局，1974 年版，
第 1491 页。

安仁思绪云骞，词锋景焕，前史侔于贾谊，先达方之士衡。贾论政范，源王化之幽赜；潘著哀词，贯人灵之情性。机文喻海，韫蓬山而育芳；岳藻如江，濯美锦而增绚。混三家以通校，为二贤之亚匹矣。①

这是对前面潘岳文学才华的总结和补充说明，以"思绪云骞，词锋景焕"概括其创作的总体风格，意即文思敏捷，辞采绮丽。地位可与贾谊、陆机相匹敌，对钟嵘的"陆海潘江"之说提出自己的看法：如海而有芜杂之弊，如江则清净而绚烂。

当论及潘岳的品行与人格之时，《晋书》则站在了道德评价的制高点上，采取了批判的态度，本传记载：

岳性轻躁，趋世利，与石崇等诌事贾谧，每候其出，与崇辄望尘而拜。构愍怀之文，岳之辞也。谧二十四友，岳为其首。谧《晋书》限断，亦岳之辞也。其母数诮之曰："尔当知足，而乾没不已乎？"而岳终不能改。②

在《愍怀太子传》中详细记载了岳授意于贾后，构陷愍怀太子的全过程，《阎缵传》记载潘岳在为故主杨骏下葬之时，畏罪，填冢而逃之事，是为潘岳人品卑下的佐证。《晋书·夏侯湛潘岳张载传论赞》总结道：

其挟弹盈果，拜尘趋贵，蔑弃倚门之训，乾没不逞之间，斯才也而有斯行也，天之所赋，何其驳欤！③

---

① ［唐］房玄龄等：《晋书》卷五五，《夏侯湛潘岳张载传论赞》，北京：中华书局，1974 年版，第 1525 页。

② ［唐］房玄龄等：《晋书》卷五五，《潘岳传》，北京：中华书局，1974 年版，第 1504 页。

③ ［唐］房玄龄等：《晋书》卷五五，《夏侯湛潘岳张载传论赞》，北京：中华书局，1974 年版，第 1525 页。

　　将潘岳的才华与人品分离开来，是唐初统治者所贯彻的文学指导思想作用的结果，而《晋书》给予潘岳的人品定位为后世对其更多的非议起到了一定的导向作用。

二、高扬"汉魏风骨"的盛唐时期

　　自陈子昂旗帜鲜明地反对齐梁绮艳文风开始，潘岳诗文受关注的焦点发生了转移，陈氏高扬"汉魏风骨"，主张恢复比兴言志的风雅传统，认为"汉魏风骨，晋宋莫传"，虽未明确否定包括潘岳诗文在内的西晋文学，但一句"文章道弊五百年"已经表明了他对于汉末魏晋以来五百年文学的态度，这时期的文学不符合他"风雅兴寄"的批评标准，包括潘岳在内的西晋文学的地位由此发生了转折，批评和否定之声渐多，殷璠《河岳英灵集集论》就积极响应了陈子昂的文学主张："汉魏至晋宋，高唱者十有余人；然观其乐府，犹有小失。齐梁陈隋，下品实繁，专事拘忌，弥损厥道。"①对西晋文学的态度没有陈子昂那样坚决，但也是基本持有一种批判的态度。贾至《工部侍郎李公集序》："泊骚人怨靡，扬马诡丽，班、张、崔、蔡，曹、王、潘、陆，扬波扇飚，大变风雅，宋齐梁隋，荡而不返。"②对自西汉以来的大变风雅十分不满。西晋文学在盛唐时期地位的下降，并未影响盛唐人对西晋文学代表作家文学成就的肯定，张说在《卢思道碑》中说道："昔仲尼之后，世载文学：鲁有游夏，楚有屈宋；汉兴有贾马王扬，后汉有班张崔蔡；魏有曹王徐陈应刘，晋有潘陆张左孙郭；宋齐有焉谢江鲍，……皆应世翰林之秀者也。"③采取比较宏通的观点看待文学的发展，重视文人的创作才能。在盛唐人的眼中，西晋文学整体地位有所下降，但是潘岳在西

---

① 肖占鹏：《隋唐五代文学理论汇编评注》，天津：南开大学出版社，2002年版，第539页。

② 周祖譔：《隋唐五代文论选》，北京：人民文学出版社，1990年版，第121页。

③ 王运熙、杨明：《隋唐五代文学批评史》，上海：上海古籍出版社，1994年版，第53页。

晋文学中的地位没有变。

正是由于陈子昂等人对文章充实内容的追求，使得批评家们对潘岳诗文关注的焦点也逐渐由文辞转向了思想内容，如李峤《楚望赋序》："余少历难虞，晚就推择，扬子甘泉之岁，潘生秋兴之年，曾无侍从之荣，顾有池笼之叹，而行藏莫寄，心迹罕并，岁月推迁，志事辽落，棲遑卑俗之地，窘束文墨之间，以此为心，心可知矣。"①将偃蹇的经历视为诗心，殷璠《河岳英灵集诗评》评常建诗："潘岳虽云能叙悲怨，未见如此章。"②批评家们不约而同地着眼于作品的思想内容和情感内涵，这是时代风气使然，更是统治者对思想文化重视的结果。

王运熙、杨明在《隋唐五代文学批评史》中说道："盛唐诗人身处王朝强盛时期，大抵眼界开阔，心胸博大，气概豪迈，他们在诗歌创作上取得了超越前代的辉煌成就，因此在理论批评方面也显示出一种强烈的自信心和自豪感，对古代诗人不是顶礼膜拜，而往往表现出一种居高临下的睥睨态度。"③盛唐人善于从文学史的角度对前代文学进行宏观评价，每每称引中古著名作家必提潘岳，可见潘岳作为时代文学的代表，其地位在盛唐人心中并未改变，但盛唐时期的文学创作尤其是诗歌创作十分繁荣，理论活动反而相对沉寂，也就造成了关于潘岳的文学批评相对较少。

三、强调"文以明道"的中晚唐时期

自玄宗开元末年始，唐王朝国运开始渐趋衰颓，造成了文人心境的急剧转变：由盛唐时期那充满理想色彩的对不朽功名的追求，转向对现实的关注，文学创作出现了写实的倾向，伴随中唐古文运动的深入，儒家思想在文学界

① 王运熙、杨明：《隋唐五代文学批评史》，上海：上海古籍出版社，1994年版，第59页。

② 周祖譔：《隋唐五代文论选》，北京：人民文学出版社，1990年版，第145页。

③ 王运熙、杨明：《隋唐五代文学批评史》，上海：上海古籍出版社，1994年版，第180页。

再度复兴，重功利的诗教说迅速抬头，文学批评也不再强调语言声色之美，他们更加重视文学的政治教化功能，因此对于"结藻清英"的西晋文学，否定和批评之声迅速增多。柳冕对屈原以来的文学发展采取全盘否定的态度："自屈宋以降，则感哀乐而亡雅正；魏晋以还，则感声色而亡风教；宋齐一下，则感物色而亡兴致。教化兴亡，则君子之风尽，故淫丽形似之文，皆亡国哀思之音也。"①以一种重功利的儒家诗教观否定描写外物声色的魏晋文学。韩愈对西晋文学的风格特色予以否定，他在《荐士》诗中说道："建安能者七，卓荦变风操。逶迤抵晋宋，气象日凋耗。"②认为晋宋文学为风格衰败的开端。晚唐皮日休在《正乐府诗序》中继续了中唐批评者对西晋文学的批判："晋之所谓乐府者，唯以魏、晋之侈丽，陈、梁之浮艳，谓之乐府诗，真不然矣。"③指出感于哀乐缘事而发的乐府诗发展到晋宋之际已然失去了它的本真。

在西晋文学整体地位下降的同时，潘岳文学的评价呈现出多元化的态势。有肯定者，如顿《释皎然杼山集序》："诗自风雅道息二百余年而骚人作。其旨愁思，其文婉丽，亡楚之变风欤？至西汉李陵、苏武，始全为五言诗体，源于风，流于骚，故多忧伤离远之情。梁昭明所撰《文选》，录古诗十九首，亡其名氏。观其辞，盖东汉之世，亦苏李之流也。自建安中，王仲宣、曹子建鼓其风，晋世陆士衡、潘安仁扬其波。王曹以气胜，潘陆以文尚……"④从文学史观的角度肯定潘陆的贡献。有持中庸态度者，如卢藏用《右拾遗陈子

---

① 肖占鹏：《隋唐五代文学理论汇编评注》，天津：南开大学出版社，2002年版，第563页。

② 周祖譔：《隋唐五代文论选》，北京：人民文学出版社，1990年版，第216页。

③ 肖占鹏：《隋唐五代文学理论汇编评注》，天津：南开大学出版社，2002年版，第1150页。

④ 肖占鹏：《隋唐五代文学理论汇编评注》，天津：南开大学出版社，2002年版，第588—589页。

昂文集序》："……其后班、张、崔、蔡、曹、刘、潘、陆，随波而作，虽大雅不足，其遗风余烈，尚有典型。"①肯定潘陆等人对前代文学优秀传统有所继承的同时也批评了他们"大雅不足"。也有否定者，如柳冕《与徐给事论文书》："曹刘骨气，潘陆藻丽，文多用寡，则是一枝，君子不为也。"②对潘陆文学"藻丽"的倾向予以批评。吕温在《裴氏海昏集序》中的批评更甚："晋名士为金谷之宴，以邪侈相扇，故其诗滥溺淫志，冶而缓，往而不返。……观金谷之诗，潘石焉不得诛，晋室焉得不乱。"③将国家的兴衰存亡系于文学，显然不确。

中唐之后关于潘岳的文学批评，从总体上说是否定和批评之声日渐增多，诗僧皎然的诗论专著《诗式》却给予潘岳较高的评价，表现出独特的批评视角。皎然在反对陈子昂的"风雅""道丧"之说的基础上，承认了潘岳在诗史上的地位：

> 若但论诗，则魏有曹、刘、傅，晋有潘岳、陆机、阮籍、卢谌，宋有谢康乐、陶渊明、鲍明远，齐有谢吏部，梁有柳文畅、吴叔庠，作者纷纭，继在青史，如何五百年之数独归于陈君乎？④

这是对中晚唐时期以政治、儒学为批评标准的反拨，认为"五言之道，惟工惟精"，所以皎然并不反对晋宋诗人的雕琢，他在"自然"的美学准则下，赞赏作家的精心构思和艰苦的锤炼，他将汉至唐的诗歌分为五格加以评

---

① 肖占鹏：《隋唐五代文学理论汇编评注》，天津：南开大学出版社，2002年版，第273页。

② 肖占鹏：《隋唐五代文学理论汇编评注》，天津：南开大学出版社，2002年版，第564页。

③ [清]永瑢等：《文渊阁四库全书》，集部二，别集类一，《吕衡州集》卷三，《裴氏海昏集序》，台湾：商务印书馆，1986年版，第1077册，第622页。

④ [唐]皎然著，李壮鹰校注：《诗式校注》，济南：齐鲁书社，1986年版，第162页。

论，《诗式》中讲五格时对晋宋诗人作品的举例情况如下：

	不用事第一	作用事第二	直用事第三	有事无事第四	情格俱下第五
潘岳	0	1	1	0	0
陆机	0	5	2	0	0
左思	1	3	0	0	0
陶渊明	1	8	5	0	0
颜延之	0	0	3	0	0
谢灵运	3	9	0	0	0
鲍照	0	10	4	0	0
谢朓	0	11	3	0	0

　　王运熙、杨明在《隋唐五代文学批评史》中这样评价皎然的"五格"："其品评标准，主要是情、格二者，结合是否用事。情要真挚高远，格要高雅健壮。大致说来，第一、第二两格，情格俱高；第三、第四两格，情格稍微低弱，第五格情格俱下。"①皎然在第二格与第三格中列举潘岳诗句，至少反映了其对潘岳接受的两个方面：首先，对潘岳诗歌持肯定态度。皎然举潘岳诗例虽不多，却均在情格搭配较为合理的第二格和第三格中，表明批评者对潘岳诗歌格偏重于欣赏，他评潘岳诗句"庶几有时衰，庄缶犹可击"为："思之极也，虽有依倚，吾无恨焉。"②认为潘诗虽用典，却情感真挚，格调高雅，属情格俱高者。其次，潘岳诗歌地位有所下降。纵向比较，钟嵘在《诗品》中将西晋诗人陆机、左思、潘岳、张协均列为上品，而东晋南北朝时期除谢灵运之外，其他均在中品之列，而在皎然的眼中，西晋诗歌地位明显不如东晋南朝诸家；横向比较，钟嵘西晋诗歌"陆机为太康之英，安仁、景阳为辅"，③在皎然眼中左思地位超越了陆机和潘岳。总之，潘岳虽

---

　　①　王运熙、杨明：《隋唐五代文学批评史》，上海：上海古籍出版社，1994年版，第370页。

　　②　［唐］皎然著，李壮鹰校注：《诗式校注》，济南：齐鲁书社，1986年版，第255页。

　　③　［南朝梁］钟嵘著，曹旭集注：《诗品集注》，上海：上海古籍出版社，1994年版，第28页。

然算不上是皎然推重的诗人，但是认为潘岳感情真挚、格调高雅，这在对潘岳批评之声日益加重的中晚唐时期，是独具慧眼的。

除《诗式》之外，皎然另外还有与潘述、裴济、汤衡四人合作的《讲古文联句》也包含着皎然对潘岳诗歌的看法。《讲古文联句》历数文学史上重要作家，并指出他们的创作成就："士衡安仁，不史不野。"①"史"与"野"本出自《论语·雍也》，原文为："质胜文则野，文胜质则史。"②孔子原意是就个人品格而言的，后来用于文学批评则指文章如果过于质朴就会流于粗俗，文采过重则会流于虚伪、浮夸。皎然用"不史不野"评价潘岳的诗歌，言简意赅地赞扬了潘岳诗歌的文质兼修。

总之，皎然是中晚唐时期对潘岳评价较高的少数代表之一，虽然带着崇古抑今的偏见，却能够在重视文学审美特征的同时又加之以理性的总结，代表了唐代潘岳接受中理性批评的最高成就。

第三节　唐代诗歌作品中的潘岳

如前所述，唐前"创作型"读者，对潘岳的学习与效仿，主要集中在《文选》中的作家作品中。唐代创作型读者对潘岳诗文的推重，有别于两晋南北朝时期的拟作仿作的大量出现，而是在于文学作品中大量出现与潘岳相关的典故。这实际上是在唐前"精英读者群"接受的基础上扩大了传播的范围，伴随着唐代最流行的文体——诗歌的创作和流传，潘岳及其诗文的传播渗透到了社会、文化等各个领域。

---

① ［清］彭定求、杨中讷等：《全唐诗》卷七九四，北京：中华书局，1960 年版，第 8933 页。

② 程树德集释：《论语集释》，北京：中华书局，1990 年版，第 400 页。

一、唐诗中有关潘岳的典故举要

在诗歌中应用有关潘岳的典故来表达特定的情感，是唐代潘岳接受的新方式。《全唐诗典故辞典》中列举《全唐诗》所涉及的潘岳典故包括潘子赋桔、潘生拙、潘令、潘江、潘杨、潘岳、潘岳闲居、潘岳哀、潘岳赋等二十几种①。本书在《唐诗典故辞典》的基础上，又根据具体情况而有所删减：有一些典故在唐诗中的应用很少，如"潘舆"一典，出自潘岳《闲居赋》"太夫人乃御版舆"句，后以"潘舆"代指母亲，根据《汉籍检索系统》统计，在《全唐诗》中只有一处应用此典（杜甫《奉贺阳城郡王太夫人恩命加邓国太夫人》），不具备一定的典型性，这类典故略去不计。另外，本书举潘岳之典，目的是为了分析唐人应用潘岳典故的总体情况及特点，而不是具体列举典故的类型，因而只举具有一定包含性的典故，如将《辞典》中的"潘岳哀""潘岳闲居"等典一并归入"潘岳"之典中，将"潘郎挟弹""潘郎貌"一并归入"潘郎"之典中。除去以上几种特殊情况，本书将唐诗中应用潘岳之典大致归类为十一种，具体应用情况详见下表：

典故	诗句	诗题	作者
潘岳	焚香出户迎潘岳，不羡牵牛织女家。	迎李近仁员外	鱼玄机
	潘岳赋中芳思在，陶潜篱下绿英无。	寄友人乞菊栽	李郢
	花惭潘岳貌，年称老莱衣。	赠苗发员外	祖咏
	嵩高云日明，潘岳赋初成。	和太常王卿立秋日即事	卢纶
	必投潘岳果，谁掺祢衡挝。	病中闻河东公乐营置酒口占寄上	李商隐
	作赋推潘岳，题诗许谢康。	秋夜望月忆韩席等诸侍郎因以投赠	李林甫
	彩云一去无消息，潘岳多情欲白头。	和新及第悼亡诗二首（其二）	鱼玄机
	薄命苏秦频去国，多情潘岳旋兴悲。	诗歌残句	张守中
	窒天追潘岳，持危觅邓林。	风疾舟中伏枕书怀三十六韵，奉呈湖南亲友	杜甫
	潘岳岁寒思，屈平憔悴颜。	谪居悼往二首（其二）	刘禹锡

---

① 范之麟、吴庚舜：《全唐诗典故辞典》，武汉：湖北辞书出版社，1989年版。

潘岳	邓攸无子寻知命，潘岳悼亡犹费词	遣悲怀三首（其三）	元稹
	小于潘岳头先白，学取庄周泪莫多。	六年春遣怀八首（其八）	元稹
	往年龔已同潘岳，垂老年教作邓攸	哭子十首（其七）	元稹
	卫青终保志，潘岳未忘情。	到宣武三十韵	李绅
	唯应月照簟，潘岳此时哀。	故荥阳君苏氏挽歌词三首（其三）	张九龄
	玉漏报来过半夜，可怜潘岳立踟蹰。	帘	陆畅
	潘岳无妻客为愁，新人来坐旧妆楼	过招国李家南园二首（其一）	李商隐
	客自胜潘岳，侬今定莫愁。	灯	李商隐
	悼伤潘岳重，树立马迁轻。	五言述德抒情诗一首四十韵，献上杜七兄仆射相公	李商隐
	词赋归潘岳，繁华称季伦。	洛川怀古	刘希夷
	陆云还入洛，潘岳更张筵。	送杨少府赴阳翟	李端
	潘岳叙年因鬓发，扬雄托谏在文章。	和王员外冬夜寓直	卢纶
	欲待主人林上月，还思潘岳县中花。	酬王季友题半日村别业兼呈李明府	郎士元
	潘岳闲居日，王戎戏陌辰。	李	李峤
	潘岳愁丝生鬓里，婕好悲色上眉头。	愁诗	李廷璧
	王章莫耻牛衣泪，潘岳休惊鹤鬓霜。	中春登楼	刘兼
	鉴里渐生潘岳鬓，风前犹著卜商裘。	海城秋日书怀寄朐山孙明府	李中
	年过潘岳才三岁，还见星星两鬓中。	镜中叹白发	吕温
	嵩阳亲友如相问，潘岳闲居欲白头。	郊园秋日寄洛中友人	许浑
	莫道少年头不白，君看潘岳几茎霜。	途中逢故人，话西山读书早曾游览	许浑（一作杜牧）
	原公旧路唯三径，潘岳新年已二毛。	残句	温达
	潘岳衰将至，刘桢病未瘥。	卧病寓居龙兴观枉冯十七著作书知罢…寄冯生并赠乔尊师	卢纶
	潘岳方称老，嵇康本厌喧。	落第后归山下旧居留别刘起居昆季	卢纶
	魏勃扫门，潘岳望尘。	蒙求	李瀚
	前驺潘岳贵，故里邵平穷。	书事寄万年厉员外	刘得仁（一作无可）
	潘岳闲居赋，陶潜独酌谣。	兰陵僻居联句	李益
	潘岳本自闲，梁鸿不因热。	夏日游德州赠高四	骆宾王
	陶潜彭泽五株柳，潘岳河阳一县花。	阳朔碧莲峰	沈彬
	苏秦六印归何日，潘岳双毛去值秋。	赠别	杜牧（一作许浑）
	高咏已劳潘岳思，醉欢惭道自车公。	重阳宴东观山亭和从事卢顺之	张固

潘岳	潘岳闲居赋，钟期流水琴。	同张侍御鼎和京兆萧兵曹华岁晚南园	储光羲

潘鬓	蹉跎潘鬓至，蹭蹬阮途穷。	长安感事呈卢纶	李端
	欲知潘鬓愁多少，一夜新添白数茎。	秋	王睿（一作王毂）
	看看潘鬓二毛生，昨日林梢又转莺。	寄钟谟	徐铉
	潘鬓年空长，齐竽艺本轻。	奉酬张监阁老雪后过中书见赠加两韵简南省僚旧	权德舆
	宁牛终夜永，潘鬓去年衰。	酬翰林白学士代书一百韵	元稹
	越吟因病感，潘鬓入秋悲。	秋日登郡楼望赞皇山感而成咏	李德裕
	秦城马上半年客，潘鬓水边今日愁。	春尽独游慈恩寺南池	赵嘏

潘郎	阿母几喷花下语，潘郎曾向梦中参。	光、威、裒姊妹三人少孤而始妍乃有是作…因次其韵	鱼玄机
	早是潘郎长不见，忍听双语燕。	谒金门	魏承班
	昨宵绮帐迎韩寿，今朝罗袖引潘郎。	倡女行	乔知之
	潘郎腰绶新，雪上县花春。	送李郎尉武康	岑参
	潘郎今发白，陶令本家贫。	送崔侍御入朝	李嘉佑
	潘郎美貌谢公诗，银印花骢年少时。	送崔十一弟归北京	李嘉祐
	推醉唯知弄花钿，潘郎不敢使人催。	古艳诗	卢纶
	新年只可三十二，却笑潘郎白发生。	奉寄辰州房使君郎中	窦常
	潘郎作赋年，陶令辞官后。	寄刘方平	皇甫冉
	貌愧潘郎璧，文惭吕相金。	同旧韵	韦庄
	潘郎爱说是诗家，枉占河阳一县花。	力疾山下吴村看杏花十九首	司空图
	掷果潘郎谁不慕，朱门别见红妆露。	冯燕歌	司空图
	早年花县拜潘郎，寻忝飞鸣出桂堂。	依韵酬常循州	徐夤
	何事潘郎恋别筵，欢情未断妾心悬。	书石壁	王氏
	小桥风月年年事，争奈潘郎去□何。	残句	无名氏
	翻忆潘郎章奏内，惜惜日暮好沾巾。	残句	刘洞
	杨生词赋比潘郎，不似前贤貌不扬。	赋得射雉歌送杨律表弟赴婚期	刘商
	少小别潘郎，娇羞倚画堂。	相思曲	权德舆
	清润潘郎玉不如，中庭蕙草雪消初。	崔娘诗	杨巨源
	潘郎对青镜，乌帽似新裁。	见薛侍御戴不损裹帽子因赠	杨巨源
	廷尉张罗自不关，潘郎挟弹无情损	百舌吟	刘禹锡
	公冶本非罪，潘郎一为民。	送华阴尉张苕赴邕府使幕	刘禹锡

潘郎	骑省潘郎思，衡闱宋玉愁。	酬严维秋夜见寄	武元衡
	秋月照潘郎，空山怀谢傅。	梦游春七十韵	元稹
	潘郎懊恼新秋发，拔却一茎生两茎。	览镜词	徐凝
	唯君堪掷赠，面白似潘郎。	题郡中荔枝诗十八韵，兼寄万州杨八使君	白居易
	玉貌潘郎泪满衣，画罗轻鬓雨霏微。	和友人悼亡	温庭筠
	潘郎翠凤双飞去，三十六宫闻玉箫。	秦楼曲	许浑
	不独丰祥先有应，更宜花县对潘郎。	永乐殷尧藩明府县池嘉莲咏	雍陶
	无端惹著潘郎鬓，惊杀绿窗红粉人。	杨花	张祐
	荀令焚香日，潘郎振藻秋。	赠别张兵曹	李顾
	潘郎悲白发，谢客爱清辉。	罢摄官后将还旧居，留辞李侍御	刘长卿

安仁	安仁纵有诗将赋，一半音词杂悼亡。	别李郎中	薛涛
	安仁县令好诛求，百姓脂膏满面流。	咏安仁宰捣蒜	蒋贻恭
	子建司南位，安仁秉夜灯。	南唐升元殿基下石记	无名氏
	幸好清光里，安仁谩起悲。	新秋	齐己
	问吉转征鞍，安仁道姓潘。	送杨千牛趁岁赴汝南郡觐省便成婚	岑参
	只缘汲黯好直言，遂使安仁却为掾。	寄杜拾遗	任华
	昔重安仁赋，今称伯玉诗。	春夜寓直凤阁怀群公	魏知古
	地接安仁县，园是季伦家。	晦日宴高氏林亭	韩仲宣
	元凯标奇迹，安仁擅美踪。	再登河阳城怀古	朱延
	三十二馀罢，鬓是潘安仁。	咏怀古意上裴侍郎	骆宾王
	高阁安仁省，名园广武庐。	奉和武相公省中宿斋，酬李相公见寄	郑絪
	东望安仁省，西临子云阁。	酬薛舍人万年宫晚景寓直怀友	上官仪
	偷须防曼倩，惜莫掷安仁。	与沈、杨二舍人阁老同食，敕赐樱桃玩物，感恩因成十四韵	白居易
	安仁动秋兴，鱼鸟思空赊。	池	李乔
	官信安仁拙，书非叔夜慵。	秋晚信州推院亲友或责无书，即事寄答	韩琮
	许靖犹羁宦，安仁复悼亡。	属疾	李商隐
	只有安仁能作诔，何曾宋玉解招魂。	哭刘蕡	李商隐
	上德如流水，安仁道若山。	赠萧少府	孟浩然
	贾谊才空逸，安仁鬓欲丝	晚春卧病寄张八	孟浩然

白首同归	青云自致惭天爵，白首同归感昔贤。	喷玉泉冥会诗八首·四丈夫同赋（其六）	李玖
	当君白首同归日，是我青山独往时。	九年十一月二十一日感事而作	白居易

掷果	情深争掷果，宠罢怨残桃。	玉阶怨	郑鏦
	掷果河阳君有分，货酒成都妾亦然。	艳情代郭氏答卢照邻	骆宾王
	遥知向前路，掷果定盈车。	送族弟凝之滁求婚崔氏	李白

河阳	不睹河阳一县花，空见青山三两点。	残句	李冶
	梓泽春草菲，河阳乱华飞。	洛川怀古	刘希夷
	何必河阳县，空传桃李春。	寄监利司空学士	齐己
	洛阳梨花落如霰，河阳桃叶生复齐。	舞曲歌辞·白纻辞二首（其一）	崔国辅
	颍阳春色似河阳，一望繁花一县香。	中书舍人李座上送颍阳徐少府	卢纶
	河阳传丽藻，清韵入歌谣。	和蜀县段明府秋城望归期	钱起
	花深近县宿河阳，竹映春舟渡淇水。	送蓨县刘主簿楚	韩翃
	摇落空林夜，河阳兴已生。	酬郑侍御秋夜见寄	皇甫曾
	花情纵似河阳好，客心倍伤边候早。	十月梅花书赠	卢僎
	谁与佳名从海曲，只应芳裔出河阳。	奉和袭美病中庭际海石榴花盛发见寄次韵	陆龟蒙
	莘鹿未能移海曲，县花寻已落河阳。	筐中得故王郎中书	罗隐
	河阳城里谢城中，入曳长裾出佩铜。	贻宋评事	黄滔
	单父长多暇，河阳实少年。	夏夜李尚书筵送宇文石首赴县联句	杜甫
	河阳县里虽无数，濯锦江边未满园。	萧八明府堤外觅桃摘	杜甫
	上月河阳地，芳辰景物华。	晦日宴高氏林亭	崔知贤
	每惭花欠河阳景，长愧琴无单父声。	新喻县酬王仲华少府见贻	李中
	嵯峨吴山莫夸碧，河阳经年一宵白。	钱塘对酒曲	陈陶
	三城晓角启轩门，一县繁花照莲府。	送韦行军员外赴河阳	权德舆
	潘令在河阳，无人死芳色。	贾公闾贵婿曲	李贺
	平阳花坞，河阳花县。	春昼	李贺
	令尹关中仙史会，河阳县里玉人闲。	酬陆三与邹十八侍御	武元衡
	落日吊李广，白首过河阳。	相和歌辞·苦哉远征人	鲍溶
	江上柳营回鼓角，河阳花府望神仙。	蔡平喜遇河阳马判官宽话别	鲍溶
	白石清泉抛济口，碧幢红旆照河阳。	过温尚书旧庄	白居易
	彭泽官初去，河阳赋始传。	三月曲水宴得烟字	王勃
	河阳看花过，曾不问潘安。	拟沈下贤	李商隐
	昔日河阳县，氤氲香气多。	河阳	宋之问

河阳	若无江氏五色笔，争奈河阳一县花。	县中恼饮席	李商隐
	河阳富奇藻，彭泽纵名杯。	赠从孙义兴宰铭	李白
	河阳花作县，秋浦玉为人。	赠崔秋浦三首	李白
	都门不见河阳树，辇道唯闻建业钟。	丹阳行	孙逖

潘子	花明潘子县，柳暗陶公门。	春寻河阳陶处士别业	岑参
	当年潘子貌，避病沈侯诗。	赠乌程杨苹明府	秦系
	田郎才貌出咸京，潘子文华向洛城。	饯唐永昌	李乂
	既荣潘子赋，方重陆生言。	橘	李峤
	不堪潘子鬓，愁促易髟髟。	和袭美江南书情二十韵寄秘阁韦校书贻之商洛…次韵	陆龟蒙

潘令	坦腹定逢潘令醉，上楼应伴庾公闲。	送申屠正字往湖南迎亲兼谒赵和州…并戏简前历阳李明府	卢纶
	自叹梅生头似雪，却怜潘令县如花。	题郎士元半日吴村别业，兼呈李长官	钱起
	栾公社在怜乡树，潘令花繁贺版舆。	送丁明府赴紫溪任	罗隐
	潘令新诗忽寄来，分明绣段对花开。	酬张明府	施肩吾
	鄚侯方继业，潘令且闲居。	赠萧河南	韦应物
	故人分职去，潘令宠行来。	同卢明府饯张郎中除义王府司马海园作	孟浩然
	行春潘令至，勤恤戴星光。	潘安仁戴星看河阳花发	吕敞

潘安	闲居有亲赋，搔首忆潘安。	溪斋二首（其二）	齐己
	闻说潘安方寓直，与君相见渐难期。	山中寄苗员外	李端
	潘安秋兴动，凉夜宿僧房。	同苗员外宿荐福寺僧舍	李端
	恐是潘安县，堪留卫玠车。	花底	杜甫
	肠断旧游从一别，潘安惆怅满头霜。	秋日	沈彬
	潘安过今夕，休咏赋中愁。	赋得九月尽	元稹
	潘安寄新咏，仍是夜深来。	城外回，谢子蒙见谕	元稹
	逢秋莫叹须知分，已过潘安三十年。	凉风叹	白居易
	多于贾谊长沙苦，小校潘安白发生。	不准拟二首（其二）	白居易

檀郎	浴罢檀郎扪弄处，灵华凉沁紫葡萄。	酥乳	赵鸾鸾
	烂嚼红茸，笑向檀郎唾。	一斛珠	李煜
	谢氏檀郎亦可俦，道情还似我家流。	送顾处士歌	皎然
	一自檀郎逐便风，门前春水年年绿。	苏小小歌	温庭筠

	檀郎好联句，共滞谢家门。	送史申之峡州	司空曙
	今日好为联句会，不成刚为欠檀郎。	袭美病中闻余游颜家园见寄，次韵酬之	陆龟蒙
	薄幸檀郎断芳信，惊嗟犹梦合欢鞋。	惆怅诗十二首（其六）	王涣
	应倾谢女珠玑箧，尽写檀郎锦绣篇。	七夕	罗隐
檀郎	檀郎谢女眠何处，楼台月明燕夜语。	牡丹种曲	李贺
	因书报惠远，为我忆檀郎。	五月六日，发石头城，步望前船，示舍弟兼寄侯郎	沈亚之
	好与檀郎寄花朵，莫教清晓美蛛丝。	七夕寄张氏兄弟	李郢
	谢傅门庭旧末行，今朝歌管属檀郎。	王十二兄与畏之员外相访见招小饮，时予以悼亡日近不去因寄	李商隐
	云绕千峰驿路长，谢家联句待檀郎。	送薛耽先辈归谒汉南	薛逢

粗略统计关于潘岳的十二种典故应用次数如下：

典故	次数
潘岳	41
潘鬓	7
潘郎	32
安仁	19
白首同归	2
掷果	3
河阳	31
潘子	5
潘令	7
潘安	9
檀郎	13

以上所举唐诗中关于潘岳典故主要涉及的内容有：

（一）与潘岳人生经历的共鸣

这是所有典故中涉及到内容最多的一类，几乎所举十一个典故类型都有部分诗作借潘岳事迹表达自己仕途失意、人生苦楚的。潘岳在仕途中孜孜以求、锲而不舍的精神正迎合了唐代诗人建功立业的愿望、积极进取的精神，唐代诗人有着广阔的眼界和博大的胸怀，吟咏怀才不遇的悲歌时会流露出对功业的渴望，表达出的情感虽然失意但不颓废，这在初盛唐时期的诗作中尤为明显，如李中的《海城秋日书怀寄朐山孙明府》："鉴里渐生潘岳鬓，风前犹著卜商裘。鸣琴良宰挥毫士，应笑蹉跎身未酬。"白发渐生引发的并非是人生短暂的感慨，而是功业未成、壮志未酬的遗憾，追求不朽功名的高昂意气创造了诗歌的慷慨奇伟之美。有的甚至直接以潘岳喻人或自比，如杨巨源《见薛侍御戴不损裹帽子因赠》"潘郎对青镜，乌帽似新裁。"李端《长安感事呈卢纶》："蹉跎潘鬓至，蹭蹬阮途穷。"孟浩然《晚春卧病寄张八》："贾谊才空逸，安仁鬓欲丝……常恐填沟壑，无由振羽仪。穷通若有命，欲向论中推。"唐人从不避讳对不朽功名的追求，因而在这方面最易于与潘岳产生情感的共鸣。

（二）对潘岳深情的企羡

潘岳个人情感的丰富，对爱情、亲情、友情的执着是唐代诗人接受潘岳的又一着眼点。唐代尤其是中晚唐时期出现了大量悼亡诗，出现了韦应物、元稹、李商隐等创作悼亡诗的大家，这既是对潘岳深情的积极接受也是受其悼亡诗影响的结果。诗作者或感慨于潘岳对妻子的深深眷恋，如鱼玄机《和新及第悼亡诗二首》"彩云一去无消息，潘岳多情欲白头。"李商隐《属疾》："许靖犹羁宦，安仁复悼亡。"或敬仰于潘岳对友人的侠义之气，如李玖《喷玉泉冥会诗八首·四丈夫同赋》："青云自致惭天爵，白首同归感昔贤。"白居易《九年十一月二十一日感事而作》："当君白首同归日，是我青山独往时。"或钟情于潘岳对子女的博大父爱，如杜甫《风疾舟中伏枕书怀三十六韵，奉呈湖南亲友》："瘝夭追潘岳，持危觅邓林。"等等，涉及到了潘岳对妻子、对友人、对子女深情的各个方面，突破了六朝以来对潘岳作品所表达情感的宏观评价，转而热衷于潘岳本人的现实情感，并且常常以同情或仰慕的态度出之，从这一点看，唐人将潘岳接受范畴扩大到了作品之外。

（三）对潘岳姿仪才华的仰慕

这一方面的接受是承接东晋南北朝对潘岳的态度而来并有所深入，只是用诗歌的方式拓展了潘岳接受的途径。强大统一帝国造就了唐人积极自信的性格，他们追求理想的人生、完美的人格，才貌双全的潘岳便成了唐诗中常常出现的话题，并由唐诗的传播而渐成佳话，当然，这是在唐人没有将作家人品纳入审美评价范畴的前提下的接受结果。称颂潘岳之才，如刘希夷《洛川怀古》："词赋归潘岳，繁华称季伦"，李益《兰陵僻居联句》："潘岳闲居赋，陶潜独酌谣"，李乂《饯唐永昌》："田郎才貌出咸京，潘子文华向洛城"。赞美潘岳之貌，如李嘉佑《送崔十一弟归北京》："潘郎美貌谢公诗，银印花骢年少时"，司空图《冯燕歌》："掷果潘郎谁不慕，朱门别见红妆露"等，充满了仰慕之情。

（四）对潘岳生活方式的认同

追求个体的独立自由和生活的恬适是唐代人的共同心态，因而那些表现独立人格精神的前代生活方式，是他们所向往和追求的，唐人接受了潘岳曾经真实的或是作品中描述的阶段性田园式的生活，为潘岳在唐代的接受注入了新的内容。唐人常把潘岳与陶渊明同典，"潘郎作赋年，陶令辞官后"（皇甫冉《寄刘方平》）、"花明潘子县，柳暗陶公门"（岑参《春寻河阳陶处士别业》）、"河阳富奇藻，彭泽纵名杯"（李白《赠从孙义兴宰铭》）、"潘岳闲居赋，陶潜独酌谣"（李益《兰陵僻居联句》）、"陶潜彭泽五株柳，潘岳河阳一县花"（沈彬《阳朔碧联峰》）、"潘岳赋中芳思在，陶潜篱下绿英无"（李郢《寄友人乞菊栽》）等等，在唐人眼中，潘岳的闲居与陶渊明的田园一样令人向往。

唐人对潘岳生活方式的认同更加集中表现在"河阳"这一典故的应用上，"河阳"原典为"河阳一县花"，语出庾信《枯树赋》："若非金谷满园树，即是河阳一县花。"白居易《白氏六帖》谓："潘岳为河阳令，种桃李花，人号曰：‘河阳一县花。’”唐人用此典故作为咏花之词，喻地方之美，兼赞地方官造福一方，如“花情纵似河阳好，客心倍伤边候早”（卢僎《十月梅花书赠》）；以“河阳”衬托巴地梅花繁盛，“颍阳春色似河阳，一望繁花一县香”（卢纶《中书舍人李座上送颍阳徐少府》），用河阳县花比拟颍阳多花。这些都表达了唐人赞赏潘岳遍种桃李的生活状态。再如："河阳花作县，秋浦玉为人。"（李白《赠崔秋浦三首》其三），用河阳令比拟秋浦令崔氏，暗含着对潘岳作为河阳县令时的勤于政绩的为官态度的赞赏。在运用"河阳"这一典故时，也包含着对潘岳才气的赞赏和自身功业未成的幽愤。如："苹鹿未能移海曲，县花寻已落河阳"（罗隐《箧中得故王郎书》），用河阳花落比喻才子王郎中去世；"彭泽官初去，河阳赋始传"（王勃《三月曲水宴得烟字》），在淡淡愁思之中包含着对潘岳入世精神的认同。

（五）以潘岳人生经历立意

潘岳一生志深轩冕，却仕途坎坷，这一点特别容易与醉心功名的唐代诗人产生共情。蒋贻恭《咏安仁宰捣蒜》咏叹潘岳出任县令时的勤政爱民；吕敞《潘安仁戴星看河阳花发》咏叹不得志的潘岳。他们虽然于诗歌中专门吟咏古人古诗，不着一字于己，而诗人自悼的情绪已经弥漫于整个诗歌之中，那个"勤恤戴星光""为政宵忘寝"的潘岳何尝不是辗转下僚又恪尽职守的自己。再如刘希夷《洛川怀古》怀念西晋都城洛阳，以及名震洛阳城的潘岳、石崇，慨叹他们当年的风华如今已经化为尘土，作者又将潘岳的悲剧人生移入自己的生命体验当中："岁月移今古，山河更盛衰。晋家都洛滨，朝廷多近臣。词赋归潘岳，繁华称季伦。梓泽春草菲，河阳乱华飞。绿珠不可夺，白首同所归。"山河盛衰、人生易逝的感叹包含着生命意识的觉醒，一切繁华终归只是过眼云烟，只有蔓草碑茔诉说着世路悲伤。对潘岳、石崇事迹的追溯暗含着作者对人生的思索：既然人世短暂，何以长存？白首同归的气概、文采英华的词句乃为不朽，对人生的思考和追求未曾间断。唐人对潘岳的人生经历的接受常常是融入到个体的生命体验当中的，他们并非对既定事实作高屋建瓴的评价，而是从中寻找与自己生命经历相通的地方，抒发各种感慨愁思。

根据如上统计，《全唐诗》中运用与潘岳相关的十一种典故共 169 处，就典故中出现频次最高的名与字作为统计标准，在魏晋南北朝的一百余位作家中，只有建安时期的王粲的典故的应用频次超过了潘岳①。作为大众读者接受风向标的精英读者往往在传播的过程中起到了举足轻重的作用，唐代的诗歌成为潘岳诗文得以传播的又一重要载体，使潘岳的作品再次焕发出旺盛的生命力。

二、潘岳其人在唐代产生的效果

唐诗之所以成为当时最为流行的文学语言，因为它用普通人最喜闻乐见的方式反映了各个阶层的生活状态，最符合普通大众的审美趣尚，因而唐代诗歌应用有关潘岳的典故的状况，可反馈出普通读者对潘岳的接受状况。纵观潘岳典故在唐诗中的应用，可见潘岳故事在唐代产生的效果呈现出如下特点：

（一）接受范围广

运用与潘岳相关的典故，在唐诗中已成为普遍现象，诗作者上至皇族贵戚，如李林甫、张九龄等，下至无名士人、深闺妇人如王氏者，甚至是道士如鱼玄机者，大家如李白、杜甫、白居易、岑参、元稹者，小至姓名湮没无闻者，足见潘岳的故事接受范围之广。其中一些作者以潘岳作比，或比美貌："潘郎美貌谢公诗，银印花骢年少时。"（李嘉佑《送崔十一弟归北京》）或比才华："田郎才貌出咸京，潘子文华向洛城。"（李乂《饯唐永昌》）

---

① 王粲姓名在《全唐诗》中出现的频次为 60 次，字出现的频次为 59 次，潘岳姓名的出现频次为 45 次，字的出现频次为 26 次。

或比愁思："潘岳岁寒思，屈平憔悴颜。"（刘禹锡《谪居悼往二首》）可见潘岳其人其事在多个方面都能引起唐人的共鸣。

（二）灵活运用原始故事

潘岳的典故在许多诗人那里已经不再取义于故事的本意，而是根据自身创作的思想意蕴决定典故的意义，最典型的要数"掷果"和"河阳"二典。"掷果"之事见于裴启《语林》："安仁至美，每行，老妪以果掷之，满车。张孟阳至丑，每行，小儿以瓦石投之，亦满车。"①《世说新语·容止》："潘岳妙有姿容，好神情。少时挟弹出洛阳道，妇人遇者，莫不连手共萦之。左太冲绝丑，亦复效岳游遨，于是群妪齐共乱唾之，委顿而返。"②意谓"掷果盈车"乃安仁少年之事，"掷果"者乃"老妪"，为爱怜儿孙辈之情谊，两处记载均与爱情无关。唐诗中引用此典多与爱情有关，这可能与唐人所修《晋书》语焉不详有关，唐人丰富的想象力赋予原典新的意蕴，增加了潘岳的传奇色彩并且深入人心，否则就不会古有卢文弨今有余嘉锡特意就此事予以考辨纠正了。"河阳"这一典故，在唐诗中脱离了其作为潘岳"志深轩冕"象征的原意，反而成为唐人表达隐逸情趣的重要端口，这也是潘岳典故得以灵活运用的典型。另外，同一典故所表达的意蕴也不尽相同，如"潘郎"一典，有单纯指情郎者："昨宵绮帐迎韩寿，今朝罗袖引潘郎。"（乔知之《倡女行》）有喻不得志者："潘郎悲白发，谢客爱清辉。"（刘长卿《罢摄官后将还旧居，留辞李侍御》）也有喻貌美者："貌愧潘郎璧，文惭吕相金。"（韦庄《同旧韵》）一些诗歌将有关潘岳的不同典故合用，根据作者的意图表达多样的情思，如钱起《题郎士元半日吴村别业，兼呈李长官》："自叹

---

① 转引自［南朝宋］刘义庆著，余嘉锡笺疏：《世说新语笺疏》，北京：中华书局，2007 年版，第 717 页。

② ［南朝宋］刘义庆著，余嘉锡笺疏：《世说新语笺疏》，北京：中华书局，2007 年版，第 717 页。

梅生头似雪，却怜潘令县如花。"把潘岳《秋兴赋》中的自叹二毛与潘令连用，加深作者郁郁不得志的愁思，表达含蓄隽永。

（三）赋予典故以象征的意义

唐诗常将潘岳作为参照系来表达对某人外表和才华的评价，如魏知古《春夜寓直凤阁怀群公》："昔重安仁赋，今称伯玉诗。"白居易《题郡中荔枝诗十八韵，兼寄万州杨八使君》"唯君堪掷赠，面白似潘郎。""潘郎"的典故几成情郎的象征，"河阳"几成潘岳的又一标签，这说明了潘岳故事流传的广泛和普遍，已经深入人心，作者所要表达的思想意蕴很容易得到理解和接纳。潘岳的故事经过唐代最为流行的文学语言的传播得以流传下来，并且在传播的过程中逐渐成为带有某种象征意义的符号为后人所接受，已经超出了一般典故所应达到的效果，唐诗在接受过程中赋予了潘岳新的意义。

（四）对潘岳采取理解的态度

唐诗典故中对潘岳的态度以称颂为主，贬抑之词甚少，无论是潘岳真实的人生经历还是潘岳诗赋作品表达的情思，唐人往往是以理解和同情的态度看待的，他们以心灵化的体悟解析潘岳，潘岳的人格精神在诗歌这种内向型的思维模式当中得到认同，魏晋南北朝时期对潘岳的总体态度也是肯定居多，但多以文学批评的角度进行相对宏观和理论性的评价，而唐人主要是从人生经历的共鸣中寻找共同点，理解潘岳，反思自身。

综上，潘岳其人在唐代诗歌中频繁地出现，表明了精英读者群和普通读者群两个层面对他的接受，精英读者群分饰接受者和传播者两种角色。从这两个群体所产生的效果上看，唐人对潘岳的态度是欣赏大于诟病的。读者生活时代的社会风尚、文化传统都是构成读者期待视野的重要组成部分。因此，在包容与开放的唐代，潘岳其人其作的影响力得到了继续的发展和深化，而唐代诗歌成为了潘岳诗文经典化进程中的重要载体。

第四节 李善注《文选》对潘岳诗文的传播与接受

在传统道德意识介入不甚明显的唐代，尤其是中唐以前潘岳及其作品受到了相当的礼遇，在这一进程中，《昭明文选》功不可没，是潘岳诗文经典性生成的又一重要载体。《旧唐书·曹宪传》载："江、淮间为《文选》学者，本之于宪，又有许淹、李善、公孙罗复相继以《文选》教授，由是其学大兴于代。"① 又记载许淹撰《文选音》十卷，李善注解《文选》分六十卷，公孙罗著《文选音义》一卷，孟利贞撰《续文选》十三卷等等，证实了当时《文选》已经成为专门的学问流行于世。在唐代乃至后世的文人学习前代文学作品时都要经过阅读《文选》的阶段，大诗人杜甫教导儿子时说要"孰精《文选》理"，骆鸿凯《文选学》认为："唐以诗取士……时主雅量其书（指《文选》）乃至分别以赐金城（公主），书绢素以属裴行俭。风尚所趋，尤关轻重。故唐代士人之于《文选》无不人手一编，奉为圭臬。"②《文选》后来又成为唐代科举考试的内容之一。鉴于以上原因，唐代士人从小便受到《文选》的熏陶，潘岳在萧统审美价值标准下的地位前文已有论述，其诗赋哀诔均有优秀作品入选，正是《文选》在唐代的倍受重视，使得潘岳的诗文在普通士人当中得以普及。

《文选》见重于当时，于是训注家先后继起。最早始于萧统侄子萧该的《文选音》，陈隋以后的注本大都失传，唐显庆年间（656—661），李善为之作注，改分原书三十卷为六十卷，开元年间（713—741），五臣（吕延济、刘良、张铣、吕向、李周翰）为《文选》注，从此《文选》就有两种不同的注释本流传下来。《文选》注释的出现反映了读者对所选作品接受的实际情

① ［后晋］刘昫：《旧唐书》卷一八九，《曹宪传》，北京：中华书局，1975年版，第4946页。
② 骆鸿凯：《文选学》，北京：中华书局，1975年版，第72页。

况，随着时间的推移，后代读者与先代优秀作品之间的陌生感也在逐渐地增加，李善注本用征引的方式选择原始文献帮助读者加深理解，五臣注以直接解释词义的方式帮助读者理解文学作品，分别针对具有不同文化知识背景的读者群采取不同的注释方式，既拉近了读者与作品之间的距离，又反过来推进了所选作品接受范围的扩大化。李善注本搜集材料众多，是一部集大成的学术著作，它用训诂解释作品，是文字训诂和校勘辑佚的重要参考资料。李善注《文选》对潘岳作品的释义，体现了注释者以批评家的眼光、新的视角探寻潘岳文学作品的价值和意义。

一、注引潘岳作品佚文

潘岳的作品几经散佚，所留下作品并不是其创作的全部，许多潘岳已经散佚的作品通过李善注本才得以流传下来，成为了解潘岳散佚作品的珍贵资料。

《文选·游仙诗》注引潘岳《朝菌赋序》："朝菌者，时人以为蕣华，庄生以为朝菌。其物向晨而结，绝日而殒。"（1024 页）

《文选·升天行》注引潘岳《朝菌赋》："奈何兮繁华，朝荣兮夕毙。"（1329 页）

《文选·射雉赋》注引潘岳《射雉赋序》："余徙家于琅邪，其俗实善射，聊以讲肄之余暇，而习媒翳之事，遂乐而赋之。"（415 页）

《文选·杂诗三首》注引潘岳《秋菊赋》："泛流英于清醴，似浮萍之随波。"（1391 页）

《文选·齐竟陵文宣王行状》注引潘岳《故太常任府君画赞》："学综群籍，智周万物。"（2571 页）

《文选·齐竟陵文宣王行状》注引潘岳《司空郑袤碑》："公虽违华衮，

犹朱其绂。"（2581 页）

《文选·宋孝武宣贵妃诔》注引潘岳《妹哀辞》："庭祖两柩，路引双辀，尔身尔子，永与世辞。"（2481 页）

《文选·西征赋》注引潘岳《伤弱子辞序》："三月壬寅，弱子生，五月之长安。"（446 页）

《文选·齐故安陆昭王碑文》注引潘岳《羊夫人谥策文》："光启洪祚，庆流万国。"（2562 页）

《文选·恨赋》注引潘岳《邢夫人诔》："临命相决，交腕握手。"（745 页）

《文选·秋胡诗》注引潘岳《从姊诔》："义心清尚，莫与之邻。"（1005 页）

《文选·宋孝武宣贵妃诔》注引潘岳《秦氏从姊诔》："家失慈覆，世丧母仪。"（2478 页）

《文选·庐陵王墓下作》注引潘岳《虞茂春诔》："姨抚坟兮告辞，皆莫能兮仰视。"（1095 页）

《文选·〈王元长〉三月三日曲水诗序》注引潘岳《贾武公诔》："惟帝以公，通扬祖宗。延登东序，服衮珥彤。"（2016 页）

《文选·褚渊碑文》注引潘岳《贾充诔》："使夫疑庙，定于神算。"（2517 页）

《文选·河阳县作二首》注引潘岳《天陵诗序》："岳屏居天陵东山下。"（1222 页）

《文选·杨荆州诔》注引潘岳《荆州刺史东武戴侯杨使君碑序》："肇骑府君之嫡孙，领军肃侯之嗣子。""嘉平初，除轵令。""迁治书侍御史。""肇兼统大理之任。""除野王典农中郎将。""五等初建，封东武子。""皇祖之始，典戎武卫。""以清宫勋劳，进封东武伯。""领东莞相，荆州刺

史。""加折冲将军。""肇薨，天子愍焉，遣谒者祠以少牢，谥曰戴侯。"（2441—2443 页）

《文选·宿东园》注引潘岳《东郊诗》："出自东郊，忧心摇摇。遵彼菜田，言采其樵。"（1061—1062 页）

《文选·应诏燕曲水作诗》注引潘岳《鲁公诗》："如地之载，如天之临。"（962 页）

《文选·齐故安陆昭王碑文》注引潘岳《金谷会诗》："遂拥朱旄，作镇淮泗。"（2547 页）

《文选·褚渊碑文》注引潘岳《家风诗》："经始复图终，葺宇营丘园。"（2521 页）①

潘岳作品的佚文多数都来自李注《文选》，对潘岳研究意义重大。它们是《潘岳集》的补充资料，其中的一部分是《潘岳集》中已有作品中散佚的内容，还有一部分是完全没有流传下来的作品，如《朝菌赋》《邢夫人诔》《从妹诔》《虞茂春诔》等篇均已散佚，李注《文选》向后世读者告知了它们的存在。这些佚文有的还透露了潘岳真实生活经历的些许信息，如《天陵诗序》可知潘岳曾有过隐居天陵东山的经历，《东郊诗》透露了潘岳隐居的生活。从《文选》辑佚出潘岳创作的部分文字，不仅说明了潘岳对魏晋南北朝时期作家影响之深，也表明潘岳这些现已散佚的作品在唐代还在被广泛地传播着、接受着。

二、汇集前代诸家的有关释义

李注《文选》适当汇集前人注释，为潘岳研究提供了广泛而可靠的资料。李善汇集大量与所释作品相关的资料，这些资料释义潘岳作品主要有如下三种作用。首先，提供释义的依据。如《西征赋》："窥七贵于汉庭，诔一姓

---

① ［南朝梁］萧统编，［唐］李善注：《文选》，上海：上海古籍出版社，1986 年版。

之或在"中对"诪"字的释义：《声类》曰："诪，亦畴字也"，《尔雅》曰："畴，谁也。"① 通过两个典籍考证"诪"字的读音和意义。再如《藉田赋》题目注引臧荣绪《晋书》曰："臧荣绪《晋书》曰：'泰始四年正月丁亥，世祖初藉于千亩，司空掾潘岳作藉田颂也。'"② 这种征引的方式保留了释义的客观性。

其次，说明词语、典故的出处和来源。潘岳作品中有许多语典和事典，李善广泛地进行征引，如《西征赋》："祚隆昌发，旧邦惟新"句的征引内容：

左氏传，刘子曰：美哉禹功，明德远矣。史记曰：帝喾高辛者，黄帝曾孙也。姜嫄为帝喾元妃，生弃，号曰后稷，别姓姬氏。毛诗曰：思文后稷，克配彼天。又曰：厥初生人，时维姜嫄。又曰：古公亶父，来朝走马，率西水浒，至于岐下。史记曰：后稷之孙庆节立国于邰。后古公为戎狄攻之，遂去邰，止于岐下。公季卒，子昌立，曰文王。文王崩，太子发立，是为武王。毛诗曰：周虽旧邦，其命惟新。偕与喾同。邰与斄同。③

这段注释追溯了姬姓的来源、西周建国的过程，以及潘岳此句对《毛诗》语句的化用等，使读者在理解作品内容的同时，进一步了解西周的历史。再如潘岳的《寡妇赋》许多地方取材或模仿丁廙妻《寡妇赋》，李善注本显示共十八处。李善有时用征引的语典和事典，作为自己的理解和说明的依据，如

---

① ［南朝梁］萧统编，［唐］李善注：《文选》，上海：上海古籍出版社，1986 年版，第 441 页。

② ［南朝梁］萧统编，［唐］李善注：《文选》，上海：上海古籍出版社，1986 年版，第 337 页。

③ ［南朝梁］萧统编，［唐］李善注：《文选》，上海：上海古籍出版社，1986 年版，第 443 页。

《秋兴赋》："行投趾于容迹兮，殆不践而获底。阙侧足以及泉兮，虽猴猿而
不履。"李善注曰："言人之行，投趾在乎容迹之地，近不践而获安，若以足
外为无用，欲阙之及泉，虽则捷若猴猿，亦不能履也。"然后又征引《庄子》
以论证自己的观点："惠子谓庄子曰：'子言无用。'庄子曰：'知无用而可
与言用矣。夫地非不广且大也，人之所用容足耳。然则侧足而垫之致黄泉，人
尚有用乎？'惠子曰：'无用。'庄子曰：'然则无用之为用也亦明矣。'"①
以客观性和主观性相结合的释义方式，将潘岳原文所蕴含的哲理挖掘出来。

再次，汇集诸家释义，注释者主观倾向蕴含其中。李善常常对一句原文
注以多家相关资料，而不加以解释，而其集注的内容本身就是经过他的选择
和删改的，与李善本人的思想观点密切相连。如《马汧督诔》："若夫偏师
裨将之殒首覆军者，盖以十数。"李氏注曰："《左氏传》，韩子曰：'虽
以偏师陷，子罪大矣！'《汉书》曰：'大将军霍去病裨将侯者九人。'《汉
书》谷永上书曰：'齐客陨首公门，以报恩施。'《史记》齐使人说越曰：
'韩之攻楚，覆其军，杀其将。'"②李注分别征引了《左传》《汉书》《史
记》中的记载，此处同时征引多家注释，对战事的危机状况起到了一定的渲
染和强调的作用，而注者李善的关切之情已蕴含其中。

汇集前代学者注释，显示了李善本人的博闻广识，同时对潘岳作品的传
播起到推波助澜的作用。

三、对潘岳作品原意的发挥

李善注本偏重于释事和辞义的溯源，用训诂解释作品的注释体文学批评，

① ［南朝梁］萧统编，［唐］李善注：《文选》，上海：上海古籍出版社，1986 年版，
第 589 页。

② ［南朝梁］萧统编，［唐］李善注：《文选》，上海：上海古籍出版社，1986 年版，
第 2455 页。

他以客观性的批评为主，"自由释义"①也占很大比重，就潘岳作品的释义来说，《关中诗》是李注充分发挥作品原意进行自由释义的典型。注释在以释事为主的前提下，道出了潘岳于诗中不便于直接表达出来的思想情感，尽可能地接近原诗作者的真实意图，体现中国古代文学批评心灵化的思维特征，②注释者的主观态度也于释义中得到表达。李注《关中诗》中的自由释义主要有：

第八章"乱离斯瘼，日月其稔"，注曰："言乱离之道，于此将散，论其日月，为恶又熟，言必亡也。"

第十章每两句有一处自由释义："兵固诡道，先声后实"，注曰："言观扬声合于诡道也。""闻之有司，以万为一"，注曰："言有司疑观之诈，故观言诛万，有司以之为一。""纣之不善，我未之必"，注曰："以纣喻观也，言观虽妄声，而同纣之不善，我未以为必然。疑有司抑之太甚也。""虚晶淯德，缪彰甲吉"，注曰："言观虚明诛二羌之功，此观之过也。虚晶缪彰，其义一耳，但交相避。"

第十一章："岂曰无过，功亦不测"，注曰："过谓虚晶淯德，功谓重围克解。"

第十二章："畴真可掩，熟伪能久"，注曰："言谁为真事而可蔽掩，谁行伪事而可久施乎？言真伪之理立即可明，观言为真，骏言为伪。"

第十三章每两句有一处自由释义："既征而辞，既蔽尔讼"，注曰："谓有司考验之也。""当乃名实，否则证空"，注曰："其言当者，明示以事实；其理否者，显告之状空。""好爵既靡，显戮亦从"，注曰："言赏罚之

①　关于李注《文选》自由释义的的观点主要参考邬国平：《文选训诂与自由释义——以李善注〈文选〉作为考察对象》，《中山大学学报（社会科学版）》，2012 年第 3 期。

②　白寅：《心灵化批评——中国古代文学批评的思维特征》中国社会科学出版社，2005 年版。

法,在乎功过,当者既靡之以好爵,否者亦从之以显戮。""不见窦林,伏尸汉邦",注曰:"此喻骏也。"

第十四章:"以古况今,何足曜威",注曰:"言古弱而患,今疆而胜之,抑亦常理,何足以曜威乎。""徒愍斯民,我心伤悲",注曰:"不足曜威,而为诗者为愍斯民,故言之也。"

第十五章:"绛阳之粟,浮于渭滨",注曰:"谓运绛阳之粟以赈关中也。"

第十六章:"靡暴于众,无陵于强",注曰:"诫群司也。言无以众而暴寡,无以强而凌弱。""惴惴寡弱,如熙春阳",注曰:"谓关中民也。群司既整,寡弱免于凌暴,心皆慕义,如悦春阳。"①

　　李善在《关中诗》注释中多次表达明确的主观态度,这在其对潘岳作品的注释中是少见的,反映了他对于潘岳这组诗歌的重视,表明了注者对这段历史了然于心。李注不断征引各种版本的《晋书》予以取证,既是自己主观判断的依据,也是对《关中诗》具有史的价值的肯定。他还对诗歌表达的弦外之音给予态度鲜明的阐发,如第八章注释"言必亡也"这是潘岳无论如何也不能说出口的,原诗只委婉地表达对当下形势的忧虑,并未达到已经看到西晋将亡的高度,李善在历史事实已经确定的情况下,高屋建瓴地做出判断,这是李善对潘岳的理想化接受。对孟观和夏侯骏所言之真伪更是做出明确的主观判断:"观言为真,骏言为伪。"又认为潘岳"不见窦林,伏尸汉邦"之言,是暗指夏侯骏。这是注者为抓住潘岳诗心而为之。潘岳在《上关中诗表》中有言:"齐万年编户隶属,为日久矣,而死生异辞,必有诡谬,故引证喻,以惩不恪。"说明了写作《关中诗》的主要意图就是要针对关于齐万

① [南朝梁]萧统编,[唐]李善注:《文选》,上海:上海古籍出版社,1986年版,第936—941页。

年生死异辞这一事实做出分析，希望朝廷能够给予断案，奖罚分明，在《关中诗》中又提出了种种疑点，却并未明确说明孰真孰伪。李注站在历史的高度，替潘岳说出其未明言之语，且不论李氏所言是否贴合潘岳所念，就文学批评的角度而言，如此深入地从作家思想和心态入手，尽可能接近作家创作意图的批评方法是前所未有的。

　　李氏之于潘岳作品的传播意义还在于其他作家作品中征引潘岳的创作。《西征赋》就是个典型，刘孝标《广绝交论》："九域耸其风尘，四海叠其熏灼。"注引《西征赋》："当恭、显之任势也。燻灼四方，震燿都鄙。"① 颜延年《陶征士诔》："哲人卷舒，布在前载。"注引《西征赋》："遽与国而卷舒。"②

　　以上所举李注对潘岳文学作品细节的关注，是抽象化的理论批评难以触及的，因而李注为潘岳的文学研究开拓了一个新的领域，在潘岳接受史上画上了浓墨重彩的一笔。

第五节　潘岳在唐代精英读者群中的影响

　　"精英读者对某种风尚的推重在经过一定的时间后，往往能成为大众读者接受的风向标"③ 潘岳诗文经典地位在唐代得以确立，离不开创作型读者的推崇。唐代出现了大批受到潘岳创作影响的作品，甚至出现同名或同类题材的继作。

---

　　① ［南朝梁］萧统编，［唐］李善注：《文选》，上海：上海古籍出版社，1986 年版，第 2370 页。

　　② ［南朝梁］萧统编，［唐］李善注：《文选》，上海：上海古籍出版社，1986 年版，第 2474 页。

　　③ 郁玉英，王兆鹏：《宋词第一名篇〈念奴娇·赤壁怀古〉经典化探析》，《齐鲁学刊》2009 第 6 期，第 116 页。

一、唐代悼亡诗

潘岳的悼亡诗开启了一种诗歌类型，这种类型在唐代尤其是中晚唐时期焕发了新的活力。经历了安史之乱的巨大社会变故之后，庞大的封建帝国呈现衰颓之势，国家的江河日下使文人的审美趣味、眼界心胸都发生了较大的变化，文坛上难以找到初盛唐时期的昂扬向上、积极进取的诗篇，表达自伤身世、惆怅哀思的作品渐多，出现了大量的悼亡诗，这是继潘岳之后，悼亡诗创作的一个高潮，出现了一批悼亡诗创作的名家，他们都不同程度地受到潘岳悼亡诗的影响。

（一）淋漓倾注以悼亡的韦应物

韦应物的悼亡诗数量达三十余首，其中在妻子去世不久之后所写作品受到潘岳影响最深。如《伤逝》的后半部分："一旦入闺门，四屋满尘埃。斯人既已矣，触物但伤摧。单居移时节，泣涕抚婴孩。知妄谓当遣，临感要难裁。梦想忽如睹，惊起复徘徊。此心良无已，绕屋生蒿莱。"[1] 超出常态的感情追思，神情恍惚的幻觉与现实的强烈对比，简直就是潘岳对妻子寝食难忘之深情的再现。再如《送终》一诗写与妻子的阴阳永隔，写作方法受到潘岳的深刻影响，其环境场面的渲染、真挚动人的情感，与潘岳悼亡诗文有异曲同工之妙：

时节变化起兴：奄忽逾时节，日月获其良。（韦诗）

荏苒春冬谢，寒暑忽流易。（潘岳《悼亡诗》）

曜灵运天机，四节代迁逝。（潘岳《悼亡诗》）

送别场面凄凉：萧萧车马悲，祖载发中堂。（韦诗）

去华撵兮初迈，马回首兮旋旆。（潘岳《哀永逝文》）

天人永诀的感伤：生平同此居，一旦异存亡。（韦诗）

---

① ［唐］韦应物著，陶敏、王友胜校注：《韦应物集校注》，上海：上海古籍出版社，1998年版，第393页。

昔同途兮今异世，忆旧欢兮增新悲。（潘岳《哀永逝文》）

之子归穷泉，重壤永幽隔。（潘岳《悼亡诗》）

出行望孤坟：行出国南门，南望郁苍苍。（韦诗）

驾言陟东阜，望坟思纡轸。（潘岳《悼亡诗》）①

韦诗通过环境场面的渲染，来烘托悲凄感情的写法，得益于潘岳。又不惜笔墨地表达悲伤之情："日入乃云造，恸哭宿风霜。晨迁俯玄庐，临诀但遑遑。方当永潜翳，仰视白日光。俯仰遽终毕，封树已荒凉。独留不得还，欲去结中肠。"韦应物回环往复的悼亡之情与"悼亡犹费词"（元稹《三遣悲怀》其一）的潘岳一样淋漓倾注。

（二）情洞悲苦、自伤身世的元稹悼亡诗

元稹悼亡诗绝大多数为其第一任妻子韦丛而作，流传至今的约有二十二题三十三首诗，这些内容丰富、感人至深的悼亡诗作以其独特的创作个性确立了元稹在中国诗歌史上悼亡大家的地位。元稹悼亡诗也留下了些许受潘岳影响的痕迹，主要表现在：

1.组诗形式。组诗的形式无疑要比单一的诗歌更加适合多角度、全方位的表达感情。潘岳的是第一个采取组诗形式创作悼亡诗的作家，元稹继承了这种写作形式，而且以更加纯熟、精致的表达将组诗形式在悼亡诗中的运用推向了新的高度。元稹悼亡诗中共有三组组诗，分别为《三遣悲怀》《江陵三梦》《六年春遣怀八首》。《三遣悲怀》设置多个场景，环环相扣、互为呼应地一吐心中郁结的悲苦之情，以时间为顺序从韦氏出嫁前的生活状态写起，描写生活的片段，将叙述与抒情有机结合在一起，以组诗的形式淋漓倾注地表达哀思无疑是更加合适的。

---

① ［唐］韦应物著，陶敏、王友胜校注：《韦应物集校注》，上海：上海古籍出版社，1998 年版，第 398 页。

2.自伤身世之感。潘岳《杨氏七哀诗》在悼念妻子的时候发出"人居天地间，飘若远行客"的感慨，在亲人的死亡中思考自身生命存在的意义，亲友的接连逝去加上仕途中的接连打击，使潘岳在悼念亲友时不免有自伤之情，元稹同样在悼念亡妻的同时，不乏自伤身世之感："闲坐悲君亦自悲，百年都是几多时！"①同样包含着些许生命无常、人生短促的情绪，而元稹更是以典故的形式与潘岳达到了心灵的交汇："邓攸无子寻知命，潘岳悼亡犹费词。"②韦丛与元稹只育有一女，没有儿子，这成为元稹的一大遗憾，诗中用邓攸无子的典故自伤身世的凄凉，又用潘岳自比，在悼念妻子的悲痛中透出对人生的无奈。

3.梦境的创造。严格意义上说，潘岳的悼亡诗文并没有涉及梦境的创造，但多次运用汉武帝与李夫人的典故，创造亦幻亦真的情境，在现实与幻觉的强烈对比中表达无法排解的伤悼之情。这种用法在经历了江淹、沈约、韦应物以只语片言抒写梦境的阶段之后，元稹将梦境作为一种题材表达无限的哀思，如《江南三梦》《感梦》《梦井》《梦成之》等，在如梦如幻的情境中，作者那孤苦无依、形影相吊的形象越发鲜明，其真挚的情感更能打动人心。梦境题材的运用受到了潘岳悼亡诗文中由思念妻子所致的神情恍惚状态描写的启发。

（三）其他悼亡诗人

唐代还有一些诗人创作了不少感人至深的悼亡诗，李商隐、刘禹锡、孟郊、韦庄等著名诗人，亦可窥见潘岳《悼亡诗》影响之一端。悼亡诗特有的凄恻哀婉、情洞悲苦风格是从潘岳创作悼亡诗开始就一脉相承下来的，而每当作者沉浸在思念亡妻的苦闷时常常会联想到潘岳，在诗歌中运用潘岳的典故表达自己不能自胜的悲苦之情，足见潘岳悼念亡妻的至真至诚对唐代悼亡

① ［唐］元稹著，冀勤点校：《元稹集》，北京：中华书局，1982年版，第98页。
② ［唐］元稹著，冀勤点校：《元稹集》，北京：中华书局，1982年版，第98页。

诗人挥之不去的影响。刘禹锡《谪居悼往二首》："潘岳岁寒思，屈平憔悴颜。"[①]李商隐《属疾》："许靖犹羁宦，安仁复悼亡。"[②]典故中包含着潘岳一样的自伤身世之感。孟郊《悼亡》："山头明月夜增辉，增辉不照重泉下。泉下双龙无再期，金蚕玉燕空销化。朝云暮雨成古墟，萧萧野竹风吹业。"[③]对死者坟墓周围环境的描写，在悼亡诗的创作中并不多见，实可追溯到潘岳《悼亡诗》："望坟思纡轸……徘徊墟墓间，欲去不复忍。徘徊不忍去，徙倚步踟蹰。落叶委埏侧，枯荄带坟隅。"只不过是潘岳将情感外化为行动，孟郊则是通过环境描写折射出凄苦的心境。

二、大诗人的潘岳情节

唐代诗人喜用潘岳事典，经过一些名家大家的运用与传播，潘岳的形象在唐诗的世界里成为了一种带有情绪化色彩的象征，成为诗人的一种情结，融进诗人的生命里。

（一）怀古诗中的感悟式接受

唐代诗人有一种怀古的情结，《全唐诗》中以怀古为题者就有上百首，其中不乏以潘岳之事为题材，或以史为鉴，或吊古以伤今表达作者的多重感慨，反映了唐人对潘岳事迹的感性接受。刘希夷《洛川怀古》颇具代表性：

蔓蔓春草绿，悲歌牧征马。行见白头翁，坐泣青竹下。感叹前问之，赠予辛苦词。岁月移今古，山河更盛衰。晋家都洛滨，朝廷多近臣。词赋归

---

① ［清］彭定求，杨中讷等：《全唐诗》第三五五卷，北京：中华书局，1979年版，第2984页。

② ［清］彭定求，杨中讷等：《全唐诗》第五三九卷，北京：中华书局，1979年版，第6151页。

③ ［清］彭定求，杨中讷等：《全唐诗》第三八一卷，北京：中华书局，1979年版，第4273页。

潘岳，繁华称季伦。梓泽春草菲，河阳乱华飞。绿珠不可夺，白首同所归。高楼倏冥灭，茂林久摧折。昔时歌舞台，今成狐兔穴。人事互消亡，世路多悲伤。北邙是吾宅，东岳为吾乡。君看北邙道，髑髅萦蔓草。芳□□□□，□□□□□。碑茔或半存，荆棘敛幽魂。挥涕弃之去，不忍闻此言。①

　　诗歌中所说的洛川指西晋都城洛阳近郊的河流名称，此诗就是作者途径洛阳联想到名噪一时的古事而抒发"岁月移今古，山河更盛衰"的感慨，作者所怀之人即西晋之朝廷近臣，一为潘岳，一为石崇。潘岳、石崇曾经轰轰烈烈的往事引起作者无限的情思，才华横溢的潘岳，富贵豪奢的石崇，仿佛出现在眼前，二人临死前的豪言壮语声犹在耳，回到现实中来一切繁华落尽，勾起自伤之情，只有一路行役的自己孤独无依，凄凉幽冷的诗境中包含着作者对生命短促的惜悼。

　　唐代诗人常在怀古中感叹潘岳的不幸，吊古的同时也在伤今，但在伤感中又常常受到潘岳执着追求的激励而含有一种明亮的色彩，积极的入世精神暗含其中，这正是潘岳带给他们的正面的影响。如刘兼《中春登楼》："王章莫耻牛衣泪，潘岳休惊鹤鬓霜。……古今通塞莫咨嗟，谩把霜髯敌岁华。"②在怀古中感叹自己年华已逝却功业未成，随后又勉励自己"莫咨嗟"表面的哀伤没有带来内心的消极。再如李益《兰陵僻居联句》："潘岳闲居赋，陶潜独酌谣。二贤成往事，三径是今朝。"③认为闲居和退隐并不是一个正确的选择，努力实现人生的抱负才是正道。

---

　　① ［清］彭定求，杨中讷等：《全唐诗》卷八十二，北京：中华书局，1979年版，第883页。

　　② ［清］彭定求，杨中讷等：《全唐诗》卷七六六，北京：中华书局，1979年版，第8696页。

　　③ ［清］彭定求，杨中讷等：《全唐诗》卷七八九，北京：中华书局，1979年版，第8890页。

（二）白居易诗歌的理性接受

阎步克在《士大夫政治演生史稿》中详细论述了中古古代士大夫政治的形成过程，他将儒生与文吏的融合视为士大夫政治定型的标志："在经历了东汉时代之后，'礼治'与'法治'、儒生与文吏合流具有了更大的深度、广度和速度。在其之后我们便可以认为，中华帝国的士大夫政治由此而奠定了其基本的形态和坚实的基础。"①"儒生"和"文吏"的双重身份决定了中国古代士大夫既是政务的承担者又是文化的承担者，潘岳在官场上的执着追求，及其所遭遇的挫折和失败是颇具典型意义的，很容易引起敏感文人的心灵震动，于是诉诸笔端，一吐心中的郁结。一次的心灵碰撞可视为"巧遇"，多次将自己与同一古人古事联系在一起便是一种怀古以伤今的情结，白居易在不同的诗歌中反复地应用"二毛"的典故就是这一情结的外在显现。"二毛"一词最早来源于《左传·僖公二十二年》："君子不重伤，不禽二毛。"杜预注曰："二毛，头白有二色也。"②潘岳《秋兴赋》序曰："晋十有四年，余春秋三十有二，始见二毛。"后人在文学作品中用"二毛"一词，不仅仅是为了说明其头发斑白、年华老去，更重要的是借用潘岳《秋兴赋》所抒发的凄凉之感喻己不遇之怀。白居易有《寄同病者》《自觉二首》《秋雨中赠元九》等十余首诗运用了这一典故，这便不是一种偶然，并非诗人与潘岳在某一点上的心灵共通，而是已然将潘岳融入自己的生命体验之中。

白居易在元和十年（815）由于"越职言事"而受到打击排挤，被贬江州，这是他在仕途上遭受的最沉重的一次打击，此后白居易的政治态度发生很大的变化，锐意进取、以笔锋舌剑来抨击不平之事的白居易已不复存在，以诗歌舐舐伤口、哀叹自己的怀才不遇也已成为过去，取而代之的是逃避现实、明哲保身。一句广为流传的"当君白首同归日，是我青山独往时"将潘

---

① 阎步克：《士大夫政治演生史稿》，北京：北京大学出版社，1996年版，第477页。

② 转引自董志广：《潘岳集校注》，天津：天津古籍出版社，2005年版，第85页。

岳连同他的《金谷集作诗》传播开去，产生了广泛的影响。此语来源于白居易《九年十一月二十一日感事而作》诗，这首诗是白居易在经历了"甘露之变"的重大事件之后体现其消极避世思想的重要作品：

祸福茫茫不可期，大都早退似先知。当君白首同归日，是我青山独往时。顾索素琴应不暇，忆牵黄犬定难追。麒麟作脯龙为醢，何似泥中曳尾龟。[1]

大和九年（835）十一月二十一日，宰相李训与贾餗、舒元舆、郑注等谋诛宦官，结果事败被杀，此次事变以宦官集团的胜利而告终，株连甚广，死伤惨重，这一场统治阶级内部的激烈斗争所造成的惨烈结局，使时人草木皆兵、人人自危。白氏此诗表达对死难者的同情，流露出明哲保身的消极思想。此诗题下有白居易的自注："其日独游香山寺"，香山寺坐落在今河南洛阳龙门之东，洛阳为西晋都城亦是当年石崇、潘岳等人的主要活动地点，因而此诗既是感事也是怀古，据《晋书·潘岳传》记载：潘岳为孙秀所诬，与石崇同日出死，"崇谓之曰：'安仁，卿亦复尔邪！'岳曰：'可谓白首同所归。'岳《金谷诗》云：'投分寄石友，白首同所归。'乃成其谶。"[2]白居易此诗在潘岳的接受史上意义非凡，首先，超越了之前唐人对潘岳本人的感性认知，而真正达到了一种理性的思考。白居易以前诗歌中对潘岳的接受主要是感悟式的，是有感于潘岳的诗文才华或是人生经历而自伤身世，这首诗则是从潘岳之事获取经验教训，自幸之余努力寻求生存之道，这正是白氏后期"独善其身"思想的集中体现。其次，第一次以诗人的视角批判地接受潘岳。他并不赞同"白首同归"般的轰轰烈烈，对人事要有先见之明，能够及

---

[1] ［唐］白居易著，顾学颉校点：《白居易集》，北京：中华书局，1979 年版，第 734 页。

[2] ［唐］房玄龄等：《晋书》卷五五，《潘岳传》，北京：中华书局，1974 年版，第 1506 页。

时地抽身远隐才是明智之举。"麒麟作脯龙为醢，何似泥中曳尾龟。"远离祸事、保全自己才是生存之道。再次，由于此诗较鲜明地反映了白居易晚年政治态度，对白居易后期思想的研究具有参考价值，从而使得潘岳"白首同归"的典故借此得到广泛传播。

（三）唐人的隐士情怀

隐逸情趣是唐代诗人接受潘岳的一个重要内容。隐逸思想在中国漫长的历史中已经成为一种独特的文化传承，以潘岳为代表的西晋士人的"希企隐逸之风"是这个隐逸文化发展过程中的一个环节。唐代山水田园诗人以及晚唐出现的追求淡泊情思的思想倾向都反映了隐逸文化在不同时代的特点。唐代诗人作品中的隐逸情趣的表达，不应算作对潘岳个人的接受，但是，一部分诗人却独独对潘岳的闲居和隐逸感兴趣，而"千古隐逸之宗"的陶渊明在唐代尤其是初盛唐时期的接受情况是："知音甚少""王维、李白、杜甫等人都对陶渊明的人生选择和襟怀抱负有不欣赏的一面。"①出现这一状况的原因主要是入世精神在整个唐代社会是占据主流的，因此潘岳归隐的被迫性和他那一颗入世之心迎合了大多数唐人的心声，更容易引起广泛的共鸣。

初盛唐诗歌所体现的希企隐逸、追求自由的时代精神背后，隐含着对不朽功名的渴望。如王勃《三月曲水宴得烟字》："彭泽官初去，河阳赋始传。田园归旧国，诗酒间长筵。"②孟浩然《赠萧少府》："上德如流水，安仁道若山。闻君秉高节，而得奉清颜。"③王维《丁寓田家有赠》："时吟招隐

---

① 李剑锋：《元前陶渊明接受史》，济南：齐鲁书社，2002年版，第100—101页。

② ［清］彭定求，杨中讷等：《全唐诗》卷五六，北京：中华书局，1960年版，第680页。

③ ［清］彭定求，杨中讷等：《全唐诗》卷一百六十，北京：中华书局，1960年版，第1659页。

诗，或制闲居赋。”[①] 由此看来，潘岳的暂时性归隐比陶渊明式的真隐士更加适合初盛唐诗人的口味。对于中唐诗人来说，盛唐时期的积极用世精神渐渐淡去，却并未完全泯灭，他们仍怀“兼济”之志，白居易所谓的“中隐”是这个时期隐逸思想的主要特征，“隐在留司官”既有了基本生活保障，又能在必要时候明哲保身，也没完全远离官场，仍存有怀禄之心。潘岳在河阳和怀县的“小国寡民务”，是他们的理想生活状态：“辞后读君怀县作，定知三岁字犹新。”（独孤及《酬常郾县见赠》）[②]“颍阳春色似河阳，一望繁花一县香。”（卢纶《中书舍人李座上送颍阳徐少府》）[③]“鄭侯方继业，潘令且闲居。”（韦应物《赠萧河南》）[④] 他们享受于这种官位上的适意人生。

随着社会矛盾的不断激化，士人们的入世志向一再受到打击，于是到了晚唐时期消极的避世心理占据了士人思想的主流，但是这一避世心理其实是受迫性的，是看破红尘之后的绝望与伤悼情绪，仍然与陶渊明的淡泊之志相异趣，因而当晚唐诗人表达他们的隐逸之情、出世之志时，更容易与执着官场、至死方休的潘岳产生共鸣，如罗隐《送丁明府赴紫溪任》：“栾公社在怜乡树，潘令花繁贺版舆。”[⑤] 司空图《力疾山下吴村看杏花十九首》：“潘郎爱说是诗家，枉占河阳一县花。”[⑥] 李商隐《拟沈下贤》：“河阳看花过，

① ［清］彭定求，杨中讷等：《全唐诗》卷一二五，北京：中华书局，1960 年版，第 1248 页。

② ［清］彭定求，杨中讷等：《全唐诗》卷二四七，北京：中华书局，1960 年版，第 2776 页。

③ ［清］彭定求，杨中讷等：《全唐诗》卷二七六，北京：中华书局，1960 年版，第 3130 页。

④ ［清］彭定求，杨中讷等：《全唐诗》卷一八七，北京：中华书局，1960 年版，第 903 页。

⑤ ［清］彭定求，杨中讷等：《全唐诗》卷六六三，北京：中华书局，1960 年版，第 7598 页。

⑥ ［清］彭定求，杨中讷等：《全唐诗》卷六三四，北京：中华书局，1960 年版，第 7727 页。

曾不问潘安。"①晚唐诗人许浑可谓是潘岳的又一知音，他的诗歌多次提到潘岳：

《酬杜补阙初春雨中舟次横江喜裴郎中相迎兼见寄》：郢歌莫问青山吏，鱼在深池鸟在笼。（卷 535，6111 页）

《郊园秋日寄洛中友人》：嵩阳亲友谁相念，潘岳闲居欲白头。（卷 536，6121 页）

《赠别》：苏秦六印归何日，潘岳双毛去值秋。（卷 536，6124 页）

《途中逢故人话西山读书早曾游览》：莫道少年头不白，君看潘岳几茎霜。（卷 536，6125 页）

《怀旧居》：藤蔓覆梨张谷暗，草花侵菊庾园空。（卷 536，6098 页）

《秦楼曲》：潘郎翠凤双飞去，三十六宫闻玉箫。（卷 538，6140 页）

《寄天乡寺仲仪上人富春孙处士》：岁晚亦归去，田园清洛东。（卷 528，6037 页）②

　　他虽然感到官场如池鱼笼鸟，但是山水田园也没有给他带来快乐，"闲居欲白头"是他摆脱不掉的忧伤，山水意象无不带有凄冷幽寂的色彩，避世带给他的不是悠闲自适而是更加深沉的惆怅，与当年潘岳的心境有某些共通之处，只是对现实看得要更加透彻。

　　由是观之，有唐一代的各个阶段，虽然社会文化环境有所改变，但"志深轩冕"的潘岳显然更接近唐人的隐逸之旨，从这个意义上讲，唐代诗人与

---

　　① ［清］彭定求，杨中讷等：《全唐诗》卷五三九，北京：中华书局，1960 年版，第 6172 页。

　　② 以上所引许浑诗歌全部出自［清］彭定求，杨中讷等：《全唐诗》，北京：中华书局，1960 年版。

潘岳是共情的。

三、辞赋的继作

潘岳一些优秀的辞赋作品在唐代也有继作，如刘禹锡的《秋声赋》、黄滔的《秋色赋》是受到潘岳《秋兴赋》的影响而作，《藉田赋》在唐代也有石贯之与李蒙同名赋作，可见其流惠深远。

（一）潘岳《秋兴赋》与刘禹锡《秋声赋》

中国古代文学创作同类题材的作品不胜枚举，而若想在文学史上占有一席之地，需在主题上和艺术上有所创新，才能不断充实文学的宝库。悲秋题材古已有之，宋玉的《九辨》、汉武帝的《秋风辞》、汉乐府《长歌行》、曹操《观沧海》、曹丕《燕歌行》、曹植的《秋思赋》等都属悲秋题材。潘岳的悲秋，从物与情的关系，描写的生动细腻等方面优于前代诸家。惟其如此，《秋兴赋》不仅名噪当时，还对后世悲秋题材作品影响深远，刘禹锡的《秋声赋》便是其中之一。

潘岳之前的悲秋仅限于因景起兴，人景关系还停留在"应感起物而动，然后心术形焉"①的单向模式的"应感"阶段。即便是曹植的《秋思赋》也没有摆脱此类题材的窠臼：

四节更兮秋气悲，遥思恸恍兮若有遗。原野萧条兮烟无依，云高气静兮露凝衣。野草变色兮茎叶希，鸣蜩抱木兮雁南飞。西风凄矩兮朝夕臻，扇屏弃兮缔绤捐。归室解裳兮步庭前，月光照怀兮星依天。居世兮芳景迁，松、乔难慕兮谁能仙？长短命也兮独何怨？②

---

① 崔高维校点：《礼记·乐记》，沈阳：辽宁教育出版社，1997年版，第111页。

② ［清］严可均：《全上古三代秦汉三国六朝文·全三国文》，北京：商务印书馆，1999年版，第126页。

只因"秋气悲"而"遥思惝恍"，后面提到的一切景色：原野萧条、云高气静、野草变色、鸣蜩抱木、西风凄柤都是因"秋气悲"而起，真正写人物的行动和心理的只有"归室解裳兮步庭前，月光照怀兮星依天""松、乔难慕兮谁能仙，长短命也兮独何怨"四句，在生命的追问中表现出对人生短暂的忧惧。

潘岳《秋兴赋》全力地描绘秋日萧条景象以遣发个人不遇的情怀，将"因景起兴"的模式向前大大推进了一步，"四时忽其代序兮，万物纷以回薄……虽末事之荣悴兮，伊人情之美恶"写景对情的影响，客观存在的外物对创作主体情感的作用，这是"感于物而动"的"物"对"心"的"应感"过程。作者随后又交代"彼四戚之疚心兮，遭一途其难忍，嗟秋日之可哀兮，良无愁而不尽"，送归、远行、临川、登高，遭遇其一便可引发哀思，秋景中的一切加重了凄凉的色彩，但是作者并没有停留在这种悲凉感情的抒发中，身世凄凉之感引起了他对于人生道路的重新思索，当他意识到入仕的生活是"彼知安而忘危兮，固出生而入死"般不堪回首，不如"且敛衽以归来兮，忽投绂以高厉"，作者在自省中决意归耕皋泽之后，原本凄清的秋色变得明亮起来，心境亦随之而变，"泉涌涌于石间，菊扬芳于崖滋，澡秋水之涓涓，玩游儵之潎潎"，于是便有了"逍遥乎山川之阿，放旷乎人间之世"的归隐之念，这便是"心"对"物"的能动反映。潘岳《秋兴赋》中的物"我"的双向互动，突破了前代人物的"应感"之局限，使辞赋中情景关系更加密切，审美效果更加鲜明。

除题材的开拓之外，《秋兴赋》在语言的清新流畅和描写的细腻上也是优于前代作品的，如对秋天景色的刻画：

嗟秋日之可哀兮，谅无愁而不尽。野有归燕，隰有翔隼。游氛朝兴，槁叶夕殒……庭树槭以洒落兮，劲风戾而吹帷。蝉嘒嘒以寒吟，雁飘飘而南飞。

天晃朗以弥高，日悠阳而浸微。何微阳之短晷，觉凉夜之方永。月朣胧以含光兮，露凄清以凝冷。熠耀粲于阶闼兮，蟋蟀鸣乎轩屏。听离鸿之晨吟，望流火之余景。

这种时空交错，情景相生的细腻描写通过参差错落的句式表现出来，"描摹出一幅绘画手段不可企及的凄秋图。"[①] 在前代任何悲秋题材的作品中都是看不到的。

刘禹锡的《秋声赋》，受到潘岳的影响而不落俗套，把潘岳的"情""物"互动推向了更高层次的虚实相生，艺术上的铺垫烘托、正反对比更臻于成熟。

相国中山公赋《秋声》，以属天官太常伯，唱和俱绝，然皆得时行道之余兴，犹动光阴之叹，况伊郁老病者乎？吟之斐然，以寄孤愤。

碧天如水兮，窅窅悠悠。百虫迎暮兮，万叶吟秋。欲辞林而萧飒，潜命侣以啁啾。送将归兮临水，非吾土兮登楼。晚枝多露蝉之思，夕草起寒螀之愁。

至若松竹含韵，梧楸早脱。惊绮疏之晓吹，坠碧砌之凉月。念塞外之征行，顾闺中之骚屑。夜蛩鸣兮机杼促，朔雁叫兮音书绝。远杼续兮何泠泠，虚窗静兮空切切。如吟如啸，非竹非丝。合自然之宫徵，动终岁之别离。

废井苔冷，荒园露滋。草苍苍兮人寂寂，树槭槭兮虫咿咿。则有安石风流，巨源多可。平六符而佐主，施九流而自我。犹复感阴虫之鸣轩，叹凉叶之初堕。异宋玉之悲伤，觉潘郎之么么。

嗟乎！骥伏枥而已老，鹰在韝而有情。聆朔风而心动，眄天籁而神惊。力

_____

① 王琳师：《六朝辞赋史》，西安：世界图书出版西安有限公司，2014 年版，第 134 页。

将瘥兮足受绁，犹奋迅于秋声。①

　　与潘岳的《秋兴赋》一样，开篇小序交代创作动机与缘起，潘岳因官滞难迁，遂引归隐之念，刘禹锡则是多年宦海，抒以孤愤之情。正文《秋兴赋》因物起兴，情以物迁："四时忽其代序兮，万物纷以回薄。览华莳之时育兮，察盛衰之所托。感冬索而春敷兮，嗟夏茂而秋落。"而《秋声赋》则以人格化的秋声起篇："百虫迎暮兮，万叶吟秋""晚枝多露蝉之思，夕草起寒螿之愁。"在物我合一上显然做得更好。潘岳写人在秋景中的情绪变化，想到自己鬓发斑白仍沉沦下僚的失意感伤："宵耿介而不寐兮，独屏营于华省，悟时岁之遒尽兮，慨俯首而自省。"想到放弃对功名利禄的贪恋之后，景色随心情的变化而变化："澡秋水之涓涓兮，玩游倐之漱漱。逍遥乎山种之阿，放旷乎人间之世。优哉游哉，聊以卒岁。"体现了潘岳在创作中处理"心"与"物"关系时的辩证思维。刘禹锡《秋声赋》实际上没有摆脱前人"物感"之窠臼，而最可让人动情的地方则是其惊秋发愤的一片赤诚，正是他所谓的"异宋玉之悲伤，觉潘郎之么么"，使读者在"力将瘥兮足受绁，犹奋迅于秋声"的惊世之句中看到了作者虽历经坎坷而终生耿介，纵使前路暗淡依然志在千里的伟岸身影。刘禹锡将自己矢志不渝的信念、积极乐观的态度融于强烈的历史纵深感之中，这正是其高于潘岳和前代诸家的最切之处。

四、潘岳《狭室赋》对杜甫《茅屋为秋风所破歌》的影响

　　受到潘岳文学创作影响的唐代诗文中，杜甫《茅屋为秋风所破歌》是一个比较特别的例子，这篇作品有潘岳《狭室赋》影响的痕迹，虽然二者既不是同一体裁，思想境界也不在同一个层次上，而在立意和题材上，《茅屋为

---

　　①　吴汝煜，李颖生选注：《刘禹锡诗文选注》，上海：上海古籍出版社，第 134 页—135 页。

秋风所破歌》与《狭室赋》有相承袭的踪迹可寻，试论之。

《狭室赋》在思想和艺术上都算不上是潘岳辞赋作品中的上乘之作，有学者甚至将其定义为潘岳猥琐思想境界的映照。① 与潘岳的同时代的束晳有一篇《贫家赋》，东晋庾阐亦有一篇《狭室赋》，可略做对比：

束晳《贫家赋》：余遭家之轗轲，婴六极之困屯。恒勤身以劳思，丁饥寒之苦辛。无原宪之厚德，有斯民之下贫。愁郁烦而难处，且罗缕而自陈。有漏狭之单屋，不蔽覆而受尘。唯曲壁之常在，时弛落而压镇。食草叶而不饱，常嗛嗛于膳珍。欲志怒而无益，徒拂郁而独嗔。蒙乾坤之遍覆，庶无财则有仁。涉孟夏之季月，迄仲冬之坚冰。稍煎蹙而穷迫，无衣褐以蔽身。还趋床而无被，手狂攘而妄牵。何长夜之难晓，心咨嗟以怨天。债家至而相敦，乃取东而偿西。行乞贷而无处，退顾影以自怜。衔卖业而难售，遂前至于饥年。举短柄之口掘，执偏隳之漏锅。煮黄当之草莱，作汪洋之羹鐕，釜迟钝而难沸，薪郁绌而不然。至日中而不孰，心苦苦而饥悬。丈夫慨于堂上，妻妾叹于灶间。悲风噭于左侧，小儿啼于右边。

潘岳《狭室赋》：历甲第以游视，旋陌巷而言归。伊余馆之褊狭，良穷弊而极微。阁寥戾以互掩，门崎岖而外扉。室侧户以攒楹，檐接柜而交榱。当祝融之御节，炽朱明之隆暑。沸体愨其如铄，珠汗挥其如雨。若乃重阴晦冥，天威震曜，潢潦沸腾，丛溜奔激。臼灶为之沉溺，器用为之浮漂。彼处贫而不怨，嗟民生之攸难。匪广厦之足荣，有切身之近患。青阳萌而畏暑，白藏兆而惧寒。独味道而不闷，喟然向其时叹！

庾阐《狭室赋》：居不必阿，食不求箪。岂独蓬藜可永，而隆栋招患。羹必膏粱非美，而饮疏以餐。醪俎可以充性，不极欲以析龙肝。清室可以游暑，

---

① 王晓东：《潘岳研究》，上海：上海古籍出版社，2011 年版，第 174 页。

不冽泳而兴夏寒。于时融火炎炎，鹑精共耀。南羲炽暑，夕阳傍照。尔乃登通扉，辟櫺幌。絺幕塞，闲堂敞。微飙凌闺而直激，清气乘虚以曲荡。温房悄凄以兴凉，轩槛寥谿以外朗。①

三篇赋作各擅其长，同类题目或与魏晋时期门阀士族制度以及在其影响下的社会风气有关，士庶天壤之别，无论是取意于出世还是借狭室以抒不平都是可以理解的。

在谋篇命意上束晳与潘岳接近，都是以第一人称写生存之艰，二者以赋体常用的铺叙方法写穷困潦倒的生活现状，束晳赋作更侧重于客观的叙述，潘赋则反映了作者主观的思想情绪，更具抒情性。在艺术上，潘岳除了与束晳一样应用了夸饰的方法，更以"甲第"与"陋巷"作比，以自嘲的方式写自身的窘迫。在西晋崇尚奢华、以贫为耻的世风中，毫不避讳诉说难以为继的生活现状，不得不说潘岳和束晳是有勇气的。至于庾阐的《狭室赋》则是抒发安贫乐道的感情，并非写实，在思想和艺术上均不同于潘、束二人之作。

"彼处贫而不怨，嗟民生之攸难"由己推人，具有一定的民本思想，这是潘岳《狭室赋》最可贵之处。从这一点上说，潘岳《狭室赋》的境界明显要高于束晳《贫家赋》。而且这种民本思想并非作者潘岳仅在这一篇作品中的灵光一现，《藉田赋》强调了"民惟邦本，本固邦宁"（《尚书·五子之歌》）的重要性："高以下为基，民以食为天；正其末者端其本，善其后者慎其先""劝稼以足百姓，所以固本也。"潘岳在任河阳县令期间也在作品中时常流露出对民情的的体恤："虽无君人德，视民庶不恍。""黔黎竟何常，政成在民和。"在对国家机制提出改革之时，视安民为第一要务："观民宣化，为治之本。"（《九品议》）重视"众庶之望"（《上客舍议》）。

---

① 束晳《贫家赋》、庾阐《狭室赋》见［清］严可均：《全上古三代秦汉三国六朝文·全晋文》，北京：商务印书馆，1999 年版，第 928、388 页。

面对复杂的政治斗争，潘岳在阐发自己的立场观点的同时嗟生民之叹，《关中诗》十六章对黎元百姓的关怀，不知感动了多少后来之人，清人吴淇就曾称赞此诗的恤民之仁，对第十六章的点评曰："此伤胜后之民。夫伤乱之民，人所俱有，至伤胜后之民，真不可及也。"① 可见潘岳的民本思想是贯穿于其创作始终的。

潘岳《狭室赋》是在其怀才不遇之时的创作，这时潘岳对统治者逐渐有了理性的认识，产生了不满的情绪，我们能在"伊余馆之褊狭，良穷弊而极微。阁寥戾以互掩，门崎岖而外扉。室侧户以攒楹，檐接柜而交榱"的描述中体会到当时一般庶族士子的生活窘境，也能在"甲第"与"陋巷"的对比中看到当时严重的社会不均现象，而更有意义的是，作者在最后发出"彼处贫而不怨，嗟民生之攸难。匪广厦之足荣，有切身之近患"的感叹，表现出怀愍生民的思想感情，王晓东将"蒙乾坤之遍覆，庶无财则有仁"视为束皙不慕荣利的情操，较之潘岳"历甲第以游视，施陋巷而言归"的强烈对比，而认为潘岳思想境界猥琐，这样的评价对潘岳而言有失公允。束皙谓己虽无财而守仁的情操是值得尊重的，潘岳的"处贫而不怨""独味道而不闷"也不乏对自己的规诫，至于将潘岳后来品行失端，卷入朝廷倾轧之中的事实，作为《狭室赋》思想内容和作者思想境界的注解恐难令人信服。而潘岳所表达的怀愍生民的思想感情却是束皙未能达到的高度。

与庾阐的同名赋作相较，二者更像是士庶两阶层生存现状和心态的代言人，潘岳是戚戚于贫贱的庶族子弟，庾阐表达的是士族子弟的超脱与旷达。而庾阐所体现的士族精神正如罗宗强所言："是狭小心地的产物，是偏安政局中的一种自慰。"② 某种程度上说，潘岳更符合"为情造文"之旨。

以上三篇同类题材的赋作，从思想感情而言，潘岳更求实和真诚，尤其

---

① ［清］吴淇：《六朝选诗定论》，扬州：广陵书社，2009年版，第178页。

② 罗宗强：《玄学与魏晋士人心态》，天津：天津教育出版社，2005年版，第239页。

是其中表达的的生民之叹，应是此作高于同类赋作之处，杜甫的《茅屋为秋风所破歌》正取意于此，其诗曰：

八月秋高风怒号，卷我屋上三重茅。茅飞度江洒江郊，高者挂罥长林梢，下者飘转沉塘坳。

南村群童欺我老无力：忍能对面为盗贼，公然抱茅入竹去，唇焦口燥呼不得！归来倚杖自叹息。

俄顷风定云墨色，秋天漠漠向昏黑。布衾多年冷似铁，骄儿恶卧踏里裂。床头屋漏无干处，雨脚如麻未断绝。自经丧乱少睡眠，长夜沾湿何由彻？

安得广厦千万间，大庇天下寒士俱欢颜，风雨不动安如山！呜呼！何时眼前突兀见此屋？吾庐独破受冻死亦足！①

此诗作于唐肃宗上元二年（762）秋，杜甫所居之成都草堂遭大风吹落屋顶茅草而漏雨，作者就此现状而叙自己生活的困苦，然后推己及人表达愿天下寒士都能得到温暖的美好愿望。虽然《狭室赋》与《茅屋为秋风所破歌》分属辞赋、诗歌的不同体裁，但是在写法和文意上《茅屋歌》都有受到《狭室赋》影响的痕迹。在写法上，都以第一人称叙述窘迫的生存现状，"余馆"与"我屋"一样的破败不堪，二者都有雨后陋室的描写："若乃重阴晦冥，天威震曜，潢潦沸腾，丛溜奔激，白灶为之沈溺，器用为之浮漂"（《狭室赋》），"布衾多年冷似铁，骄儿恶卧踏里裂。床头屋漏无干处，雨脚如麻未断绝。"（《茅屋为秋风所破歌》）只是杜甫增加了家人的生活状态而更加形象化。在文意上，两篇都由己及人，含有悯怀生民苦难的用意，"彼处贫而不怨，嗟民生之攸难。匪广厦之足荣，有切身之近患。"（《狭室赋》）

① ［唐］杜甫著，萧涤非选注：《杜甫诗选注》，上海：上海古籍出版社，1983年版，第107页—108页。

"安得广厦千万间，大庇天下寒士俱欢颜，风雨不动安如山！呜呼！何时眼前突兀见此屋？吾庐独破受冻死亦足！"（《茅屋为秋风所破歌》）二者都是全篇警策之句，而且从中可见二者的相因之迹，嗟叹生民、渴望"广厦"，何其相似，这一点凌迅早有所悟："杜甫的惊世之句，正是袭用潘岳文意锤炼而成的。"①所不同的是潘岳的生民之叹是因其"有切身之近患"而发，杜甫则是在表达一种愿望，而这个愿望对于有着"屋漏无干处"生存现状的作者来说，似乎是遥不可及的，倒不如潘岳的表达来得直接实在。

---

① 凌迅：《潘岳文学刍议》，《东岳论丛》，1983 年第 2 期。

第 三 章

潘岳接受的深化期：宋元

　　宋元时期的读者对潘岳的接受继承了唐代潘岳接受的方式并进一步深化。在文学批评领域，道德意识逐渐纳入审美评价范畴，文学批评越来越重视创作主体的作用，对潘岳的态度继续向"非其行"的方向靠拢，这与中唐之后的思想文化转型密切相关。宋代的诗话作为一种新型的文学批评形式，反映出宋代读者对潘岳接受越来越细致和深入。在应用典故方面，以词这种新兴的文学样式为载体，潘岳最擅长表达的私人化情感焕发出新的活力。在潘岳创作的影响方面，随着悼亡诗在宋代的兴盛，潘岳悼亡之作的影响也越来越走向深化。辽金元时期文学相对沉寂，对潘岳的接受基本继承宋人方式，发展性的成果不多，其中元好问的接受颇具代表性。

第一节　思想文化转型与宋代社会思想文化的特点

　　从中唐的古文运动开始，道德意识逐渐介入文学之中，宋代更加强调道德修养对文辞的决定作用，北宋诗文革新运动的领导者欧阳修提出的的"诗穷而后工"之说强调创作主体作用，这对有宋一代的文学理论批评具有相当的指导意义，文学批评本身越来越重视创作主体的作用，于是在具体作家作品评鉴中，把作家的人品纳入审美评价的范畴之中，有时甚至置于对作家艺术作品的评价之上。在这种批评风气的笼罩下，潘岳人格污点渐渐凸显出来，甚至不断地被放大，唐人的那种对潘岳人生经历、姿仪才华的赞美之声日渐稀少，而站在伦理道德的角度上的批评之语日渐增多。对潘岳个人来说，总体接受呈现出多元化的形势并日渐深化，但批评与诟病之声逐渐增多，宋代是潘岳声名下滑的开端。

一、唐宋之际的思想文化转型

美国汉学家包弼德认为宋代"士"的价值观发生了很大的变化："人们对'学'的理解发生了很大的变化，从'学'被理解为掌握'文'，并通过文章写作来展示，到'学'意味着努力从普遍、通贯的意义去理解'道'并通过个人的德行来体现。"①如果说中唐时期思想文化领域的变动仅仅在精英读者群产生了较大的影响，那么这种思想上的转型到了宋代便渗透到文学接受的各个领域，在宋人的思想生活中，文学本身的核心地位已经被道学取代了。包弼德将唐宋思想文化转型前后人们思想生活的转变作了这样的论述："初唐的学者们认为，写作、统治与行为方面的规范包含在代代积累的文化传统中，关于价值观的争论不过是在讨论何种文化形式比较适宜。但是，到了宋朝晚期，思想家们已经转而相信心的能力，借此可以对内蕴于自我事物之中的道德品质获取正确的观念，而人们普遍接受的文化传统则已失去了它的权威性。"②也就是说，在宋人的认识领域，个人需要按照"道"所赋予万事万物的规范去行动，他们在对前代文化传统的接受中，将伦理修养放在首要的位置，于是一直以来的审美化接受被弱化了。价值观的转变带来了文学接受的结构性转变。

二、民族矛盾上升带来的对气节的重视

宋代是中国古代历史上的一个积贫积弱的王朝，国家疆域较汉唐时期已大大缩减，综合国力从建国之初就已显示出疲弱的端倪。宋朝统治者从唐朝

---

① ［美］包弼德：《斯文：唐宋思想的转型·再版序》，南京：江苏人民出版社，2017年版，第9页。

② ［美］包弼德：《斯文：唐宋思想的转型》，南京：江苏人民出版社，2017年版，第3页。

的灭亡中吸取教训对内加强中央集权，外部长期受到辽、金、西夏的滋扰，在抵御外族的战争中节节败退，南宋后期，蒙古又兴起于北疆，面对外族的入侵，宋王朝统治者一向采取妥协投降的政策，一直处于被动挨打的局面。对外关系特别软弱的宋代，内部的文官制度却是相当的成熟，是孔孟思想中"学而优则仕"的理想比较成功的实践，进取心和社会责任感在"先天之忧而忧，后天下之乐而乐"的忧患意识和"壮岁旌旗拥万夫，锦襜突骑渡江初"的爱国豪情中表现出来。儒家思想中济世的主张在民族危机和社会矛盾日益加深的过程中再度发挥重要的作用，尤其到了南宋时期，更多知识分子参与到国家政治中来，他们有着慷慨悲歌的淑世情怀，时刻不忘国破家亡给他们带来的沉重打击，时刻关心着国家的前途命运，在心理层次上，他们特别重视民族气节，重视社会价值的实现。

三、正统文化回归带来的对道德修养的强调

雷海宗的"中华文化两周论"认为从淝水之战之后的中国即是胡汉混合，梵华同化的新中国，即一个综合的中国。他还认为宋代的三百年是一个整理和清算的时代。[①]也就是说，中国古典文化在经历了两晋南北朝、隋唐五代的与外来文化的长期融合，发展到宋代已趋一统之局，所谓宋代三百年的整理和清算既指儒家文化在经过中唐以后的复兴，在宋代重新回归到统领地位上来。

宋代士人生活在对外妥协退让、对内强化集权的两级矛盾挤压之中，统治者进取心的衰竭和自信心的萎缩，造成了整个社会形成了内向保守型的文化心态，因而两宋文人从一开始就缺少汉唐文人那样的盛世豪情，形成了总体内敛的文化性格。尤其到了南宋理学的产生使民族本位文化重新得到确认，以朱熹为代表的新儒家对社会的责任感和使命感的强调，实质上是先秦儒家

---

① 雷海宗：《中国文化与中国的兵》，北京：商务印书馆，2017 年版，第 141 页。

提倡的"士志于道"的伦理价值取向的强势回归并转而向内，"南宋儒学的重点在'内圣'而不在'外王'……他们深信'外王'首先必须建立在'内圣'的基础上。"①思想文化领域的重大变迁使得文艺批评伦理化的色彩日益渐浓。宋人强调道德修养对文辞的决定作用，将作家人品纳入审美评价的范畴当中加重了读者在阅读接受过程中的道德价值评判。正统思想无法认同西晋世俗化、功利化的士风，更无法容忍潘岳望尘而拜、干没取危的人格缺陷。

四、文学批评本身强化创作主体的作用

受到政治文化环境的影响，宋人的文学批评重视人品与创作的关系，认为人品德行的高下制约或决定着文学创作，对于文学作品的评价不是对文本进行审美的领悟，而着重于的创作主体道德人格的认知。如《苏轼诗话》："秋兴之作，追配骚人矣，不肖何足以窥其粗。遇不遇固自有定数，向非厄穷无聊，何以发此奇思，以自表于世耶？"②他以文学创作是否合于创作主体的内心作为评判作品价值的标准。《许顗诗话》曰："陶彭泽诗，颜谢潘陆皆不及者，以其平昔所行之事，赋之于诗，无一点愧词，所以能而。"③许顗也不是以文学作品的审美价值为着眼点，而是从作者的道德品格出发考察文本，把作品看作是作者真实的生命体验进行探讨，充满了理性色彩。朱熹云："晋宋人物，虽曰清高，然个个要官职。这边一面清谈，那边一面招权纳货。陶渊明真个是能不要，此所以高于晋宋人物也。"④朱熹之所以称赞陶渊明是因为他行动和思想上的一致性。而那些言行不符的其他晋宋人物都是他所否定的，朱熹对人物的道德评判已经凌驾于对作家艺术作品的评价之上了。

---

① 余英时：《士与中国文化》，上海：上海人民出版社，2003 年版，第 522 页。

② 吴文治：《宋诗话全编》，南京：江苏古籍出版社，1998 年版，第 766 页。

③ 吴文治：《宋诗话全编》，南京：江苏古籍出版社，1998 年版，第 1398 页。

④ ［宋］黎清德编，王星贤点校：《朱子语类》卷三十四，《述而篇》，北京：中华书局，1986 年版，第 874 页。

　　宋人对潘岳个人的评价多基于以上的标准，葛立方的《韵语阳秋》颇能
代表宋人对于潘岳的态度：

　　孔子曰："富贵在天。"则所谓富贵者，岂可以幸取乎？潘岳急于进取，
干没不休，与石崇等谄事贾谧，每候其出，辄望尘而拜，其为人何如也。观其
作《闲居赋》曰："岳读《汲黯传》，至司马安四至九卿，而良史书之，题为
巧宦之目。遂慨然叹曰：巧诚有之，拙亦宜然。"观岳此语，尚恨巧之未至
邪？其作《河阳县诗》则曰："谁谓晋京远，室迩身实辽。谁谓邑宰轻，令名
患不劭。"其作《怀县诗》则曰："自我违京辇，四载迄于斯。器非廊庙姿，
屡出固其宜。"其坐驰京阙，渴心固已生尘矣。而仕宦卒不达，诚可以为驰鹜
者之戒者。尝自叙云："自弱冠涉于知命之年，八徙官，一进阶再免，一除
名，一不拜职，迁者三而已。虽通塞有命，抑拙者之效也。"岳诚知此，岂肯
遽下贾谧之拜哉？①

　　葛氏将潘岳的人品纳入到审美评价之中，否定潘岳的以巧幸而取富贵的
行为，认为其作品中所表达的不平之言、出尘之意，与其实际的"干没不已"
是矛盾的。葛氏采取人物行为与诗文作品互证的方法来评价人物，在宋代诗
话批评中是第一次，这是宋代道德意识加强的反映，也是宋代文学批评越来
越重视创作主体作用的反映，同时体现出宋代文学批评中的理性意识。

---

　　① ［清］何文焕：《历代诗话》，北京：中华书局，1981 年版，第 570 页。

第二节　宋代文学批评中的潘岳

宋代文学批评的阐释研究，最值得注意的是新兴的文学批评形式——诗话，欧阳修的《六一诗话》开启了诗歌理论的新体裁，宋代的诗话批评成为潘岳文学接受的新形式。

一、宋人诗话关于潘岳的多元化批评

诗歌创作经过了唐代的繁盛之后，宋人开始在理论上探讨诗歌的发展轨迹，开始更加注重于总结诗歌繁盛的成就与经验，因而宋代以诗话为代表的文学理论探讨相对活跃，诗话形式的文学批评同样为潘岳接受带来了新的面貌。

（一）语句意义的溯本逐源

宋人特别重视研究诗句的来源出处，正是由于这种穷本逐源的态度，使潘岳在创作上的贡献得到新的挖掘。如吴聿《观林诗话》："凡作诗有用事出处，有造语出处，如'五陵衣马轻自肥'，虽出《论语》，综合其语，乃潘岳'裘马奚轻肥'。"[1]吴曾《能改斋漫录》："梁张率《长相思》曰：'长相思，久离别，美人之远如雨绝。独延停，心中结。'盖用潘岳《哀诗》云：'濩若叶落树，邈若雨绝天。'"[2]这一方面说明了宋代诗人对诗歌语句的锤炼和向前人学习的认真态度，另一方面也证实了宋人虽然鄙薄潘岳为人，但能够较为理性地承认潘岳对后来诗文创作的影响。他们也着力于探究潘岳诗文本身的出处问题，如范晞文《对床夜语》："子建云：'朝游江北岸，日夕宿湘沚。'潘安仁云：'朝发晋京阳，夕次金谷湄。'……皆本《楚

---

[1]　丁福保：《历代诗话续编》，北京：中华书局，1983 年版，第 391 页。

[2]　吴文治：《宋诗话全编》，南京：江苏古籍出版社，1998 年版，第 3068 页。

词》‘朝发轫于苍梧兮，夕予至于玄圃’。"①《阮阅诗话》："'枣下何纂纂'，潘安仁《笙赋》云：'辍张如之哀弹……歌枣下之纂纂。'歌曰：'枣下纂纂，朱实累累，宛其落矣，化为枯枝。'释者谓之纂纂，枣花也。"② 严有翼在《艺苑雌黄》中释义"燕幕"一词云："《左氏传》云：'吴公子札聘于上国，宿于戚，闻孙林父击钟曰："夫子在此，犹燕之巢于幕上。"'夫幕，非燕巢之所，言其至危也。故潘岳《西征赋》云：'危素卵之累壳，甚玄燕之巢幕。'"③ 宋人注重诗歌字句意义的来源出处，从中汲取文学素养，为诗歌发展寻找新的出路。在宋人的叙事性诗歌批评中频繁出现，可见潘岳诗文在宋代产生的传播效应。

（二）诗文字句评议

宋人特别注意用字造句上的经营锻炼，有关潘岳诗文字句的的评议也渐渐增多，并且精细化程度逐渐加强。有些是对潘岳诗文语句运用的宏观评价，如范晞文《对床夜语》："潘安仁《关中》诗云：'肝脑涂地，白骨交衢。夫行妻寡，父出子孤。'亦欠包涵之工。"④ 批评潘岳下语太过具体；《王观国诗话》："潘岳《闲居赋》曰：'长杨芳枳……缘葵白薤。'盖岳退居洛涘而作此赋，自言其台池果茹之多如此，非皆洛中土产之物也……是宜赋者之所夸美。"⑤ 指出潘岳《闲居赋》对夸饰手法的运用。有些是针对潘岳词语锤炼而发，如吴曾《能改斋漫录卷十五》："《韩诗外传》：'晏子曰："王不见江南之树乎？名橘。树之江北则为枳，何则？土地使然耳"'故《博物志》言：'橘渡江化为枳，江北之橘未尝化也。'本草有枳壳，乃江左所谓

---

① 丁福保：《历代诗话续编》，北京：中华书局，1983 年版，第 411 页。
② 吴文治：《宋诗话全编》，南京：江苏古籍出版社，1998 年版，第 1707 页。
③ 吴文治：《宋诗话全编》，南京：江苏古籍出版社，1998 年版，第 2327 页。
④ 丁福保：《历代诗话续编》，北京：中华书局，1983 年版，第 441 页。
⑤ 吴文治：《宋诗话全编》，南京：江苏古籍出版社，1998 年版，第 2540 页。

臭橘耳。潘安仁《为贾谧作赠陆机诗》：'在南称甘，渡北则橙。'橙非枳也，无乃误乎？"①引经据典指出潘岳的"诗误"。随着诗歌理论研究的日渐深入，锤炼字句之功愈加明显地体现出来，对潘岳来说，其诗文中被认为是"诗误"的地方就常常被细致的宋代研究者所发现，这是前代批评者较少关注的地方。

（三）艺术成就的认识

宋代评家常以宏观的眼光来评价潘岳诗歌的艺术成就，如张戒《岁寒堂诗话》："建安、陶、阮以前诗，专以言志；潘陆以后诗，专以咏物……潘陆以后，专意咏物，雕镌刻镂之工日以增，而诗人之本旨扫地尽矣。"②张戒从文体发展的角度指出了潘陆等人在艺术上的成就，但不是以肯定的态度视之，严羽《沧浪诗话》谓左思、潘岳、三张、二陆诸人之诗为太康体。③宋人将潘岳视为诗歌发展过程中具有标志性意义的诗人，虽然他们并不看好以潘陆为代表的西晋诗歌，但对于潘岳在当时的地位和贡献是持肯定态度的，张、严等人对潘岳诗歌艺术的理性、宏观的批评为明代辨体意识主导下的潘岳文学批评指引了方向。

（四）文章高下的比对

潘岳的文章在宋代，至少是在知识分子阶层流传甚广，是具有典范意义的存在。如洪迈《容斋随笔》："宋玉《九辨》辞云：'憭慄兮若在远行，登山临水兮送将归。'潘安仁《秋兴赋》引其语，继之曰：'送归怀慕徒之恋兮……遭一涂其难忍。'盖畅演厥旨，而下语之工拙，较然不侔也。"④晁补之《序变离骚》："（王粲）《登楼》之作去楚辞甚远，又不及汉，然犹

---

① 吴文治：《宋诗话全编》，南京：江苏古籍出版社，1998 年版，第 3163 页。

② 丁福保：《历代诗话续编》，北京：中华书局，1983 年版，第 450 页。

③ ［清］何文焕：《历代诗话》，北京：中华书局，1981 年版，第 689 页。

④ 吴文治：《宋诗话全编》，南京：江苏古籍出版社，1998 年版，第 5685 页。

过潘岳、陆机《闲居》《怀旧》众作。晋之文，上不逮汉而下愧于唐。"①在带有随笔性质的诗话批评中，潘岳的诗文被评家信手拈来做各种比较，这一现象本身已经说明了潘岳诗文在当时流传之广，但他们大多从诗歌发展史的角度着眼，对包括潘岳在内的西晋太康文学持一种贬抑的态度。

（五）间接的接受

宋代兴起的诗话形式对于潘岳诗文及逸闻轶事的传播意义重大，批评者在评议其他作家作品时，由于作品涉及潘岳的事迹而间接地对潘岳的传播和接受也起到一定的推动作用。如唐白居易的名句"当君白首同归日，是我青山独往时"，北宋诗评家欧阳修、苏轼等人都曾予以品评；唐沈彬的诗句"陶潜彭泽五株柳，潘岳河阳一县花"，也受到了宋人的反复评说，阮阅、胡仔等评家均就此句予以评议，这是潘岳在宋代的新的接受方式，经过这样的反复传颂，潘岳的事迹得到了另一种形式的传播。

二、文集序跋对潘岳诗文的鲜明态度

文集序跋也是宋人对潘岳文学接受的主要途径。宋人论文强调实用、强调义理，反对浮靡，对魏晋以降的文风，他们是不主张学习效法的。苏轼在《书黄子思诗集后》就曾说："魏晋以来，高风绝尘，亦少衰矣。"②叶适在《徐道晖墓志铭》也认为："盖魏晋名家，多发兴高远之言，少验物切近之实。"③这些论文者常从文学史的角度评判魏晋文风及其地位。虽然魏晋以来的文风并不符合他们理想中的文章标准，但宋人并没有一边倒地予以否定和批判，仍然能够较为理性客观地肯定魏晋以来的文学成就，如姚铉《唐文粹序》："至于魏晋，文风下衰。宋齐以降，益以浇薄。然期间鼓曹、刘之气

---

① 吴文治：《宋诗话全编》，南京：江苏古籍出版社，1998 年版，第 6148 页。
② 陶秋英：《宋金元文论选》，北京：人民文学出版社，1984 年版，第 170 页。
③ 陶秋英：《宋金元文论选》，北京：人民文学出版社，1984 年版，第 351 页。

焰，耸潘、陆之风格，舒颜、谢之清丽，蔼何、刘之婉雅。虽风兴或缺，而篇翰可观。"①认为魏晋文学已经开始走下坡路，但是还是肯定了潘岳在时代文学中的地位和其独特的风格特色。

第三节　宋词中的潘岳

诗歌由唐入宋继续着它的辉煌，中晚唐兴起的词，在宋代发展成一代文学之胜，新的文学样式在宋代的发展和繁荣给潘岳的接受注入了新鲜的血液。相较于正统文学中越来越多的批判之音，在词的世界里，潘岳的形象焕发出了新的活力。前文列举唐诗中潘岳的典故除"白首同归"外，其他在宋词中无一例外地出现过，但是情感重心发生了转移，徐公持在《魏晋文学史》说道："在个人生活方面，由于不直接牵涉自身政治利害进退，潘岳亦有令人首肯的道德伦常表现。应当注意一点，即潘岳其人颇重视家庭生活，他在亲情方面往往表现出真挚而丰富的内涵。"②潘岳最擅长表达的私人化的家庭生活与要眇宜修的词找到了契合点，词这种新兴的文学样式使潘岳式的细腻真诚的伦理感情找到了一个更加合适的表达端口。

一、女性视角下的理想情人

要眇宜修的词更适宜于表达女性化细腻、敏感的内心世界，宋代词人或以代言体的形式直接表达女性情感，或是从女性的角度落笔，无限接近女性真实的心理状态，表达刻骨相思的主题。需要指出的是，宋词中有许多描写男女情爱的作品并非仅限于正统伦理的夫妻感情，更有一些写给姬妾的，这

---

① 陶秋英：《宋金元文论选》，北京：人民文学出版社，1984 年版，第 35 页。

② 徐公持：《魏晋文学史》，北京：人民文学出版社，1999 年版，第 325 页。

是在越来越趋向严肃正典的诗歌创作中难以看到的。在这一主题之中，潘岳成为最易于联想到的典故之一。宋词赋潘岳以象征的意义，是位才貌双全的完美情郎，如张孝祥《瑞鹧鸪·香佩分紫绣囊》："雪下哦诗怜谢女，花间为令胜潘郎。"[1] 柳永《合欢带》："檀郎幸有，凌云词赋，掷果风标。"[2] 无名氏《桂枝香慢·暖风迟日》："自从檀郎，金门献赋，不绝朱翠。"[3] 袁去华《玉楼春·垂鬟初学窥门户》："潘郎两鬓今如许，纵得相逢知认否。"[4] 在这里，潘岳的美貌、才华、深情被放大，而关乎其政治生命的内容几乎未有提及，因为在女性的眼中，有这样的夫君或情郎已经足够完美，为这样的恋人而身形憔悴、相思成灾的理由足够充分，潘岳的形象已经超越了典故原有的意义，而成为一种才貌双全又饱含深情的理想情人的象征。

二、潘岳式的叹老嗟卑

潘岳诗文中表达出了强烈的生命意识。《秋兴赋》中的"二毛"之叹，在宋词中弱化了潘岳的志深轩冕，而加重了个体化的更易于共情的年华逝去之忧思。对于人生迟暮的忧思，强烈的生命流走意识在宋词中比比皆是，而潘岳的"二毛"之叹又常常成为词人委婉表达青春逝去的合适载体。有伤春悲秋者，如黄昇《木兰花慢·乙巳病中》："问潘郎两鬓，更禁得、几番秋。"[5] 吕渭老《倾杯令·枫叶飘红》："秋风又送潘郎老。"[6] 张元干《醉花阴·翠箔阴阴笼画阁》："伤春比似年时恶。潘鬓新来薄。"[7] 有相思成疾

---

① 唐圭璋：《全宋词》，北京：中华书局，1980 年版，第 1716 页。

② 唐圭璋：《全宋词》，北京：中华书局，1980 年版，第 32 页。

③ 唐圭璋：《全宋词》，北京：中华书局，1980 年版，第 3832 页。

④ 唐圭璋：《全宋词》，北京：中华书局，1965 年版，第 1508 页。

⑤ 唐圭璋：《全宋词》，北京：中华书局，1965 年版，第 2993 页。

⑥ 唐圭璋：《全宋词》，北京：中华书局，1965 年版，第 1126 页。

⑦ 唐圭璋：《全宋词》，北京：中华书局，1965 年版，第 1086 页。

者，如李之仪《蓦山溪·次韵徐明诗》："潘鬓转添霜，飞陇首。云将皱，应念相思久。"① 秦观《长相思·铁瓮城高》："潘鬓点、吴霜渐稠。幸于飞、鸳鸯未老，不应同是悲秋。"② 高观国《点绛唇·天外青鸾》："憔悴潘郎，不解为花主。"③ 有哀悼青春者，如张先《苏幕遮·柳飞绵》："莫讶安仁头白早。天若有情，天也终须老。"④ 欧阳修《渔家傲·八月微凉生枕簟》："沈臂昌霜，潘鬓减。愁黯黯。年年此夕多悲感。"⑤ 贺铸《南柯子·别恨》："河阳新鬓尽禁秋。萧散楚云巫雨、此生休。"⑥ 唐诗运用"潘鬓"或"二毛"的典故来表达功业未成、壮志难酬的思想在宋词中转化为叹老嗟卑的生命意识，吟咏作家们难以抑制的年光之叹。

三、闲散中的理性意识

内向型的文化性格决定了宋人的人生态度倾向于理智与平和，这中时代性特征同样体现在词的创作中。宋词中有借用潘岳典故表达壮志未酬的苦闷、人生失意的悲凉的，较之唐诗，宋词更增添了细腻的世俗情感，更加接近作者本真的生活和心理状态。如张先《诉衷情·数枝金菊对芙蓉》："人散后，月明中。夜寒浓。谢娘愁卧，潘令闲眠，往事何穷。"⑦ 人生的聚散离合是作者关注的中心，作者的惆怅融汇在日常生活的细腻描绘之中。再如周邦彦《玲珑四犯·秾李夭桃》上阕："秾李夭桃，是旧日潘郎，亲试春艳。自别河阳，长负露房烟脸。憔悴鬓点吴霜，念想梦魂飞乱。叹画阑玉砌都换，才始有缘

---

① 唐圭璋：《全宋词》，北京：中华书局，1965 年版，第 338 页。
② 唐圭璋：《全宋词》，北京：中华书局，1965 年版，第 457 页。
③ 唐圭璋：《全宋词》，北京：中华书局，1965 年版，第 2361 页。
④ 唐圭璋：《全宋词》，北京：中华书局，1965 年版，第 80 页。
⑤ 唐圭璋：《全宋词》，北京：中华书局，1965 年版，第 139 页。
⑥ 唐圭璋：《全宋词》，北京：中华书局，1965 年版，第 540—541 页。
⑦ 唐圭璋：《全宋词》，北京：中华书局，1965 年版，第 68 页。

重见。"①作者用的是潘岳当河阳县令的典故，但其中仕途失意的惆怅被离别的相思所取代。宋代词人在描述闲散的生活状态时，不局限于享受闲适的乐趣，也较少直接表达功业未成的悲愤与哀愁，而是于静谧之中隐含幽怨、于闲散之中包蕴对天地人生的感悟。如贺铸《罗敷歌·采桑子》之二：

河阳官罢文园病，触绪萧然。犀尘流连。喜见清蟾似旧圆。
人生聚散浮云似，回首明年。何处尊前。怅望星河共一天。②

潘岳河阳的典故在这里不仅仅是怀才不遇的注解，更多的是一种对天地大道、生命状态的反思，呈现的是宋人特有的老成与持重。令作者惆怅的并不局限于自身失意这一事，"人生聚散浮云似"，升华为对天地人生的理性认知，"怅望星河共一天"，理性之中又饱含着排解不开的愁思。

第四节　潘岳诗文在宋代传播和影响研究

一、《文选》在宋代的传播

《文选》在宋代的传播仍然广泛，陆游在《老学庵笔记》中记载："国初尚《文选》，当时文人专意此书，故草必称'王孙'，梅必称'驿使'，月必称'望舒'，山水必称'清晖'。至庆历后，恶其陈腐，诸作者始一洗之。方其盛时，士子至为之语曰：'《文选》烂，秀才半。'"③可见至少在北宋初期，对《文选》的学习仍是非常热门的。唐以来的科举考试以及诗

---

① 唐圭璋：《全宋词》，北京：中华书局，1965 年版，第 597 页。
② 唐圭璋：《全宋词》，北京：中华书局，1965 年版，第 517 页。
③ ［宋］陆游：《老学庵笔记》，北京：中华书局，1979 年版，第 100 页。

赋取士的制度对士子学习《文选》有重要推动作用，自从宋神宗熙宁四年
（1071）王安石对科举制度进行改革，废除了进士科的诗赋考试之后，对《文
选》学习的热潮渐渐退去，但这并不意味着《选》学实质上的衰落，对于一
般学习诗赋的人来说，《文选》仍不可不读，胡仔在《苕溪渔隐丛话》中引
《瑶溪集》曰："今人不为诗则矣，苟为诗，则《文选》不可不熟也。"①又
引《雪浪斋日记》曰："欲知文章之要，当熟看《文选》。"②可见宋人对于
《文选》的学习热情未减，而且注意从中汲取文学的知识和素养，这也成为
宋人对潘岳诗文接受的重要内容。

二、潘岳影响下的悼亡诗词

宋代悼亡诗的创作呈现出繁荣的景象，与唐代中后期才大量地出现悼亡
诗的现象不同，宋代悼亡诗无论在数量上还是作者总数上都远远超过了唐代。
更为可贵的是，许多诗词大家如欧阳修、梅尧臣、苏轼、贺铸、陆游等人都
创作了感人肺腑的悼亡作品，并且留下了许多诗歌之外的悼亡题材的经典名
篇，带动和促进了悼亡题材创作的发展。

（一）梅诗形式继潘岳

北宋初年著名诗人梅尧臣写作的悼亡诗在数量和规模上超过了两宋其他
诗人，他的悼亡诗内容丰富，从各种角度表达了对亡妻的思念，有记梦之作
如《来梦》《椹涧昼梦》《灵树铺夕梦》等，有睹物思人之作如《悲书》《梨
花忆》《忆吴松江晚泊》等，也有通过子女表达对亡妻思念的如《悼子》等，
梅尧臣的悼亡诗有着明显受到潘岳影响的痕迹，一方面是形式上的继承。《悼
亡三首》采取潘岳悼亡诗组诗形式，层层递进地抒发妻亡后自己的内心感受：

---

① ［宋］胡仔纂集，廖德明校点：《苕溪渔隐丛话·前集》卷九，北京：人民文学出
版社，1984年版，第56页。

② ［宋］胡仔纂集，廖德明校点：《苕溪渔隐丛话·后集》卷二，北京：人民文学出
版社，1984年版，第9页。

结发为夫妻，于今十七年。相看犹不足，何况是长捐。我鬓已多白，此身宁久全？终当与同穴，未死泪涟涟。

每出身如梦，逢人强意多。归来仍寂寞，欲语向谁何。窗冷孤萤入，宵长一雁过。世间无最苦，精爽此消磨。

从来有修短，岂敢问苍天？见尽人间妇，无如美且贤。譬令愚者寿，何不假其年。忍此连城宝，沉埋向九泉。①

第一首写恩爱夫妻一朝永别，作者痛哭失声，誓死同穴。第二首写妻亡之后作者恍惚的精神状态和难以排解的孤独寂寞。第三首写由思念生发出的对苍天的追问和心中无法掩饰的遗憾。潘岳的三首悼亡诗是以纪时之局而写未断之情，组诗中的每一首都是各自独立，却在表达感情上是相互补充的整体。而梅尧臣的《悼亡三首》则纯是自我感情的生发，三首诗分别独立成篇，由此看来梅氏的《悼亡三首》有着明显模拟的痕迹，又有其独特性。

另一方面是睹物思人的写作方法。潘岳悼亡诗中的"望庐思其人，入室想所历"，发展到梅尧臣这里，几乎一切与妻子相关的事物、地点—与妻子同游的吴松江、扬子江，妻子的衣服、储物箱等等都是作者抒发伤悼之情的生发点，较之前人更加细腻，情感表达更加绵密。另外，梅尧臣有一首《悼子》诗颇值得注意，此诗既是悼子，也是悼妻，在梅尧臣之前，唐代诗人韦应物也有通过子女来伤悼妻子的作品（《往富平伤怀》《出还》等），但仅限于抒写子女在丧母之后的生活状态，触痛作者敏感的神经，进而抒发伤感之情。梅尧臣则写妻亡之后的重大变故——幼子重病夭折，这种叠加的伤痛，与有着相同经历的潘岳，更容易产生深层次的共情。诗中"吾将仰问天，此

---

①　朱东润选注：《梅尧臣诗选》，北京：人民文学出版社，1980年版，第63页。

理岂所执。我惟两男子，夺一何太急"的仰天长啸，与潘岳"呜呼上天，胡忍我门。良嫔短世，令子夭昏。既披我干，又剪我根"的追问何其相似。

（二）张耒言情似潘岳

苏门四学士之一的张耒，在妻亡不久之后写下两首《悼逝》诗，又于一年之后创作组诗《悼亡九首》。从题目便可看出张耒在妻亡之后的悲不自胜，尤其是《悼亡九首》也是采取组诗的形式，内涵丰富可与江淹《悼室人十首》相媲美，其反复咏叹妻亡之痛与潘岳颇为相似，潘岳悼亡诗中的反复咏叹为其招来笔端繁冗的批评，张耒的同样在这方面受到了亦褒亦贬的评价，苏轼在《答张文潜县丞书》中谓张耒的文风"汪洋澹泊，有一唱三叹之声。"① 钱锺书也曾评价过张耒词意之缛张耒之诗："惜他作的诗虽不算很多，而词意每每复出迭见。"② 都肯定了张耒诗歌情感表达上的繁富绵密。《悼亡九首》其三应用了潘岳的典故：

> 千行垂泪对风烟，万事伤心儿女前。
> 晓镜不须催白发，潘郎秋鬓久萧然。③

沉湎于丧妻之痛中而难以自拔，无法排解的哀伤通过恰当的典故表现出来。潘岳白发的典故是唐宋诗人常常用到的，张耒用意不仅在于伤悼自己的衰老苦闷，更着意于潘岳悼亡的精神，与潘岳对妻子的情真意切遥相暗合。《悼亡九首》其六也显现出了张耒受到潘岳影响之深：

---

① ［宋］苏轼著，孔凡礼点校：《苏轼文集》，卷四十九，北京：中华书局，1986 年版，第 1427 页。

② 钱钟书选注：《宋诗选注》，北京：人民文学出版社，1979 年版，第 91 页。

③ ［宋］张耒著，李逸安等点校：《张耒集》，北京：中华书局，1990 年版，第 562 页。

亦知存没等浮云，解笑多悲失道真。

却恐荒唐齐物叟，鼓盆真是已伤神。①

在这首诗里作者一改前几首着笔墨于对亡妻的刻骨思念，而是致力于如何能使自己从悲痛中解脱出来，这种渴望超脱的心理活动是受到潘岳影响的。潘岳悼念亡妻时几次想到以道家思想寻求超脱："渠怀之其几何，庶无愧兮庄子。"（《哀永逝文》）"庶几有时衰，庄缶犹可击。"（《悼亡诗》其一）"上惭东门吴，下愧蒙庄子。"（《悼亡诗》其二）潘岳是在告诫自己应该像庄子那样达观超脱，而张耒"鼓盆真是已伤神"则是反语出之，认为庄子鼓盆而歌正是因为无法排解亡妻之痛。以上均表明张耒的情真意切是远承"情深之子"潘岳悼亡传统的。

（三）贺铸情景相生袭潘岳

贺铸悼亡作品的数量并不多，主要集中在悼亡词的创作中，却能够以独特的风貌自成一格，如《御街行·别东山》《减字浣溪沙·三扇屏山匝象床》等都写得深情绵邈，《半死桐·重过阊门万事非》成就更高。贺铸的悼亡词受到潘岳悼亡诗文的影响，主要表现在袭用潘岳的写作方法而不着痕迹。首先，于细微处抒发悲痛之情。潘岳悼亡诗中所专注的妻子曾经的住所、遗物等生活的细节也正是贺铸所着重用笔墨的，如《寒松叹·鹊惊桥断》："帘垂窣地，簟竟空床。"②《半死桐·重过阊门万事非》："空床卧听南窗雨，谁复挑灯夜补衣。"③通过这些生活细节再现过去的生活，勾起回忆，咀嚼悲伤。墓地是贺铸常提到的，《御街行·别东山》就是贺铸祭扫妻子墓地时所

---

① ［宋］张耒著，李逸安等点校：《张耒集》，北京：中华书局，1990 年版，第 562 页。

② 唐圭璋：《全宋词》，北京：中华书局，1965 年版，第 514 页。

③ 唐圭璋：《全宋词》，北京：中华书局，1965 年版，第 502 页。

作，《半死桐·重过阊门万事非》有关于墓地的细节描写："原上草，露初晞，旧栖新垅两依依。""旧栖"指作者与妻子共同居住的地方，"新垅"指亡妻的坟墓，两者都令作者为之神伤，是对潘岳"望庐思其人，入室想所历"和"徘徊墟墓间，欲去不复忍"的融会。其次，贺铸善于融情入景的写法也远源于潘岳。潘岳《悼亡诗》第一首的初春伤情、第二首的秋夜感怀、第三首的墓间悲泣都是触景生情、情景交融。《半死桐·重过阊门万事非》的苏州西门，《御街行·别东山》的松门石路，《寒松叹·鹊惊桥断》的月皎回廊，年年夜长，无一不情景相生，感人至深。贺铸对潘岳写作手法的袭用不着痕迹又别具面貌，且自然流出、浑然天成。

（四）陆游悼亡诗风格近潘岳

南宋的大诗人陆游也是位悼亡大家，他的悼亡诗皆为第一任妻子唐婉而作，陆游与唐氏的爱情悲剧广为流传，其婚姻经过在南宋时陈鹄的《耆旧续闻》、刘克庄的《后村诗话》、周密的《齐东野语》中都有记载。陆游有一个沈园情结，沈园不仅是陆游与唐氏情谊甚笃时常去的地方，也是他们最后一次相见的地方，在沈园的最后一次邂逅不久唐氏便香消玉殒，因此陆游的许多悼亡诗都以沈园为题材，如《禹迹寺南有沈氏小园四十年前尝题小词一阕壁间偶复一到而园已易主刻小阕于石读之怅然》《沈园》二首、《十二月二日夜梦游沈氏园亭》《春游》等等都是陆游故地重游勾起的刻骨思念。陆游以其真切的生命体验为后世留下了感人至深的悼亡诗。陆游的爱情可堪现实版的《孔雀东南飞》，他的悼亡诗亦是感情的自然流露，看不出刻意效仿和模拟前人的痕迹，但依然能够品味出与"情深之子"潘岳悼亡诗风格的近似。首先，陆游的悼亡诗以直抒胸臆为主，从容流畅地表达内心的悲痛与哀伤，形成了平易浅近的特点，这与"浅而净"的潘岳风格近似，且同潘岳一样很少用艰涩深奥的词语，而且较少用典，如："城南小陌又逢春，只见梅花不见人"（《十二月二日夜梦游沈氏园亭》），^①"梦断香消四十年，沈园柳老不飞绵"（《沈园二首》其一）^②等，皆明白如话，毫无生涩之感。其次，发挥到极致的睹物伤情。陆游的沈园情结伴随了他的后半生，一来此地便引发无限感慨，沈园的花草、遗迹无不触动着作者敏感的神经，这种写法可远溯到潘岳的细节之中见真情，只是潘岳的"细节"在于日常生活，陆游的"细节"在于旧日同游之处。再次，化于无形的潘岳诗文。潘岳是陆游悼亡诗中使用的少数典故之一，在应用典故的同时也是对潘岳悼亡精神的一种祭奠，如《十二月二日夜梦游沈氏园亭》末联："玉骨久成泉下土，墨痕犹锁壁间尘。"^③后一句明显化用了潘岳《悼亡诗》其一中的诗句："帏屏无仿佛，翰墨有余迹。流芳未及歇，遗挂犹在壁。"陆游常叹："林亭感旧空回首，泉路凭谁说断肠。"（《禹迹寺南有沈氏小园四十年前尝题小词一阕壁间偶复一到而园已易主刻小阕于石读之怅然》）^④这种天人两隔的悲慨也是源出于潘岳诗文："昔同途兮今异世，忆旧欢兮增新悲。"（《哀永逝文》）"之子归穷泉，重壤永幽隔。"（《悼亡诗》其一）两位诗人均把死去的妻子视为另一个世界中生的存在，在亦幻亦真的诗歌意境中表达此生再难相见的遗憾，读来无不令人为之动容，所谓"诗接千载"是也。

（五）宋代悼亡诗的特点

宋人把悼亡诗的创作推向了新的高度，主要在于能够在前人创作的基础上有所创新，苏轼《江城子·十年生死两茫茫》就是最典型的例子，他不仅改变了以诗的形式进行悼亡的传统，而且改变了潘岳以来悼亡诗委曲婉转、阴郁感伤的风格传统，以一种疏荡豪放、清朗明丽的笔调开辟了新的悼亡风

① ［宋］陆游：《陆游集》，北京：中华书局，1976年版，第1554页。

② ［宋］陆游：《陆游集》，北京：中华书局，1976年版，第996页。

③ ［宋］陆游：《陆游集》，北京：中华书局，1976年版，第1554页。

④ ［宋］陆游：《陆游集》，北京：中华书局，1976年版，第701页。

格，成为标志性的经典之作。从体裁上看，宋人的悼亡仍以诗歌为正宗。从潘岳接受的角度上看，不是所有宋代悼亡诗都是因为受到他的影响而取得了成功，但是绝大多数的悼亡作品仍是沿着潘岳所开辟的悼亡传统进行创作的，就诗歌这一种体裁而言，宋人的悼亡在如下几个方面延续了潘岳以来悼亡诗歌创作的传统。

1. 周年祭作悼亡的传统

古制有妻丧之后，夫应守制一年的规定，潘岳的《悼亡诗》三首诗是在其为妻子守制一年之后所作，所以何焯说："安仁悼亡，盖在终制之后，荏苒冬春谢，寒暑忽流易，是一期已周也。"①自潘岳之后很多诗人都在妻子去世一周年之际创作悼亡诗，而在宋代更多诗人选择在妻子周年祭之时写作悼亡诗以寄托哀思，如张耒《悼亡九首》、贺铸《寒松叹·鹊惊桥断》王十朋《去年》等等，在妻子去世一周年之际，心中一直挥之不去的伤痛，会由眼前的事物或相关事件的触动，勾起作者的回忆，抒发感慨，这是自潘岳以来所形成的的悼亡传统。

2. 以正宗的诗歌形式悼亡

宋代词的繁荣拓展了悼亡文学创作的空间，出现许多悼亡词的佳篇如前面提到过的苏轼《江城子·十年生死两茫茫》、贺铸《半死桐·重过阊门万事非》，但是宋代悼亡文学的主流仍是以潘岳以来的诗歌作为主要形式，北宋的张耒、南宋的王十朋、陆游等都是完全采用诗歌形式以悼亡，在宋代的悼亡作品中，悼亡诗的数量也是远远超过了悼亡词的，这当然与宋人用诗来写严肃、端正的情感的态度有关，也是对潘岳以来悼亡诗歌传统的有意继承。

3. 潘岳典故的新用

随着宋代悼亡诗创作数量的增多，将有关潘岳的典故应用于悼亡诗中也有

---

① ［清］何焯：《义门读书记》卷四十六，北京：中华书局，1987年版，第904页。

所增多，唐人所用来表达他们在功业仕途上的积极或失落、入世或隐逸的潘岳典故，宋人都可以放入悼亡诗中，如"潘鬓""河阳"之典，唐人多用它的原意表达功业未成或是怀才不遇的忧愤，而宋代作家可用之以悼亡，如陆游《禹迹寺南有沈氏小园四十年前尝题小词一阕壁间偶复一到而园已易主刻小阕于石读之怅然》："枫叶初丹槲叶黄，河阳愁鬓怯新霜。"① 将"潘鬓"与"河阳"两典连用表达哀情，可见宋人更看重潘岳至真至诚的悼亡精神。

三、灵犀相通的隔代知音：史达祖

南宋中后期著名词作家史达祖，在其只有112首词的词集——《梅溪词》中有六处应用了与潘岳相关的典故，一篇明显受到潘岳作品影响的词作，还有占据其词作四分之一多的悼亡词，不能不说史达祖深受潘岳的影响。运用典故，在宋词中屡见不鲜，而在一个人的作品中反复出现同一个人的典故却并不多见。南宋中后期，以朱熹为代表的新儒学逐渐占据思想文化主流，新儒学比前代更加重视内在道德人格修养，在这样的时代文化背景下，史达祖对于一个有着明显人格缺陷的前代文人如此钟情是稍显背离了文化主流的，因而更值得深入探究。另外，潘岳对悼亡诗的形成与发展之意义人所共知，《梅溪词》中大量悼亡词的出现，大大拓展了潘岳悼亡诗在诗歌体裁之外的影响力。可见潘岳对史达祖的影响之深，后者对前者的接受并不局限于文学创作的写作方法、艺术特色等的文本接受上，相隔900多年的二人有情感、经历和时代的三重共鸣，潘岳其人其文已经融化在史达祖的整个文学生命之中。

（一）政局动荡的时代共鸣

潘岳和史达祖所生活的西晋与南宋两个时代，有一个共同的特点，就是政局长期处于动荡之中。西晋统治者司马氏，通过公然弑君的手段获得了最高统治权，因而在立国之初就无法建立一个绝对权威的纲常准则来巩固统治，

---

① ［宋］陆游：《陆游集》，北京：中华书局，1976年版，第701页。

正如干宝在《晋纪总论》中所说："树立失权，托付非才，四维不张，而苟且之政多也。"①最高统治者在自己的心腹之臣和名士群体两大阵营之间频繁地使用政治平衡术的做法，除了使统治得到暂时的安宁之外，其手中的最高权力也逐渐失去它应有的威慑力量，貌似强大的西晋帝国仅仅维持了五十余年的统治就覆灭于由八王之乱导致的五胡乱华。史达祖生活的南宋王朝是一个偏安江左的小朝廷，内部党争激烈，宫廷政变时有发生，外部受到女真等少数民族的骚扰，统治者在醉生梦死的"苟安"状态下逐渐丧失了统一中原的信心和愿望，在内忧外患中走向覆亡。西晋和南宋两个王朝都缺乏强大统一封建帝国的昌盛气象，缺少昂扬向上、积极进取的精神力量，并且都出现了权倾朝野的重臣（西晋为杨骏、贾充、贾谧，南宋为赵汝愚、韩侂胄、史弥远），在政失其本和朝廷内部无休止的争斗中，正义与邪恶的界限变得不再鲜明，这是两个时代的共同特点。

徐复观在《中国知识分子的历史性格及其历史的命运》中说："在战国时代所出现的'游士'与'养士'两个名词，正说明了中国知识分子的特性，'游'证明他们在社会上没有根；'养'证明他们只有当食客才是生存之道，而'游'的圈子只限于政治，'养'的圈子也只限于政治，于是中国的知识分子，一开始便是政治的寄生虫。"②知识分子的寄生特性在潘岳和史达祖身上似乎表现得更为明显，他们分别受到权臣贾充和韩侂胄的重用而一时间"权炙缙绅"，终因对政治缺乏理性认识迷失了自己，潘岳于政权内部的内讧与倾轧中死于非命，史达祖在权臣失势之后被黥面流放。他们的悲剧在于选择了寄生于失去正义性的政治，从这个角度上讲，这两位同样有着人品争议的历史人物有其值得同情的一面。《梅溪词》中的《齐天乐·秋兴》是一篇明

---

① ［南朝梁］萧统编，［唐］李善注：《文选》，上海：上海古籍出版社，1986 年版，第 2180 页。

② 徐复观：《徐复观集》，北京：群言出版社，1993 年版，第 168 页。

显受到潘岳《秋兴赋》影响的作品，借助萧瑟的秋天来抚慰烦躁不安的情绪，是作者久居官场而不得志的心声：

栏杆只在鸥飞处，年年怕吟秋兴。断浦沈云，空山挂雨，中有诗愁千顷。波声未定。望舟尾拖凉，渡头笼暝。正好登临，有人歌罢翠簾冷。

悠然魂断故里，奈闲情未了，还被吹醒。拜月虚檐，听蛩坏砌，谁复能怜姣俊。忧心耿耿。寄桐叶芳题，冷枫新咏。莫遣秋声，树头喧夜永。①

《秋兴赋》是潘岳于三十二岁任虎贲中郎将时所作，其序云："摄官承乏，猥厕朝列，夙兴晏寝，匪遑底宁。譬犹池鱼笼鸟，而有江湖山薮之思。"正文中又说道："且敛衽以归来兮，忽投绂以高厉……逍遥乎山川之阿，放旷乎人间之世。"表达出明显的厌弃官场生活，希望辞官归隐的愿望。史达祖在表达仕途失意的词作中化用潘岳的《秋兴赋》颇为耐人寻味，细究之，政局动荡、前途未卜是两位作家困惑和痛苦的根源。潘岳直到生命的终结也没有真正放弃官场仕途，史达祖清醒地认识到自己将与潘岳一样注定要寄生于政治，所以词作中没有表现出与《秋兴赋》一样的"江湖山薮之思"。"年年怕吟秋兴"一语双关，在悲秋的背后，是惶惶不安的心境，去留两难的尴尬。也正是这"怕吟秋兴"表现出史达祖对自己和现实的认识要比潘岳更加理性和现实："悠然魂断故里，耐闲情未了，还被吹醒。"有太多的未了之情令他放不下，虽然"忧心耿耿"，却还要劝自己"莫遣秋声"。

南宋时期，由于边患不断、民族矛盾激烈等社会、政治因素的影响，宋人格外强调忠贞不移的民族气节，这样的时代因素在史达祖身上打下了深深的烙印，所以《梅溪词》中也不乏关心国家命运的优秀爱国词作，如《满江红·抒怀》《龙吟曲·陪节欲行留别社友》等，《齐天乐·秋兴》没有表现出

---

① 王步高：《梅溪词校注》，天津：天津人民出版社，1994 年版，第 250 页。

与潘岳一样的厌倦官场的情绪是符合社会时代背景和作家自身性格特点的，他只是将官场的不顺化为深深的思亲怀乡之情。这两篇作品可分别视为二人久入官场之后的一次反思，潘岳"澡秋水之涓涓，玩游鲦之濈濈"的出世精神，通过后来的事实证明那仅仅是"无妨想一想"①的空中楼阁，而《齐天乐·秋兴》则始终笼罩在灰冷的意象之中，作者清醒地认识到官场虽险恶，仕途虽不畅，他却不能离开，因为他深知令他痛苦的正是其赖以生存的。潘岳和史达祖对人生的不同认识，除了有作家个性气质的原因之外，也是时代文化因素使然。

（二）怀才不遇的经历共鸣

潘岳与史达祖有着相似的仕宦经历，也都因为曾依附权贵而为世所疾。潘岳在其作品中反复提到自己仕途偃蹇，在《闲居赋》中有八徙官而一进阶的自嘲，《晋书·潘岳传》有"栖迟十年"的记载，潘岳相继依附于杨骏、贾充、贾谧，"望尘而拜"和代笔"祷神文"之事成为他一生最大污点，长期以来，一直为世人诟病。或许只有同样沉沦下僚、依附权臣而遭到非议的史达祖能够懂得当年的潘岳，同样的身不由己，同样的牢骚满腹。史达祖有三首词抒发了与潘岳一样的怨愤之情：

《点绛唇》（六月十四日夜，与社友泛湖过西陵桥，已子夜矣）：
山月随人，翠蘋分破秋山影。钓船归尽。桥外诗心迥。
多少荷花，不盖鸳鸯冷。西风定。可怜潘鬓，偏浸秦台镜。

《齐天乐·白发》：
秋风早入潘郎鬓，斑斑遽惊如许。暖雪侵梳，晴丝拂领，栽满愁城深处。

---

① 王瑶：《中古文学史论》，北京：北京大学出版社，1998年版，第154页。

瑶簪谩妒。便羞插宫花，自怜衰暮。尚想春情，旧吟凄断茂陵女。

　　人间公道惟此，叹朱颜也恁，容易堕去。涅了重缁，搔来更短，方悔风流相误。郎潜几缕。渐疏了铜驼，俊游俦侣。纵有黟黟，奈何诗思苦？

　　《湘江静》：

　　暮草堆青云浸浦。记匆匆、倦篙曾驻。渔榔四起，沙鸥未落，怕愁沾诗句。碧袖一声歌，石城怨、西风随去。沧波荡晚，荔蒲弄秋，还重到、断魂处。

　　酒易醒，思正苦。想空山、桂香悬树。三年梦冷，孤吟意短，屡烟钟津鼓。屐齿厌登临，移橙后、几番凉雨。潘郎渐老，风流顿减，《闲居》未赋。[①]

　　三首词涉及两个关于潘岳的典故：一是"潘鬓"，潘岳在《秋兴赋序》中说："余春秋三十有二，始见二毛。"在正文中又讲到："斑鬓发以承弁兮"《秋兴赋》是潘岳在其栖迟十年之后厌倦官场，有了退隐之念的背景下所作，因而用这个典故也含有抱负未得施展的牢骚。另一个是关于潘岳所作的《闲居赋》的典故，《闲居赋序》曰："……自弱冠涉乎知命之年，八徙官而一进阶。再免，一除名，一不拜职，迁者三而已矣。虽通塞有遇，抑亦拙者之效也……"《闲居赋》是潘岳仕途失意后的又一次归隐宣言。史达祖《湘江静》一词用此典故，且以反语出之，在悲愤与怅惘中蕴含自嘲之意。

　　这三首词分别写于史达祖人生的不同时期：第一首写于他青年时代的读书游历时期，是为与诗友泛舟西湖之上的即兴之作，在幽俏的诗境中化入了怀才不遇的惆怅。"桥外诗心迥"充满诗意的西湖美景与作者的"诗心"形成强烈反差，荷花再多，"不盖鸳鸯冷"，青春再好，奈何易逝。第二首写于他任省吏、久沉下僚时期，这时的仕途不畅带给他的无奈已转化成深深的

　　①　王步高：《梅溪词校注》，天津：天津人民出版社，1994年版，第179、246、219页。

忧愤，青春易逝的感叹已由融情于景变成了直抒胸臆："叹朱颜也恁，容易堕去。"纵有黑发，也难掩"诗思苦"。第三首写于他被贬流放之后，在浑灏流转的情景交融之中蕴藏着无限的凄清与苍凉，"三年梦冷，孤吟意短，屡烟钟津鼓"极尽天涯倦客的孤寂之情。史达祖对潘岳的接受与理解是贯穿于一生的，在人生的不同阶段都能与潘岳有所呼应，唯一不同的是典故中提到的潘岳两篇作品都是在其厌倦官场而有归隐之念的时候写下的，事实上他也履行了自己的诺言，两次都有过短暂的归隐。而史达祖却始终未有远离官场之意，他所感同身受的是潘岳那份功业未成的惆怅而不是人生道路的抉择。二人的命运反映了君主专制时代文人士子仕途路上的进退失据。词评家俞陛云以敏锐的洞察力看懂了他们共同的悲哀，他在评点《点绛唇》时说道："山影分波，写诗境之幽悄；观河面皱，感潘鬓之萧疏。荷花不护鸳鸯，犹广厦难庇寒士。"又在点评《湘江静》时说道："……倦登王粲之楼，未卜潘郎之宅，烟尘长望，衰飒摧颜矣。"①可谓二人的又一沧海知音。

（三）情有所钟的情感共鸣

潘岳与妻子杨氏的伉俪情深已成千古佳话，他的作品中有写给妻子的海誓山盟："尔情既来追，我心亦还顾。形体隔不达，精爽交中路。不见山下松，隆冬不易故。不见涧边柏，岁寒守一度。无谓希见疏，在远分弥固！"（《内顾诗二首》其二）在杨氏去世后，他又写了《悼亡诗》三首、《杨氏七哀诗》《悼亡赋》《哀永逝文》，潘岳对妻子的一往情深、生死不渝加之其美貌才华成就了"潘郎"这一典故的广为流传。《梅溪词》中有三处以潘岳自比——《夜行船·正月十八日闻卖杏花有感》："白发潘郎宽沈带"、《眼儿媚·寄赠》："潘郎心老不成春"、《夜合花·柳锁莺魂》："自知愁染潘郎"，作者均以"潘郎"自比，却又不同的意义：第一首是思念妻子的悼

① 俞陛云：《唐五代两宋词选释》，上海：上海古籍出版社，2011 年版，第 323—324 页。

亡词，借"潘郎"的鬓发表达暮年时的作者悼念逝去妻子的凄婉之情；第二首是与情人分隔两地表达相思的，借"潘郎"的深情表达与情人分别后的痛苦思念；第三首是失恋词，借"潘郎"的相思成愁表达作者的无限深情，从不同侧面体现出史达祖的细腻和多情，而不仅仅是对潘岳才貌双全的企羡。

《梅溪词》中悼亡词同样可以作为史达祖与潘岳产生情感共鸣的佐证。在中国文学史上，"悼亡"专指悼念已经去世的妻妾，潘岳《悼亡诗》在悼亡诗史上具有标志性意义。王钟陵在《中国中古诗歌史》中说道："由于一夫多妻制所造成的男子在性爱上的游移性，所以男性在感情上往往比较浮泛。因此尽管男女之咏充斥于卷轶细组之中，而真正十分深沉地吐露文人与其妻子真实情感的诗篇却甚少。"[1]在那样一个"男尊女卑"和"制重哀轻"的时代，潘岳就是这少数者之一，他为妻子写下多篇悼亡作品寄托无限哀思，被刘勰评为"虑善辞变，情洞悲苦。"陈祚明在清代对于潘岳的一片挞伐声中力排众议，做出："安仁情深之子，每涉一笔，便刺刺不能自休"[2]的评价，实为深谙潘岳是真情之人。《梅溪词》有一半以上是恋情词，而恋情词又以悼亡词居多，这些悼亡词较之潘岳悼亡诗又有一个新的特点，那就是较多的悼念姬妾的作品，由于悼念姬妾不像悼念亡妻那样需要许多伦理情感，而具有更加鲜明的情感取向，加深了情感深微痛楚的表达。《金盏子·奖绿催红》《三姝媚·灯光摇缥瓦》《换巢鸾凤·梅意》等都是悼念姬妾的作品，《三姝媚·灯光摇缥瓦》《金盏子·奖绿催红》《杏花天·古城官道花如霰》《花心动·风约帘波》中所悼之人为同一女子，此女为与史达祖相恋的杭州青楼妓女，在史达祖久离临安之后，相思成疾，憔悴而死："可惜东风，将恨与、闲花俱谢。"（《三姝媚·灯光摇缥瓦》）史达祖也写词反复表达对这位痴情女子的怀念："懒记温柔旧处，偏只怕、临风见他桃树"（《花心动·风约

---

① 王钟陵：《中国中古诗歌史》南京：江苏教育出版社，1988 年版，第 404 页。

② ［清］陈祚明：《采菽堂古诗选》，上海：上海古籍出版社，2008 版，第 332 页。

簾波》）、"相思梦，空阑月波湿"（《金盏子·奖绿催红》）、"行人去
了莺声怨，此度关心未免"（《杏花天·古城官道花如霰》）。此女子为爱
殉情，令人唏嘘，而像史达祖这样对萍水相逢的青楼女子如此情有独钟、生
死不渝也是极为少见的，这种真情印证了这样的事实："非正式恋爱对象的妓
女，同地位相对低下的姬妾，给作为伤悼主体的男性文人留下了较多纯性爱
意义的、带有浪漫色彩的难忘追忆，因而悼念妓姬的词作因其体性之特长，
又带有较多个体性的真切袒露。"①悼念逝去的爱人，对于作家来说是在品味
那永远无法弥补的缺憾，如果说潘岳悼念亡妻是对"男尊女卑"和"制重哀
轻"的传统的疏离，那么史达祖悼念姬妾就是对传统伦理观念的反叛。由情
有所钟引申而来的对个体生命的尊重、对真实情感的坚守是二人隔代相望而
心灵相通的地方。

第五节　潘岳在辽金元的接受状况

　　唐宋之际的思想文化转型在辽、金、元三个少数民族政权也产生了深远
的影响，形成了以汉文化为主流的多民族文化的繁荣。即使是一入中原便烧
毁孔庙的金朝，也在熙宗之后逐渐形成了系统的儒家教育体系。蒙古灭金之
后，汉民族虽然在政治上和文化上受到了空前的压迫，元代统治者也逐渐认
识到尊孔尊儒的重要性。因而潘岳在少数民族政权下的接受状况，也很能反
映思想文化转型大背景下的文学发展之迹。

---

① 王立、刘卫英：《红豆：女性情爱文学的文化心理透视》，北京：人民文学出版
社，2002 年版，第 99 页。

一、潘岳作品的传播情况

辽金元的正史中关于潘岳的接受资料甚少，陶宗仪《南村辍耕录》卷九曰："西晋之文，渊明《归去来辞》，李令伯《陈情表》，王逸少《兰亭叙》而已。"[①]反映了元代读者对西晋文学态度的冷漠。在对西晋文学总体评价不高的元代，潘岳诗文还是被传播着，元人骆天骧所撰《类编长安志·证题》列举所引用书目中有潘岳的《西征赋》《关中记》，足见潘岳作品在元代是有读者群的，而且不仅仅限于文人士大夫阶层，《类编长安志》中所引用的文学作品甚少，其中赋作只用了班固《西都赋》、张衡《西都赋》和潘岳《西征赋》，还有一篇未署名的《羽猎赋》。马端临《文献通考》中《经籍考》《职官考》也有以潘岳《西征赋》《关中记》等作为考据的。潘岳的文学作品的史料价值于此可见一斑，对潘岳作品的引用促进了潘岳作品的传播。

二、诗话、文集序跋中的品评

两宋时期兴起的理学渐渐蔓延开来，以至元代一些学者思想深受理学精神的影响，如郝经强调内心修养，重视创作主体的作用，而他在《与撖彦举论诗书》中说："至潘陆颜谢，则始事夫辞。"[②]表现出对追求诗歌艺术的排斥。隐逸情趣是前代读者对潘岳接受的内容之一，而元人并不认为这是一种真正的隐逸或闲适，方回《瀛奎律髓·闲适类序》有这样一段话：

韩昌黎《送李愿归盘古序》下一段，所谓："穷居而闲处，升高而望远，坐茂树以终日，濯清泉以自洁。采于山，美可茹；钓于水，鲜可食。黜陟不

---

① ［元］陶宗仪撰，王雪玲校点：《南村辍耕录》卷九，沈阳：辽宁教育出版社，1998 年版，第 105 页。

② 陶秋英：《宋金元文论选》，北京：人民文学出版社，1984 年版，第 478 页。

闻，理乱不知。起居无时，惟适之安。"此能极言闲适之味矣，诗家之所必有而不容无者也。凡山水游郊行，原居野处，幽寂隐逸之趣，于此所选诗备见之。姚合《少监集》有闲适一类，《武功县作》三十首者，乃是仕宦而闲适，已选置宦情类中。先欲分郊野、闲适为二类，要之闲适者流多在郊野。身在成府朝市而有闲适之心，则所谓大隐君子，亦世所稀有者也。①

此段虽为评韩之言，实则道出了作者对于"闲适"的理解，重视内心的真正解放，在方回的观点中潘岳的所谓闲适或隐逸作品根本就不能归为闲适一类，应当归于仕宦情类之中。潘岳式的隐逸情趣在元代难以得到认同。

元人诗话秉承宋代接受多元化的路数，对潘岳诗文的评价多从诗体流变的宏观处着眼，有褒扬也有批评，如杨载《诗法家数》："诗体《三百篇》，流为《楚辞》，为乐府，为《古诗十九首》，为苏李五言，为建安黄初，此诗之祖也；文选刘琨、阮籍、潘、陆、左、郭、鲍、谢诸诗，渊明全集，此诗之宗也；老杜全集，诗之大成也。"②肯定了潘岳在诗歌史上的地位。陈绎曾《诗谱》："安仁质胜于文，有古意，但澄汰未精耳。"③承认安仁诗文的古意，同时也批评了他未能很好地继承古体的精髓，这其实也是从反面证实了潘岳诗文继往开来的贡献。

三、潘岳及其诗文在辽金元的影响

（一）成为文人创作的素材

潘岳本人及其诗文是许多元代文学作品的取材之处，不过借潘岳表达怀土亲思、身世漂泊的乡关之思比前代更为浓烈一些，如"窃慕漆园放，谁

---

① [元]方加：《瀛奎律髓汇评》，上海：上海古籍出版社，2005年版，第929页。

② [清]何文焕：《历代诗话》，北京：中华书局，1981年版，第735页。

③ 丁福保：《历代诗话续编》，北京：中华书局，1983年版，第629页。

云潘岳非"（揭傒斯《吴子高悼亡归岳阳》），"起舞刘琨肝胆在，惊秋潘岳鬓毛苍。"（杨维桢《夜坐》），"闲居潘岳惊斑鬓，归去陶潜懒折腰"（黄清老《和马伯庸御史效义山无题四首》其三）。值得一提的是，元代戏曲中常以潘岳的事迹作为创作素材，在市民阶层的接受群体中潘岳已成为某种形象的化身，如南戏《荆钗记》的美男代言人潘岳："他貌如潘岳，富比石崇，德并颜渊，轻裘肥马锦雕鞍，重裀列鼎珍羞馔。"马谦斋散曲《太平即事》将潘岳视为辞官归隐、闲适生活的化身："傲河阳潘岳栽花，郊东门邵平种瓜。"；乔吉散曲《行香子·题情》将潘岳视为痴情男子的化身："东阳瘦体，潘岳苍颜"等等。潘岳作为这些形象的化身既是作者的精神寄托，也适应市民接受群体的接受水平和愿望，因而在元代戏曲中的潘岳形象是具有象征意义的、理想化的。

（二）元好问对潘岳的接受

辽、夏、金、元等少数民族建立的政权采取的汉化的政策，促进了汉籍在这些地方的流播，但他们对中原文化的接受毕竟有限，对潘岳的接受更显寥落，就在这为数不多的潘岳接受资料里，金人元好问对潘岳的接受在当时乃至整个潘岳接受史上都具有重要意义。

元好问在《论诗三十首》中对潘岳的评价影响之深远已经超出了文学批评所应涉的范畴，成为后人诟病潘岳的重要依据，成为明清以人品为本、以人品为先的批评标准的先声：

心画心声总失真，文章宁复见为人。
高情千古《闲居赋》，争信安仁拜路尘。①

---

① 姚奠中主编，李正民增订：《元好问全集》（增订本），太原：山西古籍出版社，2004 年版，第 269 页。

　　从文学批评的角度上说，这是有宋以来文学批评重视创作主体作用的最佳证明，是将道德品格纳入到审美评价之中的典型。潘岳的为人一直以来都受到了质疑和诟病，元好问则直接揭示了潘岳的为人与为文的不一致而导致的"矫情"现象，元好问的批评本身是混淆了文章与人品的批评标准的，郭绍虞曾言："文章人品显分两途，故不能以言取人矣。"① 虽然如此，其"据事废言"的批评标准在后世的影响却很大，后世的批评尤其是儒家诗教观回归之后的清代批评领域，学者多囿于元好问的批评标准，使潘岳从此遭受不绝如缕的苛责和批判。

　　除了对潘岳的批评之外，元好问的诗文中有不少关于潘岳的掌故，如：

　　《围城病中文举相过》："潘岳镜中浑白发，江淹门外即苍苔。生涯若被旁人问，但说经年鼠不来。"（180 页）

　　《示怀祖》："自惊白鬓先潘岳，人笑蓝衫似采和。"（211 页）

　　《寄刘光甫》："陶潜贫里营三径，潘岳秋来见二毛。"（262 页）

　　《玉楼春·吹台萧瑟行云暮》："正当潘岳感秋时，不到杜陵怀古处。"（1037 页）

　　《水龙吟·两年金凤城边》："潘郎老鬓，尽花枝戴。"（1066 页）

　　《南乡子·烟草入西州》："却是多情不自由，为向河阳桃李道。"（1013 页）

　　《浪淘沙·芳树翠烟重》："可惜河阳桃李月，弹指春空"（1059 页）

　　《顺天万户张公勋德第二碑》："人孰不欲不鼓不成列、不禽二毛，旷然为仁义之举？"（560 页）

　　《水调歌头·滩声荡高壁》："一笑青山底，未受二毛侵。"（975 页）

---

　　① 郭绍虞笺释：《元好问论诗三十首小笺》，北京人民文学出版社，1978 年版，第63 页。

《前高山杂诗七首》其七："白首同归未省曾，青山独往竟谁能。"
（335 页）①

元好问以潘岳为典多用于抒写时光流逝、年华老去、功业难成之意，
并未摆脱前人用典之窠臼，但有一点值得注意，元好问虽然对潘岳人品持
否定的态度，但他的诗文仍然暴露了其潘岳情结，在少数民族统治的文化
荒芜状态下仍有人如此关注潘岳，表明了潘岳及其诗文的传播和接受从未
终止或间断。

---

① 姚奠中主编，李正民增订：《元好问全集》（增订本），太原：山西古籍出版社，
2004 年版，页码标注于所引诗歌之后。

第 四 章

潘岳接受的持续期：明清

美国汉学家包弼德把唐宋文化转型归纳为：立足历史的文化观转向了立足观念的文化观，并认为这种转型南宋已经接近完成。①鉴于此，可以将明清概括为后观念文化的时代，自两宋儒家思想观念以新的形式复归以来，明清思想文化沿此一路越走越远，表现为明代思潮迭起与争鸣的发生，清代诗教观念的日趋强化。在道德重构的文化形态下，潘岳声名遭到了前所未有的苛责和打击。明清时期的潘岳接受以文学批评为主，在文学批评方面又以诗歌批评为首，对潘岳品行的探讨多融合在诗歌评价之中，明清时期有不少诗歌选本，所选潘岳诗歌的内容及选家的点评，能够反映出对潘岳的态度。明清学者对潘岳著述的整理，反映了潘岳著作的流传之迹。

第一节　明代文学运动与潘岳

一、明代社会思想文化状况

中国古代君主专制制度发展到明代已经相当成熟，中央集权比之前任何一个朝代都更加强化，朱元璋在立国之初便非常注意政治制度建设，他废除了中书省和丞相，将相权分散到六部，而六部又直属皇帝，使权力更加集中在皇帝手中，又设立卫所制掌控军队。明成祖朱棣通过政变登上帝位之后，在其父朱元璋的基础上采取了一系列措施：实行削藩政策，剥夺诸王的权力；设立内阁

---

① ［美］包弼德：《斯文：唐宋思想的转型》，南京：江苏人民出版社，201 年版，第 539、547 页。

协助皇帝施政，又将大权授予司礼太监，内阁与太监相互制衡又最终听命于皇帝；增设特务机构，在原有锦衣卫的基础上设立"东厂"，直接听命于皇帝，将军政大权再度集中在皇帝手中，君主专制的统治至此在制度上得以完成。

与集权统治相适应，唐宋时期开始的思想文化转型更加深入，并朝着更加极端的方向发展。明代的文化专制也明显加强，尤其是以八股取士的科举制度禁锢了士人的思想和才学，限制了文化领域的良性发展。与此同时，明代统治者又对文人实行高压政策，许多著名的文人因此而不得善终，从朱元璋就已开始的文字狱殃及很多无辜的文人，清赵翼在《廿二史札记》中说道："明祖通文义，固属天纵，然其初学问未深，往往以文字疑误杀人，亦已不少。"①并详细记载了官员所奏表章"以嫌疑见法者"，反映了明初文化恐怖政策之一端。然而，明代的文化专制主义和思想的禁锢并没有扼杀思想文化的发展，各种文艺思潮、流派不断产生，文艺争鸣相继出现，先后出现了前后七子的复古运动，"唐宋派""六朝派"的争鸣，他们不仅提出了自己鲜明的观点，而且以创作实践了自己的文学主张，他们为挣脱理学的禁锢而努力着。明代的文艺思想呈现出禁锢与反禁锢直至实现对思想专制的冲击和突破的总体性发展、变化。

二、前后"七子"复古浪潮中的潘岳

明朝初期的诗文对六朝文学并不排斥，有意地学习六朝诗歌创作，以刘基、高启、袁凯为代表，有人称高启"拟汉魏似汉魏，拟六朝似六朝，拟唐似唐，拟宋似宋，凡古人之所长，无不兼之，振元末纤秾缛丽之习，而返之于古，启实为有力……其模仿古调之中，自有精神意象存乎期间。"②认为高

---

① ［清］赵翼撰，曹光甫校点：《廿二史劄记》，上海：上海古籍出版社，2011 年版，第 663 页。

② ［清］纪昀等：《钦定四库全书总目》卷一百六十九，集部二十二，别集类，《大全集提要》，北京：中华书局，1997 年版，第 2273 页。

启在诗歌风貌和艺术表现手法上对六朝诗歌深有宗尚，在实际创作中，高启
"以情为诗"的风格和有意为之的拟诗无不表现了他对两晋南北朝诗歌的钟
爱。袁凯则"古体多学《文选》。"① 在明代思想禁锢到来之前，活跃于文坛
的一些诗文名家对六朝诗文都持学习的态度。

　　明代初期对古体诗歌的学习，并未形成时代的共识，这种共识是在前后
"七子"掀起的复古浪潮中完成的。前"七子"在李梦阳、何景明"古体宗汉
魏"的旗帜下，六朝文学备受贬抑，许多文人由始习六朝而转向尊汉魏、盛
唐，本为学习六朝诗文的顾璘、朱应登等人均接受李、何的号召而转师汉魏，
前"七子"之一的徐祯卿最具代表性，他的《谈艺录》反映了其诗歌转型之后
的理论思考，一改前期对六朝诗歌的仰慕转而尊崇汉魏而不满于六朝，又明
确提出汉魏诗为古体的"极界"，对六朝诗歌全部否定。袁褧更是"作古选则
尊苏李而耻言潘陆"②。需要指出的是前"七子"的创作实践并未完全依照其
"古体宗汉魏"的主张而时涉六朝，反映了他们对于六朝文学的矛盾心态，即
便如此，他们在提到六朝代表作家之时，很少论及潘岳。李梦阳曾主持编定阮
籍、陆机、谢灵运诗集，其《刻阮嗣宗诗序》云："予观陈子昂《感遇》诗，
差为近之，唐音汩汩乎开源矣。及李白为《古风》，咸祖籍词。宋人究原作
者，顾陈、李为极，岂其未睹籍作邪？"③ 申明了陈子昂、李白诗歌与阮籍诗
歌一脉相承，又在《刻陆谢诗序》中称赞谢灵运为"六朝之冠也""然其始本
于陆平原，陆、谢二子则又并祖曹子建。故钟嵘曰：曹刘始文章之圣，陆谢为

　　① ［清］纪昀等：《钦定四库全书总目》卷一百六十九，集部二十二，别集类，《海
叟集提要》，北京：中华书局，1997 年版，第 2280 页。

　　② ［清］永瑢等：《文渊阁四库全书》，集部八，总集类，《明文海》卷
二百四十二，陆师道：《袁永之文集序》，台北：商务印书馆，1986 年版，第 1455 册，
第 675 页。

　　③ ［清］永瑢等：《文渊阁四库全书》，集部六，别集类五，［明］李梦阳：《空同
集》卷五十，《刻阮嗣宗诗序》，台北：商务印书馆，1986 年版，第 1262 册，第 464 页。

体二之才。"①足见李梦阳对六朝诗人"择而取之"的态度,这在李梦阳诗歌创作实践中也得到了印证,却不见其对潘岳有所师从或学习。何景明更是在《汉魏诗集序》中明确表示了对西晋以降文风的鄙薄态度:"晋逮六朝,作者益盛,而风益衰,其志流,其政倾,其俗放,靡靡乎不可止也。"②于此可见潘岳的诗文创作在前七子掀起的近二十年的复古浪潮中备受冷落。

以李攀龙、王世贞、谢榛为代表的后"七子",于嘉靖二十七年(1548)至三十一年(1552)结社于京师,他们对前"七子"及后来各诗歌流派的得失进行深刻反思,再次扬起汉魏诗歌传统的大旗,后"七子"一方面以追求汉魏古体诗歌格调来药救前"七子"的简单模仿,另一方面也是为了扭转诗坛颓靡的风气。后"七子"不同于前"七子"严格标举汉魏古体的师法路径,而是采取一种既重汉魏又兼宗六朝的通融态度,他们中的一些成员本身就有学习六朝诗歌的经历,宗臣曾谓自己学古:"汉则董、贾、苏、李长卿、枚叔、班固、扬雄,魏则曹、刘、应、徐,六朝则潘、陆、江、鲍。"③明确将潘岳列为效习的对象。梁有誉的诗歌则是以《选》体为门径,《明诗综》卷四十六所录《杂诗二首》学建安体,《秋怀》则学晋宋体。以上所举可窥见潘岳诗文在当时的影响。

三、六朝诗歌拟习之风

在前"七子"的复古浪潮渐入低谷,后"七子"尚未重树汉魏古体诗歌追求的二十年时间里,诗坛呈现出多元化格局,继明初高启等人学习六朝诗歌创作之后,杨慎、薛蕙等人再次掀起了六朝诗歌热,这是对前"七子"独

---

① [清]永瑢等:《文渊阁四库全书》,集部六,别集类五,[明]李梦阳:《空同集》卷五十,《刻陆谢诗序》,台北:商务印书馆,1986 年版,第 1262 册,第 465 页。

② 蔡景康:《明代文论选》,北京:人民文学出版社,1993 年版,第 118 页。

③ [清]永瑢等:《文渊阁四库全书》,集部六,别集类五,[明]宗臣:《宗子相集》卷十三,《读太史公、杜工部、李空同三书序》,台北:商务印书馆,1986 年版,第 1287 册,第 137 页。

尊汉魏的一次反拨。潘岳的地位随着文坛对六朝诗歌的学习而有所提升，改变了在复古浪潮中潘岳备受冷落的局面。顾璘评价朱应登的文赋："叙缀赡丽，森张武库，殆且伯仲潘陆，奴仆元白，有余地矣。"①这句话透露了两个重要信息，一是潘陆赡丽之文，深可宗尚，二是认为潘陆之文高于元白一等，这是前"七子"复古思潮以来少有的对潘岳的正面评价。皇甫汸称王廷陈"乐府古诗，潘陆齐轨，下拟阴何。"②肯定了王廷陈对潘岳诗风的宗尚。顾璘在承认王廷陈诗歌创作成就的同时，再度认可了潘岳诗歌地位。

对于包括潘岳在内的六朝诗歌创作的推崇，贡献最大的要数杨慎，他首先在理论上为六朝诗风做辩护："朱子谓《大招》平淡淳古，不为词人浮艳之态，而近于儒者穷理之学，盖取其尚三王、尚贤士之语也。然论词赋不当如此。以六经言之，《诗》则正而葩，《春秋》则谨严，今责十五国之诗人曰：焉用葩也？何不为《春秋》之谨严？则《诗经》可烧矣。止取穷理，不取艳词，则今日五尺之童能写仁义礼智之字，便可以胜相如之赋，能抄道德性命之说，便可以胜李白之诗乎？"③杨慎认为华艳本是辞赋应有的特点，是其区别于"穷理之学"的依据，他又从诗体发展角度论述六朝诗歌的地位，他在《选诗拾遗序》中说道："汉代之音可以则，魏代之音可以诵，江左之音可以观，虽则流例参差，散偶旷分，音节尺度粲如也。有唐诸子效法于斯，取材于斯。昧者顾或尊唐而卑六代，是以枝笑干、从潘非渊也，而可乎哉？"④在《选诗外编序》中提出应以审美作为文学批评的标准："曰：诗自

---

① ［清］永瑢等：《文渊阁四库全书》，集部八，总集类，《明文海》卷一百二十三，顾璘：《国宝新编传赞序》，台北：商务印书馆，1986年版，第1454册，第306页。

② ［清］永瑢等：《文渊阁四库全书》，集部六，别集类五，［明］皇甫汸：《皇甫司勋集》卷三十六，《梦泽集序》，台北：商务印书馆，1986年版，第1275册，第745页。

③ ［清］永瑢等：《文渊阁四库全书》，集部六，别集类五，［明］皇甫汸：《升庵集》卷四十七，《大招》，台北：商务印书馆，1986年版，第1270册，第376页。

④ 蔡景康：《明代文论选》，北京：人民文学出版社，1993年版，第128页。

黄初、正始之后，谢客以俳章偶句，倡于永嘉，隐侯以切响浮声，传于永明……大雅君子，宜无所取。然以艺论之杜陵之所宗也……乃知六代之作，其旨趣虽不足以影响大雅，而其体裁实景云、垂拱之先驱，天宝、开元之滥觞也。独可以少此乎哉！"[①]指出对待六朝诗应"以艺论之"。

在杨慎等人的倡导之下，明正德、嘉庆年间文坛出现了大量的拟习六朝诗歌作品，潘岳也在拟习之列，如徐献忠《南湖山房雅集》《中秋夜集南湖山中》学习潘岳《金谷集作诗》，薛蕙《杂体诗二十首》中有拟潘黄门羁宦诗等等。明人学习六朝诗歌以学习选体为主，所以对潘岳诗歌的接受多在于其华藻绮丽的诗风上，如王世贞在《艺苑卮言》卷五中评价黄省曾的诗歌："出潘陆任庾，整丽而不圆"[②]，虽然正、嘉时期学习六朝诗风盛行，相对于对阮籍、陆机、谢灵运等人大量拟作的出现，潘岳的接受仍略显寥落，可见即使在明代宗尚六朝文风的思潮中，潘岳受关注程度仍大不如前，潘岳的地位在明代呈现出明显下降的态势。

第二节　明代诗话

在明代阐释领域，诗话的批评形式仍是潘岳接受史上的重要内容。相对于宋人偏重记事和摘评的漫笔式批评，明代诗话呈现出理论化、系统化的发展趋势，对潘岳的阐释性接受的特点更加鲜明。

一、潘岳人品与文品之论

对于前代文人人品问题，明代呈现出一种争鸣的态势。有为前代文人整

---

① 蔡景康：《明代文论选》，北京：人民文学出版社，1993 年版，第 131 页。

② 丁福保：《历代诗话续编》，北京：中华书局，1983 年版，第 1025 页。

体辩诬的，王嗣奭在《文海披波·文人无行辨》中说道："一一论之，宇宙之内，当无全人。盖由才名时代所忌，未免一人吹毛，而人吠声耳。"①王嗣奭之论道出了文学批评中常常出现脱离客观事实的现象，往往是才名越高，越容易成为众矢之的，更有不明就里的附和者，使许多文人遭受到了已经脱离实际的打击和贬抑。王氏认为的"才为时代所忌"道出了潘岳在有宋以来每况愈下的人品定位的原因，鉴于这种对文人人品的宽容态度，明人对潘岳也并未全盘否定，如周叙《诗学梯航·品藻》："潘安仁如落英殒林。"②痛惜潘岳的陨落。再如黄溥《诗学权舆》："洛阳才子，潘左为觉先。"③仍然对潘岳的才华褒赞有加。只可惜王氏和少数肯定潘岳的评家在色彩日益浓重的政治教化和功利性文学批评占据主流的明清时代知音甚稀，并未对后人起到多少提示的作用，潘岳在清代的声名狼藉证实了这一点。

明代还有另一种声音，就是以人品为出发点，进而否定潘岳的文品，如都穆《南濠诗话》："扬子云曰：'言，心生也；字，心画也。'盖谓观言与书，可以知人之邪正也，然世之偏人曲士，其言其字，未必皆偏曲。则言与书，又似不足以观人者。元遗山诗云：'心画心声总失真，文章宁复见为人。高情千古闲居赋，争信安仁拜路尘。'有识者之论固如此。"④承接元好问据事废言批评路数而来，因潘岳的为人进而否定其文学创作。再如焦竑曰："古者，贤士之咏叹，思妇之悲吟，莫不为诗。情动于中而言以导之，所谓诗言志也。后世摛词者，离其性情而自托于人，伪以争须臾之誉，于是诗道日微。余观汉魏以逮六朝，作者蝟起，能道其中之所欲言者，阮步兵、左太

① 吴文治：《明诗话全编》，南京：江苏古籍出版社，1997年版，第6771页。
② 吴文治：《明诗话全编》，南京：江苏古籍出版社，1997年版，第985页。
③ 吴文治：《明诗话全编》，南京：江苏古籍出版社，1997年版，第1122页。
④ 吴文治：《明诗话全编》，南京：江苏古籍出版社，1997年版，第1754页。

冲、张景阳、陶靖节四人而已。"① 将人文关系推向了更加绝对化的一端，针对汉魏六朝的文人评价更显苛刻。李孟阳将人对文的决定作用具体到潘岳，他在《空同集·松林诗序》说道："潘岳之闲居隐矣，而真者丑其伪。伪不可与乐逸……"② 延续了元好问对潘岳的态度，批判更加直接。

明代出现的人品与文品问题的论争，对潘岳的接受起到了推进的作用，无论持有哪一种观点，潘岳显然成为了名当代文学批评中讨论的典型，而对于潘岳其人其作究竟应该采取怎样的态度，则是始终困扰明代批评者的复杂问题。

二、诗文评议

明人对于潘岳诗歌评论继续着宋人多元化的趋势。有直接论风格字句的，如谢榛的《诗家直说》从审美角度出发多次评议潘岳诗文，肯定潘岳"南陆迎修景，朱明送末垂"诗句高古，谓潘岳"涕泪应情殒"句涉险怪，③ 认为潘岳《夏侯常侍诔》："子之承亲……清风载兴"已有用韵意识④ 等等。也有论潘岳诗文风格的，如何良俊曰："选诗之中，若论华藻绮丽，则称陈思、潘、陆。"⑤ 郝敬论潘岳辞赋："至杨雄《甘泉》诸作，自谓学长卿，不胜杜撰结涩之苦。谓之肠出，诚然诚然。曾不如潘岳《藉田》《西征》之朗丽倏畅，典雅有致。"⑥ 这些评价大抵不出前人"绮靡""富丽"等论断的窠臼。更有追溯诗文渊源的，如吴纳引祝尧《古赋辨体》云："赋者古诗之流……至晋，陆士衡《文赋》等作已用俳体，流至潘岳，首尾绝俳…然其中如安仁《秋

---

① 吴文治：《明诗话全编》，南京：江苏古籍出版社，1997 年版，第 4901 页。
② 吴文治：《明诗话全编》，南京：江苏古籍出版社，1997 年版，第 1977 页。
③ 吴文治：《明诗话全编》，南京：江苏古籍出版社，1997 年版，第 3137 页。
④ 吴文治：《明诗话全编》，南京：江苏古籍出版社，1997 年版，第 3184 页。
⑤ 吴文治：《明诗话全编》，南京：江苏古籍出版社，1997 年版，第 3559 页。
⑥ 吴文治：《明诗话全编》，南京：江苏古籍出版社，1997 年版，第 5918 页。

兴》、明远《舞鹤》等篇，独得古诗之余情也。"①在肯定潘岳《秋兴赋》古韵的同也指出了其在艺术形式上的精工化。

观明人对潘岳诗文字句的评议，虽然貌似仅在宋人日益精细化的文学批评基础上有所深入，但实际上并未在宋人评议的基础上有多少的创见，而受到明代复古思潮的影响，时时以汉魏诗歌古风为风向标的批评态度是显而易见的，潘岳诗文得到肯定的部分多是明人认为其继承汉魏风韵之处。

三、文史价值定位

明人常以"格以代降"的诗史观论及诗歌从汉魏至六朝的演变过程，在他们看来，汉魏至六朝的诗歌发展是一个格调由盛而衰的过程，而汉魏诗歌被视为古诗的典范，潘岳作为"太康之英"，常常被视为"降格"的标志，如吴讷《文章辨体序说》在诗体流变意识指导下对潘岳诗歌的定位：

五言古诗，载于昭明《文选》者，唯汉魏为盛。若苏、李之天成，曹刘之自得，固为一时之冠。究其所自，则皆宗乎《国风》与楚人之辞者也。至晋陆士衡兄弟，潘安仁、张茂先、左太冲，郭景纯辈，前后继出，皆不出曹刘之轨辙；独陶靖节高风逸韵，直超建安而上之。元嘉以后，三谢、颜、鲍又为之冠。其余则伤镂刻，遂乏浑厚之气。永明而下，抑又甚焉。沈休文既拘声韵，江文通又过模拟，而诗之变极矣。②

在鲜明的宗经观念的指导下，历数汉魏六朝诗歌的发展变化，以风雅为诗歌的源头，以后世诗人与风雅的远近关系为标准，决定其诗歌成就，潘岳的诗史地位也于此显现出来：承认潘岳为西晋诗歌的标志性地位，认

---

① 〔明〕吴讷：《文章辨体序说》，北京：人民文学出版社，1998 年版，第 23 页。
② 〔明〕吴讷：《文章辨体序说》，北京：人民文学出版社，1998 年版，第 31 页。

为潘岳诗歌最大的成就在于"宗乎国风",其诗歌没有超越前人的原因是其不出前人之"轨辙",承认潘岳的创作带来了太康之中兴,却也显现出正音的衰微。

对于潘岳的文史价值定位也常常出现在明人片语只言的表述中。有溯本追源者,何良俊:"诗家相沿,各有流派,盖潘陆规模于子建,左思步骤于刘桢。"① 王世贞《艺苑卮言》:"《子虚》《上林》,材极富,辞极丽,而运笔极古雅,精神极流动,意极高,所以不可及也……班张潘有其材而无其笔……"② 有论及南北朝诗歌对西晋诗歌的承流扬波,如李贽曰:"是时议者,皆以延之灵运,自潘岳陆机之后,文士莫及也。江北称潘陆,江左称颜谢。"③ 王世懋谓"潘陆而后,虽为四言诗,联比牵和,荡然无情……故余谓《十九首》,五言之《诗经》也。潘陆而后,四言之徘律也。"④ 贺贻孙《诗筏》:"史称潘岳陆机而后,文士莫及,惟江右称潘、陆,江左称颜、谢而已。然安仁诗赋佳处,仅见之于哀悼之语中……然则潘、陆故非颜、谢匹也。"⑤ 这些评价有称赞亦有贬抑,其立足点均未脱离宋濂、吴讷等人的诗史辨体观。

从文学史尤其是诗歌史的角度给予潘岳定位,在明代潘岳接受中比较突出,相较于宋人仅限于对潘岳诗文内容本身的溯本追源和锤炼学习,他们不仅要求更加宏观地把握潘岳诗文的贡献和地位,而且要以更加鲜明的辨体意识把握各类文体演进的脉搏。

---

① 吴文治:《明诗话全编》,南京:江苏古籍出版社,1997年版,第3559页。

② [清]何文焕:《历代诗话》,北京:中华书局,1981年版,第982页。

③ 吴文治:《明诗话全编》,南京:江苏古籍出版社,1997年版,第4672页。

④ 吴文治:《明诗话全编》,南京:江苏古籍出版社,1997年版,第4825页。

⑤ 吴文治:《明诗话全编》,南京:江苏古籍出版社,1997年版,第10404页。

第三节　诗学视角下的潘岳

在明代渐趋成熟的诗话体系中，出现了一些理论价值较高的著作，胡应麟《诗薮》与许学夷《诗源辨体》便是其中的佼佼者。胡应麟和许学夷继承和发展了吴讷的辨体模式，结合了各代重要诗人的风格特色建立并完善了诗史辨体的理论体系。正是这种将辨体模式与诗人的风格特色相结合的做法，使得潘岳的阐释接受焕然一新。充分显现了潘岳接受的新风貌，因此专门论之。

一、《诗薮》：文风下衰论潘岳

《诗薮》分内、外、杂、续四编。内编六卷，分论古、近体诗；外编六卷，分论周汉、六朝、唐、宋、元各代诗；杂编六卷，论遗佚篇章；续编二卷，论明初至嘉靖年间诗歌。涉及到潘岳的诗歌批评，主要见于内编卷一至卷二"古体"，在论述四言、乐府、五古诸体的流变时论及潘岳，外编卷二"六朝"，例数各代诗人创作风貌及诗史地位时多有论及潘岳。潘岳诗歌在这种"以辨体为经，品评为纬的复合结构"[①]中得到了精细化的辨析，作者深入浅出地分析潘岳诗歌在中古诗歌盛衰轨迹中所起到的作用和做出的贡献，反映了潘岳在鲜明的学术史意识下的接受状况。《诗薮》提及潘岳的部分大致如下：

内编卷一：四言汉多主格，魏多主词，虽体有古近，各自所长。晋诸作者，浮慕三百，欲去文存质，而繁靡板垛，无论古调，并工语失之。今观二陆、潘、郑诸集，连篇累牍，绝无省发，虽多奚为？（9页）

---

① 朱易安：《中国诗学史·明代卷》，厦门：鹭江出版社，2002年版，第244页。

内编卷一：说者谓五言之变，昉于潘陆。不知四言之亡，亦晋诸子为之也。（9页）

内编卷二：五言盛于汉，畅于魏，衰于晋、宋，亡于齐、梁。汉，品之神也；魏，品之妙也；晋、宋，品之能也；齐、梁、陈、隋，品之杂也。汉人诗，质中有文，文中有质，浑然天成，绝无痕迹，所以冠绝古今。魏人赡而不俳，华而不弱，然文与质离矣。晋与宋，文盛而质衰；齐与梁，文胜而质灭；陈、隋无论其质，即文无足论者。（22页）

内编卷二：古诗浩繁，作者至众，虽风格体裁，人以代异，支流原委，谱系具存。……陈思而下，诸体异备，门户渐开。阮籍、左思，尚存其质。陆机、潘岳，首播其华。灵运之词，渊源潘、陆。明远之步，驰骤太冲。（23页）

内编卷二：魏氏而下，文逐运移，格以人变，若子桓、仲宣、士衡、安仁、景阳、灵运，以词胜者也；公干、太冲、越石、明远，以气胜者也；兼备二者，唯独陈思。（25页）

内编卷二：安仁、士衡，实曰冢嫡，而俳偶渐开。康乐风神华畅，似得天授，而骈俪已极。至于玄晖，古意尽矣。（29页）

外编卷二：晋宋之交，古今诗道升降大限乎！魏承汉后，虽浸尚华靡，而淳朴余风，隐约尚在。步兵优柔冲远，足嗣西京，而浑噩顿殊。记室豪宕飞扬，欲追子建，而和平概乏。士衡、安仁一变，而俳偶愈工，淳朴愈散，汉道尽矣。（143页）

外编卷二：陆才如海，潘才如江，潘、陆之定评也。（143页）

外编卷二：《诗品》云：'陈思魏邦之杰，公干、仲宣为辅。士衡晋室之英，安仁、景阳为辅。康乐宋代之雄，颜延年为辅。'亦颇得之。然公干、仲宣非魏文比，安仁、景阳非太冲比，延之非明远比。（145页）

外编卷二：潘、陆俱词胜者也。陆之材富，而潘气稍雄也。（147页）

外编卷二：吾常以阮、左者，汉魏之遗。而潘陆者，六朝之首也，未可概

以晋人也。（146 页）

外编卷二：余常谓富贵溺人，贤者不免，文士犹易着脚，而六朝为甚。潘、陆、颜、谢诸君，往往蹈此。范晔、王融，卒以覆身败族。若陶元亮辈，几何人哉？（153 页）

外编卷二：魏称曹、刘，然刘非曹敌也。晋称潘、陆，然潘非陆敌也。宋称颜、谢，然颜非谢敌也。……百年之后，笃而论之，则陈思王在魏，自当独步；士衡居晋，宜逊太冲。（154 页）[1]

《诗薮》发扬了前后"七子""古体宗汉魏"的诗学思想，而建立了更加缜密周详的理论体系，在鲜明的辨体意识主导下，分别论述了四言、乐府、五言等不同诗体的演化过程。在有关潘岳诗歌的批评中，在"七子"以来的汉魏诗歌体制风格为最高范式的指导思想下，在把握中古诗歌盛衰轨迹的基础上，分别对其四言、五言诗给予诗史定位。

（一）论潘岳四言诗、五言诗

对潘岳的四言诗，胡氏的态度比较苛刻，他崇尚"主格"的汉四言，对于"主词"的魏四言也采取了比较宽容的态度，却认为潘岳的四言诗文质尽废，虽祖述《三百》，结果既连篇累牍丧失古调，又"工语失之"，将潘岳看做作是四言之亡的标志性诗人。胡氏对四言诗演变轨迹的概括是符合史实的，但其抛开诗体演变的自身规律而将诗体的盛衰归结到几个诗人创作的得失上，显然有失公允。

胡氏认为潘岳也是五言诗发展过程中"衰""变"的标志性人物。他以"文质"关系作为衡量五言诗递变的重要尺度，认为晋宋的五言诗走向衰微的原因是"文盛而质衰"，而潘岳五言诗正是这"文盛而质衰"的开端。胡

---

[1] ［明］胡应麟：《诗薮》，上海：上海古籍出版社，1979 年版，页码标于段末。

氏借鉴了钟嵘《诗品》的诗歌渊源论，对五言诗的辞藻语言上的"谱系"进行了梳理，认为安仁继承了陈思的"华赡"，后来又为谢灵运所继承。胡应麟承认诗人的气格才力在诗歌的发展流变中所起到的作用，因而肯定了潘岳五言诗为"以词胜者"。胡氏虽尚古，但也在客观上承认了潘岳对五言诗格律化过程中的贡献。在"古体宗汉魏"和"格以代降"的价值取向的支配下，潘岳五言诗显然不是胡氏推崇的对象，但其对与潘岳诗歌主要成就及主客观因素的归纳是基本符合实际的。

（二）诗人品第之论

《诗薮》在钟嵘《诗品》对人物品第进行排序的基础上，进行更加细致的品评，并对钟嵘的品第论提出了质疑。首先，为潘岳在西晋乃至六朝的地位予以重新定位。胡应麟并不赞同钟氏视潘、陆为西晋最杰出的代表，他认为左思是在二者之上的，原因就在于左思的诗歌继承了汉魏古风。另外胡氏对以往诗评家将陆机、潘岳作为六朝文学最杰出的代表也提出了质疑，认为他们"未可概以晋人"，在胡氏看来，同时代诗人中，"潘非陆敌也"，"士衡居晋，宜逊太冲"，意谓西晋诗人中，左思居其一，其次陆机，再次潘岳，将钟嵘《诗品》中同居上品的三人更细化地论其品第。在魏晋六朝诗歌中，西晋诗歌整体不如汉魏，抛开诗歌论人品，陶元亮又高于众家之上。其次，潘陆优劣论。在认同陆胜于潘的基础上，分别点明二人诗歌的不同特色。胡氏对钟嵘"陆才如海，潘才如江"及"士衡晋室之英，安仁、景阳为辅"的看法表示赞同，并且涉及到钟嵘未论及到的内容，对潘岳、陆机各自特点进一步归纳。再次，文体流变意识下对潘岳的态度。胡氏对潘岳总体持严厉的批判态度，把潘岳视为文体降格的标志性诗人，"五言之变，昉于潘陆""阮籍、左思，尚存其质。陆机、潘岳首播其华""士衡、安仁一变，而排偶愈工"，这是潘岳接受史上具有标志性意义的品评，无关人品唯论诗格的严厉批评。

胡氏努力在辨体意识统领下把握诗歌的流变，探讨文学盛衰之轨迹，也试图将不同时代诗歌形式的精细考察与宏观的诗歌流变史相结合。但是他始终没后脱离在诗歌艺术形式的范围内进行探讨，对于时代环境的因素和诗人才性等主客观因素未给予足够的关注，将诗歌演变仅仅归结于艺术自身发展规律，这种做法显然是无法真正解释文学现象的。对于潘岳诗歌在艺术上的特点的分析有其合理的成分，没有将潘岳自身才性和时代因素作为考察潘岳诗歌风格的主导因素，因而胡应麟对潘岳的诗歌分析可以算作是精细入微，却无法全面地揭示潘岳诗歌的真实样貌。

二、《诗源辨体》：诗歌渐变观中的主体认知

许学夷的《诗源辨体》是继胡应麟之后，又一细致全面论述潘岳诗歌创作的重要文献。关于潘岳的品评多集中在论述晋诗的第五卷中，大至如下：

钟嵘云："陆机为太康之英，安仁景阳为辅。"愚按：建安五言，再流而为太康。然建安体虽渐入敷叙，语虽渐入构结，犹有浑成之气；至陆士衡诸公，则风格始漓，其习气渐移，故其体渐俳偶，语渐雕刻，而古体遂淆矣。此五言之再变。嵘又云："建安以后，陵迟衰微，迄于太康……亦文章之中兴也。"予谓以太康较魏末，则为中兴；以建安视太康，实为再变。（87页）

子建、仲宣四言，虽是词人手笔，实雅体也。至二陆、安仁，则多以碑铭为诗矣。胡元瑞云："说者谓五言之变，昉于潘陆。不知四言之亡，亦晋诸子为之也。"下至颜延之，多首尾成对，谢玄晖抑又靡丽矣。（88页）

陆士衡五言，体虽渐入俳偶，语虽渐入雕刻，其古体犹有存者，至潘安仁金谷、河阳、怀县、悼亡等作，则更伤冗漫，而古体散矣。（90页）

安仁五言如"幽谷茂纤葛，峻严敷荣条。落英陨林趾，飞茎秀陵乔。"……"悲怀感物来，泣涕应情陨。"等句，皆俳偶雕刻者也。至如"川气冒山

领，惊湍激严阿。归雁映兰沚，游鱼动圆波。"……等句，亦颇称工，而拙句无矣。（90—91页）

陆士衡、潘安仁、张景阳五言，其体渐入俳偶，而陆、潘语并入雕刻，景阳亦间有之，左太冲虽略见俳偶，却有浑成之气。刘勰谓四子采缛于正始，力柔于建安，则似无分别。（92页）

严沧浪云："左太冲高出一时，陆士衡独在诸公之下。"予尝为四家品第：太冲浑成独冠；士衡雕刻伤拙，而气格犹胜；景阳华彩俊逸，而气稍不及；安仁体制既亡，气格亦降，察其才力，实在士衡之下。元美谓安仁气力胜于士衡，误矣。（93页）

太康诸子，其体有不同者，当是气有强弱，才有大小耳，未必各有师承也。宋景廉谓安仁、茂先、景阳学仲宣，太冲、季鹰法公干。此论出于钟嵘，不免以形似求之。（93页）

钟嵘诗品以三品定士，其上品无愧，下品独屈曹公，惟中品多可上下者。其言："陈思为建安之杰，公干、仲宣为辅；陆机为太康之英，安仁、景阳为辅；谢客为元嘉之雄，颜延年为辅。"乃当世众论所同，非一人私见也。至论源流所自，率多谬误；元美、元瑞亦常诋之。惟言古诗、曹植"其源出于国风"，陆机、灵运"其源出于陈思"，为不谬尔。（332）①

许学夷对明代诗学进行了深刻反思，以比较变通的观点看待六朝诗歌，他跳出胡应麟"格以代降"的价值判断，以相对客观的态度审视诗歌演变的历史过程。在许学夷的辨体诗学体系中，潘岳的诗学地位得到再度审视。

（一）中古诗歌渐变观审视潘岳诗歌

许学夷关于汉魏六朝诗歌嬗变的论断中，强调"变"的同时，也注意到

---

① 《诗源辨体》中有关潘岳的论述全部引自［明］许学夷著，杜维沫校点：《诗源辨体》，北京：人民文学出版社，2001年版，页码标于段末。

"变"的日益深化过程，他用诗人的具体创作衔接诗歌的演进过程，力图真实地还原诗歌在历史发展演进中的渐变过程，比如在诗歌俳偶化的问题上，认为建安诗歌已初露俳偶的端倪："渐入敷叙""渐入结构"，而古体尚存，至晋诸公则"体渐俳偶""语渐雕刻""古体渐消"，至元嘉则"风气益漓，其习尽移，故其体尽俳偶，语尽雕刻，而古体遂亡矣。"许氏多次强调的"渐""益""尽"等词，比较完整地勾画出了中古诗歌的嬗变过程。

许氏在宏观的时代递变的基础上，对同一时代诗人在诗歌俳偶化过程中的作用又有精微的分析，在西晋陆机、潘岳、左思、张协四人之间，也有俳偶化程度的不同，陆机诗歌体制"渐入俳偶"，语言"渐入雕刻"却仍存古体风貌，左思诗歌"略见俳偶"，犹有"浑成之气"，而景阳诗歌"间有"俳偶的成分，潘岳诗歌则尽俳偶雕刻之能事，以致"体制既亡，气格亦降"，区别了西晋四子诗歌不同的艺术风貌，完成了俳偶、雕刻从左思到潘岳的渐变过程的论断。他视潘岳为诗歌俳偶的完成者，崇尚汉魏诗歌的许学夷对以"俳偶雕刻"为特征的潘岳诗歌自然评价不高："潘安仁金谷、河阳、怀县、悼亡等作，则更伤冗漫，而古体散矣。""安仁体制既亡，气格亦降，察其才力，实在士衡之下。"许氏对潘岳的态度与胡应麟并无二致，而更加精细化致具体的诗作当中。

（二）对潘岳诗歌主体性的认知

许学夷比前人更加深入地认识到诗歌流变过程中创作主体的能动作用，认识到诗人自觉的追求及诗人自身才力在创作中的作用。他承认诗歌创作过程中诗人的主观能动性，对诗歌发展过程中的"作用之迹"进行了精细的分析，突出了诗歌入魏以来以文人为主体的发展变化轨迹："汉人五言，有天成之妙，子建、公干、仲宣始见作用之迹。"[①]由魏诗而来的"作用之迹"日

---

① ［明］许学夷：《诗源辨体》，北京：人民文学出版社，1987 年版，第 77 页。

益明显，至西晋诸公则愈见雕刻之功，在许氏看来，诗人的主体意识在这"作用之迹"中日益加强，认为曹植、刘桢、王粲的成就基于他们的禀赋和才能，而将徐干、陈琳、阮瑀五言，既无天成之妙，也无作用之迹的原因归结为"才力不逮"。评价潘岳时，常见"雕刻""才力""气格"等与诗人主体作用相关的词语，这其实就是对诗歌创作中作家主体意识的肯定，如上面所举之例："安仁五言如'幽谷茂纤葛，峻严敷荣条。落英陨林趾，飞茎秀陵乔。'……'悲怀感物来，泣涕应情陨。'等句，皆俳偶雕刻者也。"突出了潘岳诗歌创作中的主体意识。

许氏对诗人优劣高下有自己的判断，如对西晋四公——左思、陆机、潘岳、张协的看法；论"雕刻"，则是由左思、张协、陆机到潘岳渐甚；论"才力""气格"，则由左思、陆机、张协到潘岳愈降。在对潘岳诗歌地位尤其是在西晋诗坛地位的看法上，许学夷在胡应麟的基础上，进一步指出潘岳诗歌不仅无法与左思陆机相匹敌，张协的诗歌在"气格"上也是胜于潘岳的。许氏仍然承认钟嵘"上品无愧"，足见潘岳在许氏心中仍是汉魏六朝一流大家，只是对其在"一流"中的地位有自己的见解。

第四节　清诗歌选本中的批评

清代文学在中国文学史上地位比较特殊，它意味着中国古典文学的终结，同时也开启了近现代文学的大门，一般以1840年鸦片战争为界，本书所论潘岳在清代的接受状况主要针对鸦片战争以前的古典文学阶段。论及清代文学的整体状况和特征，郭绍虞在《中国文学批评史》中有这样的总结：

清代学术有一特殊的现象，即是没有它自己一代的特点，而能兼有以前各代的特点。它没有汉人的经学而能有汉学之长，它也没有宋人的理学而能撷宋学之精。他如天算、地理、历史、金石、目录诸学都能在昔人成功的领域以内，自有它的成就。就拿文学来讲，周秦以子称，楚人以骚称，汉人以赋称，魏晋六朝以骈文称，唐人以诗称，宋人以词称，元人以曲称，明人以小说、戏曲或制义称，至于清代的文学则于上述各种中间，或于上述各种以外，没有一种比较特殊的足以称为清代的文学，却也没有一种不成为清代的文学。盖由清代文学而言，也是包罗万象兼有以前各代的特点的。①

认为"包罗万象"的清代文学本身缺乏创造性，传统的诗文写作无法与前代相抗衡，但是先代留下的珍贵文学遗产却为清代学者提供了研究的素材，以学问为文、以学问为诗、以考订为诗便成了清代文人另辟蹊径的主要方面，反映了清人努力超越前代文学经验的创新精神。清人用实际证明了这一点，尤其是诗歌的研究在清代形成了真正意义的诗学，关于古代文学的各种选本、辑佚、校勘等方面的成就都是超过了前人的。由于清人对于诗歌研究的重视，关于潘岳在清代的接受成果也主要集中在诗歌方面，其中诗歌选本突出地反映了清人在儒家诗教观的指导下对潘岳文学的接受态度。

所谓诗教，最早记载于《礼记·经解》中："温柔敦厚，诗教也。"②"温柔敦厚"就是要通过诗教达到使人性情温厚的目的，这是儒家诗教的核心，唐代孔颖达等人将其解释为："欲使民虽敦厚不至于愚，则是在上深达于《诗》之义理，能以《诗》教民也。"③将儒家的诗教引向了狭隘之路，清代诗歌批评大都以儒家诗教观为立足点进行诗歌评点。正是由于儒家诗教观的

---

①　郭绍虞：《中国文学批评史》，天津：百花文艺出版社，2008 年版，第 278 页。

②　［汉］郑玄注，［唐］孔颖达等正义：《礼记正义》，上海：上海古籍出版社，2008 年版，第 1903 页。

③　［汉］郑玄注，［唐］孔颖达等正义：《礼记正义》，上海：上海古籍出版社，2008 年版，第 1905 页。

介入，使得潘岳诗歌地位在清代陷入低谷，这并不是说清代以前的文学批评不遵循儒家诗教，而是清代的文学批评对儒家诗教的过分强调，过多的伦理道德意识介入到文学批评之中，使得一些文学批评已经偏离了以审美价值批评为主的轨道。当然儒家诗教观在清代诗歌选本中的影响和介入也有程度的不同，这就在某种意义上决定了选家们对潘岳的不同态度。

一、钟"情"于潘诗的《采菽堂古诗选》与《六朝选诗定论》

在儒家诗教观统领下的诗评领域，陈祚明的《采菽堂古诗选》和吴淇的《六朝选诗定论》是比较特别的两个选本，他们均以"缘情"作为选评诗歌的标准和旨归，在清代潘岳接受的阐释领域别具一格。

（一）陈祚明的知音式批评

陈祚明这样论及自己的选诗宗旨："古今诗人善为诗者，体格不同而同于情，辞不同而同于雅。予之此选，会王李、钟谭两家之说，通其蔽而折衷焉。其所谓择辞而归雅者，大较以言情为本。"①大抵说来是把文采与重情相结合起来。《采菽堂古诗选》以情为宗的批评标准表现在对潘岳诗歌的总评之中：

安仁情深之子，每涉一笔，淋漓倾注，宛转侧折，旁写曲诉，刺刺不能自休。夫诗以道情，未有情深而语不佳者。所嫌笔端繁冗，不能裁节，有逊乐府古诗含蓄不尽之妙耳。安仁过情，士衡不及情；安仁任天真，士衡准古法。夫诗以道情，天真既优，而以古法绳之，曰未尽善，可也。盖古人之能用法者，中亦以天真为本也。情则不及，而曰吾能用古法。无实而袭其形，何益乎？故安仁有诗，而士衡无诗。钟嵘惟以声格论诗，未曾窥见诗旨。其所云陆深而

———
① ［清］陈祚明评选：《采菽堂古诗选·凡例》，上海：上海古籍出版社，2008年版，第4页。

芜，潘浅而净，互易评之，恰似不谬矣。不知所见何以颠倒至此？ [1]

　　陈氏言语中难以掩饰对潘诗的喜爱，主要涉及三个方面的内容：首先，欣赏潘诗的情感浓烈、一任天真。陈氏承认潘岳诗歌未能尽含蓄之妙，但其无法释怀的诗心可以补救其"笔端繁冗"的缺点。其次，继续钟嵘以来关于潘陆优劣的命题，明确指出潘诗胜于陆诗，这是对钟嵘《诗品》以来抑潘扬陆观点的反拨，极有胆识和创见。再次，正面驳斥陆优于潘的观点。陈氏颠覆了传统观点，认为"陆深而芜，潘浅而净"（实为孙绰语）存在仅以声格论诗的偏差，在他看来"安仁过情，而士衡不及情"，而以"诗以道情"的标准视之，则"安仁有诗，士衡无诗"。

　　对潘岳诗歌的具体评析也能充分体现陈氏"诗以道情"的标准，如评点《金谷集作诗》："结杳然情深。"[2]评《在怀县作》其一："其情真语迫，能故作婉笔，意极佳。"[3]对《悼亡诗》三首的评析更是首首以情论之：其一评语曰："情至悽惨。'望庐'六句，千古悼亡之至情。"[4]其二评语曰："述感淋漓。宛转流畅，以尽其悲痛。"[5]其三评语曰："造情既至，转展愈曲愈悲。"[6]也有具体指出潘诗笔端繁冗之处，但并不是都采取批评的态度，

---

① ［清］陈祚明评选：《采菽堂古诗选》，上海：上海古籍出版社，2008年版，第333页。

② ［清］陈祚明评选：《采菽堂古诗选》，上海：上海古籍出版社，2008年版，第336页。

③ ［清］陈祚明评选：《采菽堂古诗选》，上海：上海古籍出版社，2008年版，第338页。

④ ［清］陈祚明评选：《采菽堂古诗选》，上海：上海古籍出版社，2008年版，第339页。

⑤ ［清］陈祚明评选：《采菽堂古诗选》，上海：上海古籍出版社，2008年版，第340页。

⑥ ［清］陈祚明评选：《采菽堂古诗选》，上海：上海古籍出版社，2008年版，第340页。

如评《悼亡诗》其二："促节迥换处，正见繁会之情。"认为"繁"实为述情之需。

陈氏论诗的另一标准为："择辞而归雅。"在潘诗的具体点评中多有论及，评《家风诗》："小旻之遗训，辞甚高雅。"① 评《河阳县作》其二："'归雁'四句，写景秀。摘'伐柯'字，当，不远，亦隽。"② 评《在怀县作》其二："情警语切，复能流逸修雅。"③ 陈氏在审美风格层面有崇尚"古雅"的倾向，但并不是简单的复古。对潘岳诗歌没有继承风雅传统的地方也采取了冷静客观的态度，如评《关中诗十六章》其七："此章为写乱淋漓，有变雅之意。"④《关中诗十六章》其十五："以议论行文，不袭风雅之迹。……然固大手笔也。"⑤ 陈氏认识到潘岳诗歌中有继承传统的部分也有风格创新的部分，却没有简单以"择辞而归雅"的标准简单否定潘诗"变雅"的部分，是符合潘岳诗歌创作的实际情况的。

陈祚明是潘岳在明清时期尤其是有清一代的一片挞伐声中的少数知音之一，在潘岳接受史上画上了浓墨重彩的一笔。

（二）尊重诗歌审美独立性的《六朝选诗定论》

吴淇的《六朝选诗定论》是一部以《文选》古诗为批评对象的选本，吴氏将古今诗歌分为三个历史阶段，称为"三际"："曰《三百篇》为一际，

---

① ［清］陈祚明评选：《采菽堂古诗选》，上海：上海古籍出版社，2008 年版，第 336 页。

② ［清］陈祚明评选：《采菽堂古诗选》，上海：上海古籍出版社，2008 年版，第 337 页。

③ ［清］陈祚明评选：《采菽堂古诗选》，上海：上海古籍出版社，2008 年版，第 338 页。

④ ［清］陈祚明评选：《采菽堂古诗选》，上海：上海古籍出版社，2008 年版，第 334 页。

⑤ ［清］陈祚明评选：《采菽堂古诗选》，上海：上海古籍出版社，2008 年版，第 335 页。

孟子所云'王迹'。'选诗'为一际，杜甫所云'汉道'。唐以后诸近体诗为一际，今人所沿之唐制是也。"①将《选》诗列为第二际，即所谓"汉道"。"三际"之中，以汉道为中心："盖唐制虽自成家，然变本加厉，初亦不离汉道，故后世学诗者，须以汉道为本。"②这是吴淇评诗的宗旨。"汉道"之中又分三会："一曰汉魏、一曰晋、一曰宋，而齐梁为闰余焉。"③

吴氏首先承认了晋诗宗于汉道，认为潘岳所处的太康、元康诗歌为"汉道之中兴"。④关于"汉道"，吴淇在具体评诗中表达了自己的主张："汉道祖《三百篇》，而宗《离骚》也。"⑤又在评苏李五言诗中说道："苏李古诗，组织《风》《骚》，咸折文质之衷；抒发性情，深合和平之旨，故可超赋凌《骚》，直接《风》《雅》。"⑥他认为"汉道"就是既继承三百篇之性，又能反映《离骚》之情，而其中的"三百篇之性"就是儒家温柔敦厚的诗教观。

在如上评诗宗旨的引领下，吴淇对《选》诗中的潘岳诗歌进行了重新阐释。他以儒家诗教为出发点，认为："安仁志卑污无可取，然其诗自佳。《关中》四言，可称诗史；《悼亡》三首，于《风》斯合。其余《金谷》《河阳》等作，亦不失五言样则，盖有得乎建安之正派者，故能与陆、左鼎力。"⑦将人品与诗歌批评有效地分离开来，与那些将人品评价凌驾于审美批评之上的做法自是不同。他明确指出："知人论世，同古人之志于无间者。"⑧在评潘

① ［清］吴淇：《六朝选诗定论》，扬州：广陵书社，2009 年版，第 40 页。
② ［清］吴淇：《六朝选诗定论》，扬州：广陵书社，2009 年版，第 61 页。
③ ［清］吴淇：《六朝选诗定论》，扬州：广陵书社，2009 年版，第 43 页。
④ ［清］吴淇：《六朝选诗定论》，扬州：广陵书社，2009 年版，第 44 页。
⑤ ［清］吴淇：《六朝选诗定论》，扬州：广陵书社，2009 年版，第 41 页。
⑥ ［清］吴淇：《六朝选诗定论》，扬州：广陵书社，2009 年版，第 62 页。
⑦ ［清］吴淇：《六朝选诗定论》，扬州：广陵书社，2009 年版，第 174 页。
⑧ ［清］吴淇：《六朝选诗定论》，扬州：广陵书社，2009 年版，第 4 页。

岳诗歌时，很好地践行了这一点，如评《关中诗十六章》将诗歌评点与当时社会背景紧密结合，几可还原当时历史的真实，评第十五章曰："帝命作诗，只是夸武。作者却只写其一片恤民之仁，最得诗意。"[①] 评第十六章曰："此伤胜后之民。夫伤乱后之民，人所俱有，至伤胜后之民，真不可及也。"[②] 吴淇将潘岳诗歌中表现出的个人悲喜、是非价值判断给予了很好的诠释，尽可能深入透彻地进行作品的解读。吴淇在深入细致地对作品进行解读之前，都有对该作品的总论（《河阳县作》二首除外），颇能深入作者诗心，如评《关中诗》十六章，吴淇在深入把握诗歌创作背景的前提下，认为："此诗序事，繁简得宜，是非不谬，真堪奉为诗史云。"[③] 而评《为贾谧作赠陆机诗》时说道："此诗见安仁满肚轻薄，满怀倾险，终生于一炉。"[④] 批评者必是对潘岳其人、对当时之情境了然于心，才会做出如此切中要害的评价。

总之，吴淇的《六朝选诗定论》中儒家诗教的痕迹要比《采菽堂古诗选》明显的多，但他对于"情"的肯定表现出与陈祚明有着一样的论诗旨趣，这也是他们肯定潘岳的首要因素。吴淇评诗虽然最终是以儒家诗教为指归，但在具体评论中能够保持诗歌自身审美特征的独立性，与伦理道德的评判区分开来，进而得出相对公允的评价。

二、《古诗评选》与《古诗源》的鞭挞之声

王夫之的《古诗评选》选录西汉至隋朝千余年诗歌作品 832 首，共分六卷，选潘岳诗仅歌 3 首，分别是四言诗《北芒送别王世胄》，五言古诗《内顾诗》（其二）、《哀诗》。张健在《清代诗学研究》中这样总结王夫之的

---

① ［清］吴淇：《六朝选诗定论》，扬州：广陵书社，2009 年版，第 178 页。
② ［清］吴淇：《六朝选诗定论》，扬州：广陵书社，2009 年版，第 178 页。
③ ［清］吴淇：《六朝选诗定论》，扬州：广陵书社，2009 年版，第 174 页。
④ ［清］吴淇：《六朝选诗定论》，扬州：广陵书社，2009 年版，第 178 页。

诗学特征："如果把王夫之放到明末清初的诗学潮流中来看，他也是试图对公安、竟陵派的性灵说与七子的格调学进行综合。"①王夫之的立足点与陈祚明诗学观点有相同之处，都提倡性情又都强调风雅，但是王夫之对于潘岳的评价却走向了与陈祚明截然相反的另一端。

王夫之认为："关情者雅俗鸿沟，不关情者貌雅必俗。然关情亦大不易，钟、谭亦未尝不以关情自赏，乃以措大攒眉、市井附耳之情为情，则插入酸俗中为甚。情有非可关之情者，关焉而无当于关，又惜足贵哉！"②他将情之有无作为诗歌雅俗之别的标志，但是从其对竟陵派的批判中可知他反对那种局限于个人得失的世俗之情，他所强调的情"并非那种沉湎于个人利欲得失的狭隘的一己之情，而是具有普遍社会价值的群体之情"。③正是以此为出发点，对潘岳有"音容嗫嚅，亦翁妪拥絮之谈"④的批判，认为潘岳是"猎名作者"，其创作目的具有极强的功利性，他继承曹丕以来以"气"论诗的传统，赞扬"清雅"之气，认为潘诗有的只是"腐气"。在王夫之的眼中，潘岳的情是囿于个人的荣辱进退的私人之情，是"俗情"，在艺术上，王夫之强调诗歌要"一时一事一意"，追求诗意的纯洁和专一，给予潘诗以"举止烦扰，既措大买驴之券"⑤的恶评，认为潘岳多繁辞芜句，堆砌辞藻。

在王夫之看来，潘诗为不雅之作，是典型的反面教材，这是一种带有强烈的主观否定情绪的批评，在王夫之之前，也有不少关于潘岳的批评之语，但将潘岳评价为如此不堪，还是第一次。

《古诗源》是沈德潜所编唐以前的诗歌选集，选先秦至隋各代诗歌

---

① 张健：《清代诗学研究》，北京：北京大学出版社，1999年版，第264页。

② ［清］王夫之：《明诗评选》，保定：河北大学出版社，2008年版，第373页。

③ 陶水平：《船山诗学研究》，北京：中国社会科学出版社，2001年版，第33页。

④ ［清］王夫之：《古诗评选》，上海：上海古籍出版社，2011年版，第172页。

⑤ ［清］王夫之：《古诗评选》，上海：上海古籍出版社，2011年版，第172页。

七百余首，分十四卷。仅选潘岳《悼亡诗》中的前两首，颇能代表清中叶儒家诗教观支配下的潘岳诗歌地位。沈德潜继承了王夫之诗学中的"雅俗"观，但又有所不同，王夫之论诗也是根源于传统诗教的，但也有诸如"曲""意""清""境""情""景""比兴"等审美艺术范畴的标准，可见王夫之对"雅俗"标准的要求并未局限于诗教，而更重视遵循艺术自身规律，强调文学作品自身的艺术特征。而沈德潜则沿着王夫之重儒家诗教的一支而走向了更加狭隘的路径上去，他曾明确指出：

> 诗之为道，不外孔子教小子教伯鱼数言，而其立言，一归于温柔敦厚，无古今一也。自陆士衡有缘情绮靡之语，后人奉以为宗，波流滔滔，去而日远矣。选中体制各殊，要唯恐失温柔敦厚之旨。①

可见"温柔敦厚"是沈德潜诗学的核心标准，《古诗源》中所评诗歌都是围绕着"温柔敦厚"的儒家诗教而展开的。沈德潜同王夫之一样强调诗之"雅"，他在《古诗源》序中说道：

> 书成，得一十四卷。不敢谓已尽古诗，而古诗之雅者略尽于此，凡为学诗者导之源也。……予之成是编也，于古逸存其概，于汉京得其详。于魏晋猎其华，而亦不废夫宋齐后之作者。既以编诗，亦以论世，使览者穷本知变，以渐窥风雅之遗意，犹观海者由逆河上以之溯昆仑之源，于诗教未必无少助也夫。②

也就是说其选诗的目的就在于导儒家诗教下的"古雅"之源，《古诗源》

---

① ［清］沈德潜：《清诗别裁集·凡例》，上海：上海古籍出版社，1984年版，第1页。

② ［清］沈德潜：《古诗源》，北京：中华书局，2006年版，第1页。

中的诗评如《古诗十九首·冉冉孤生竹》诗评曰："悠悠隔山陂，情已离矣，而望之无极。不敢作决绝怨恨语，温厚之至也。"① 辛延年《羽林郎》诗评："骈丽之词，归宿却极贞正，风之变而不失其正。"② 都没有脱离儒家诗教的既定范畴。

在这种批评标准下，他这样批评潘岳：

安仁诗品，又在士衡之下。兹特取《悼亡》二首，格虽不高，其情自深也。安仁党于贾后，谋杀太子遹与有力焉。人品如此，诗安得佳。潘诗如剪彩为花，绝少生韵，故所收从略。③

这段评论大概透露了三个意思：首先，人品决定诗品。沈德潜此论将人品凌驾于诗品之上，对潘岳人品的轻视是对其诗歌的贬抑的根源。其次，肯定《悼亡诗》的"情深"，这是《古诗源》唯一给予潘岳正面评价的地方，表明沈氏论诗也是看重自然流露的真挚情感的。再次，在艺术上批评潘诗毫无生气。沈氏从人品和艺术上全面地否定了潘岳。

在沈德潜对其他诗人的诗评中也可窥见其对潘岳诗歌的定位。首先，评潘岳四言诗。在评韦孟《讽谏诗》中提道："肃肃穆穆，汉诗中有此拙重之作，去变雅未远。后张华、二陆、潘岳辈四言，恹恹欲息矣，故悉汰之。"④ 认为潘岳四言诗已经完全丢掉了"风雅之遗意"，无一可取。其次，对潘岳在魏晋南北朝时期的地位予以调整。沈氏在《古诗源·例言》中说道："壮武之世，茂先修奕，莫能轩轾。二陆潘张，亦称鲁卫。太冲拔出于众流之中，

① ［清］沈德潜：《古诗源》，北京：中华书局，2006年版，第78页。
② ［清］沈德潜：《古诗源》，北京：中华书局，2006年版，第55页。
③ ［清］沈德潜：《古诗源》，北京：中华书局，2006年版，第138页。
④ ［清］沈德潜：《古诗源》，北京：中华书局，2006年版，第38页。

丰骨峻上，尽掩诸家。"①又在左思诗歌评语中说："太冲胸次高旷，而笔力
又复雄迈，陶冶汉魏，自制伟词，故是一代作手，岂潘陆辈所能比埒。"②沈
德潜同许学夷一样，将左思的地位提高到潘陆之上，认为左思继承了汉魏风
骨，其胸襟和笔力都是重雕饰俳偶的潘陆所无法比肩的。在评陆机诗歌时又
将谢灵运凌驾于潘陆之上："谢康乐诗，亦多用俳，然能造意，便与潘陆辈
迥别。"③认为谢灵运诗歌虽也沾染了俳偶风气，但有韵味。总之，认为潘岳
诗歌既无风骨又无韵味，是雕饰堆砌的典型，潘岳在六朝诗人中的地位再度
下滑。

　　沈德潜的《古诗源》是其儒家诗教观的具体实践，也反映了以伦理价值
为核心的儒家诗学在清代的复苏，与以审美批评为主的文学批评渐行渐远，
对潘岳诗歌的评价有许多偏离实际的情况，但其批评的典型性客观上点明了
潘岳地位在清代陷入低谷的原因。

　　总之，清代诗歌选本浩繁，所举诸家大抵代表了清人对于潘岳的态度，
虽有少数冷静者，但更多的是在儒家诗教观的影响下对潘岳的无情批判。

第五节　清代诗话

　　清代随笔感悟式的诗话延续了宋明以来对六朝文学的态度，并且呈现出
更为广泛的贬斥和鄙夷，宋明虽反对六朝文风但还能比较理性地承认六朝文
学的贡献，六朝文学在明代已经知音渐稀，清代更是有过之而无不及，潘岳
是六朝文学中最具代表性的作家之一，更是因为潘岳是一位道德批判的典型，

①　[清]沈德潜:《古诗源》，北京:中华书局，2006年版，第1页。
②　[清]沈德潜:《古诗源》，北京:中华书局，2006年版，第140页。
③　[清]沈德潜:《古诗源》，北京:中华书局，2006年版，第133页。

在儒家诗教观大行其道的清代，自然成了众矢之的，潘岳的地位在清代也跌入了前所未有的低谷。清代诗话中对潘岳的接受的方式，并没有多大的开拓，而对潘岳的态度是前所未有的否定和苛责，同时，他们还以积极负责的态度探究原因。

一、否定态度中潘岳诗歌地位的重新界定

沿着明人辨体诗学继续前行，更是受儒家诗教的影响，清人诗话中的一部分常常对"风骨"推崇备至，而对于所谓"变雅"的西晋诗歌则整体上采取否定的态度。叶燮《原诗》："六朝之诗，大约沿袭字句，无特立大家之才。"① 意即六朝诗人无一可取。庞垲《诗义固说》："晋诗不取达意，而徒骛文词，堆砌排比，虽多奚为？"② 在他们看来，西晋诗歌充斥着堆砌排比、繁辞缛句的风气，与追求含蓄蕴藉之美的儒家道统相背离，在整体上否定了西晋诗歌。

还有一些批评家并未对西晋诗歌全盘否定，他们将西晋诗歌进行分派讨论，前面提到的王夫之在《古诗评选》中就将西晋诗歌分为两派，一派是代表"晋宋风流"或"晋宋风味"者，这一点在张华、张协、陆机、陆云、左思等人的评语中曾多次提到，而另一派则是代表"西晋颓风"者，以潘岳、傅咸、成公绥、孙楚为代表。③ 王士禛对西晋诗歌也持有"两派说"，他在《古诗笺·凡例》中说道：

愚常论之：当途之世，思王为宗，应刘以下，群附和之，惟阮公别为一派。司马氏之初，茂先、休奕、二陆、三张之属，概乏风骨。太冲挺拔，崛起

① 丁福保辑：《清诗话》，上海：上海古籍出版社，1978年版，第599页。
② 丁福保辑：《清诗话》，上海：上海古籍出版社，1978年版，第728页。
③ ［清］王夫之：《古诗评选》，保定：河北大学出版社，2008年版，第204页。

临菑；越石清刚，景纯豪俊，不减于左；三公鼎足，此典午之盛也。①

王士祯也是将西晋诗歌分成两派而论的，他只肯定了延续建安风骨的左思、刘琨，而对"概乏风骨"西晋其他诗人的创作颇有微词，在这里未直接提及潘岳，而在《师友诗传录》中明确了对潘岳的否定态度："西园诸子而风斯滥。迨于张华、傅玄以及潘陆而风斯漓"②，指斥张华、潘岳等人的创作已经丢失了风雅的传统。乔亿的《剑溪说诗》的西晋诗歌两派论更加明确："汉诗和平，魏诗激昂。晋诗高处与魏相颉颃，次之则信如刘彦和所谓'轻绮'也。"③"晋诗高处"以左思、刘琨、郭璞为代表："太冲、越石、景纯，自是公干、仲宣劲敌。三家诗体不同，各具建安风骨，典午之世与两汉同风，正赖鼎峙力耳。"④"次之"者以三张、二陆、潘岳为代表："三张以景阳为最，二陆则以士衡居先。潘安仁稍逊士衡，远过士龙，宜乎康乐赏之。但与太冲并，窃所未喻"⑤。又认为张协诗歌："超出诸公之上，论者尚以乏风骨少之哉！"⑥也就是说在晋诗"次之"的一派中，张协是成就最高的。

这些批评者均将潘岳视为"西晋颓风"的代表，可见在清代诗话批评中，潘岳在西晋诸家中的地位再创新低。

二、日渐苛责的人格和文品批判

清代批评者对潘岳的人品给予了猛烈的抨击和批判，潘德舆《养一斋诗话》比较典型，他认为颜延之的"文人无行"论还不够，潘岳诸人的行为"以

---

① ［清］王士祯：《古诗笺》，上海：上海古籍出版社，1980 年版，第 1-2 页。

② 丁福保辑：《清诗话》，上海：上海古籍出版社，1978 年版，第 144 页。

③ 郭绍虞：《清诗话续编》，上海：上海古籍出版社，1983 年版，第 1075 页。

④ 郭绍虞：《清诗话续编》，上海：上海古籍出版社，1983 年版，第 1078 页。

⑤ 郭绍虞：《清诗话续编》，上海：上海古籍出版社，1983 年版，第 1078 页。

⑥ 郭绍虞：《清诗话续编》，上海：上海古籍出版社，1983 年版，第 1078 页。

《春秋》之法律之，皆贼臣也，岂独文人无行而已"，他们是"诗之罪人"，而他们的诗歌亦属"乱臣逆党之诗"。①潘岳的行为贴上"贼臣"的标签，这是有史以来潘岳人品论中最为严苛的一个，当然也完全背离了文艺批评标准。

如潘德舆一样给予潘岳如此绝对化的批评还是少数，但是因人而废文之论却是屡见不鲜，乔亿《剑溪说诗》中这样定位文学批评："论诗如论士，品居上，才次之。"②李调元《雨村诗话》也说："诗以人品为第一……所谓恶其人者，恶极储胥也。"③足见人品对文学创作有着决定作用是清人文学批评的立足点，将文艺批评引向了偏执的道路。在人品决定文品的批评标准下，潘岳受到了前所未有的挞伐，叶燮在《原诗》中也提到："六朝诗家……最下者潘安、沈约，几无一首一语可取，诗如其人之品也。"④这些评论都是以人品为本、以人品为先批评标准下的产物，已经严重偏离了文学批评的正确轨道，他们对潘岳作品的否定已经不仅仅限于诗歌这一种文体，而是由对人品的挞伐决定的对其整个文学创作的全盘否定。

与对人品的否定一样，清代批评家对潘岳的文品的评价也非常之低。王士禛对钟嵘《诗品》之品评诗歌予以颠覆："上品之陆机、潘岳，宜在中品"。⑤庞垲《诗义固说》："潘安仁诗如栏边鹅鸭，体重飞难。"⑥叶矫然《龙性堂诗话》批评潘岳《为贾谧作赠陆机诗》"堆砌满纸可厌。"⑦潘德舆谓潘岳四言诗为："雅颂之皮毛，阿谀之圭臬，而四言之奴隶也。"⑧清人对

---

① 郭绍虞：《清诗话续编》，上海：上海古籍出版社，1983年版，第2045页。
② 郭绍虞：《清诗话续编》，上海：上海古籍出版社，1983年版，第1104页。
③ 郭绍虞：《清诗话续编》，上海：上海古籍出版社，1983年版，第1535页。
④ 丁福保：《清诗话》，上海：上海古籍出版社，1978年版，第602页。
⑤ 郭绍虞：《清诗话续编》，上海：上海古籍出版社，1983年版，第203页。
⑥ 郭绍虞：《清诗话续编》，上海：上海古籍出版社，1983年版，第912页。
⑦ 郭绍虞：《清诗话续编》，上海：上海古籍出版社，1983年版，第957页。
⑧ 郭绍虞：《清诗话续编》，上海：上海古籍出版社，1983年版，第2115页。

在他们看来不合道统的潘岳诗歌予以不遗余力的批判，表现出前所未有的鄙夷和厌恶。

三、挞伐声中的少数冷静者

在多数批评者对潘岳及其诗歌进行大肆挞伐的同时，也有少数人看到了潘岳诗歌的贡献，给予些许肯定的评价，鲁九皋《诗学源流考》："傅玄、潘岳，并擅时誉，然文采徒存，性真不附，诗道至此稍衰。"① 对西晋文学的态度稍显温和，对于潘岳，至少承认了其文采。清人对潘岳肯定最多的是其《悼亡诗》，王寿昌《小清华园诗谈》："于夫妇则当如苏子卿之别妻，顾彦先之赠妇，潘安仁之悼亡。"② 将潘岳悼亡诗作为抒写夫妇之情的标准之一，毛先舒《诗辩坻》："潘岳悼亡，属思至苦，言情至深。"③

一些对潘岳采取整体批判态度的批评者，也承认潘岳悼亡诗的成就，如批判潘岳为"诗之罪人"的潘德舆对其悼亡诗采取了相对宽容的态度："微之诗云：'潘岳悼亡犹费词。'潘岳悼亡诗诚不高洁，然未至如微之之陋也。"④ 宋征璧《抱真堂诗话》："然人诗赋佳处，仅见之于哀悼语中。"⑤ 他们都是在整体上否定潘岳诗文的前提下，肯定其悼亡诗的。

清代诗话中仍有一些批评着眼于潘岳诗歌的字句、潘陆优劣等，延续前代诗歌批评角度并有所深入，但并不代表潘岳批评在清代的特色，兹不一一列举。

---

① 郭绍虞：《清诗话续编》，上海：上海古籍出版社，1983 年版，第 1354 页。

② 郭绍虞：《清诗话续编》，上海：上海古籍出版社，1983 年版，第 1895 页。

③ 郭绍虞：《清诗话续编》，上海：上海古籍出版社，1983 年版，第 31 页。

④ 郭绍虞：《清诗话续编》，上海：上海古籍出版社，1983 年版，第 2047 页。

⑤ 郭绍虞：《清诗话续编》，上海：上海古籍出版社，1983 年版，第 160 页。

第六节　潘岳著述的整理

现存原十卷本的《潘岳集》是几经兵乱灾害和岁月的侵蚀而保存下来的珍贵资料，潘岳作品中的一部分不可避免地在其流传过程中散佚了，现分六朝、隋唐、宋元、明清四个不同阶段考述历代类书、总集、选本中潘岳作品的收录情况，以明其流传之迹。

一、明以前潘岳作品的流传情况

（一）魏晋南北朝时期

潘岳的诗文在东晋南朝时期已经广为流传。今存南朝人所编总集多录潘岳作品，萧统所编《文选》对潘岳诗文全面推重，潘岳入《选》的作品有：《籍田赋》《射雉赋》《西征赋》《秋兴赋》《闲居赋》《怀旧赋》《寡妇赋》《笙赋》《关中诗》《金谷集作诗》《悼亡诗三首》《为贾谧作赠陆机》《河阳县作二首》《在怀县作二首》《杨荆州诔》《杨仲武诔》《夏侯常侍诔》《马汧督诔》《哀永逝文》，共计赋八篇、诗十首、文五篇。徐陵编《玉台新咏》收录潘岳《内顾诗》二首和悼亡诗二首。南北朝学者注释潘岳的作品，如刘宋时期的徐爰著有《射雉赋注》一卷，北齐魏收曾为《西征赋》作注，现已失传。

六朝时期的史书中有潘岳作品的载录，臧荣绪《晋书》载录潘岳《贾充诔》《太宰鲁武公诔》《藉田赋》《阁道谣》《西征赋》《马汧督诔》等作品。沈约《宋书》引录潘岳《藉田赋》。刘谦之《晋纪》引录潘岳《秋兴赋》。

（二）隋唐时期

《隋书·经籍志》著录："晋黄门郎《潘岳集》十卷。"这是传世文献中著录《潘岳集》的最早记载。《旧唐书·经籍志》著录："《关中记》一卷，潘岳撰"《潘岳集》十卷"。《新唐书·艺文志》著录："潘岳《关中记》一卷""《潘岳集》十卷"，可见十卷本的《潘岳集》在唐代仍保存完好。房玄龄等人所修《晋书》，载录潘岳《藉田赋》《阁道谣》《上客舍议》《闲居赋》四篇作品，又提及过《西征赋》《晋书限断议》《金谷诗》《家风诗》《让河南尹表》《关中诗》等篇章。

潘岳的诗文在唐代的类书中有更多的收录或摘录。欧阳询等人奉唐高祖李渊诏令撰《艺文类聚》一百卷。其书引用的文籍，多数今已不传，因此价值甚高。全书共四十六部，又列子目七百二十七类，引录潘岳作品五十八篇，具体篇目如下：

赋：《秋兴赋序》《登虎牢山赋》《沧海赋》《西征赋》《怀旧赋》《悼亡赋》《寡妇赋》《藉田赋》《笙赋》《闲居赋》《狭室赋》《射雉赋》《相风赋》《莲花赋》《芙蓉赋》《橘赋》《河阳庭前安石榴赋》《萤火赋》，共十八篇。

诗：《怀县诗·南陆迎修景》《家风诗》《北芒送别王世胄诗》《金谷集诗》《为贾谧赠陆机诗》《内顾诗》《关中诗》《哀诗》《悼亡诗·皎皎窗中月》《悼亡诗·荏苒冬春谢》《思子诗》《怀县诗·小国寡人民》《诗·密生化单父》《于贾谧坐讲汉书诗》《离合诗》，共十四首。

文：《世祖武皇帝诔》《景献皇后哀策文》《南阳长公主诔》《皇女诔》《哭弟文》《两阶铜人训》《哀永逝辞》《伤弱子辞》《金鹿哀辞》《阳城刘氏妹哀辞》《悲邢生》《京陵女公子王氏哀辞》《为任子咸妻作孤女泽兰哀辞》《为杨长文作弟仲武哀祝文》《许由颂》《为诸妇祭庚新妇文》《答新婚箴》《吊孟尝君文》《太宰鲁武公诔》《司空郑衮碑》《庚尚书诔》《散骑常侍夏侯湛诔》《故太常任府君画赞》《荆州刺史东武戴侯杨使君碑》《九品议》《上客舍议》，共二十六篇。

徐坚等人奉唐玄宗敕撰《初学记》，共三十卷，分二十三部，下分三百一十三子目，其中引录潘岳作品十五篇，它们是：《金谷集作诗》《于贾谧坐讲〈汉书〉诗》《西征赋》《秋兴赋》《河阳庭前安石榴赋》《南阳长公主诔》《杨荆州诔》《闲居赋》《笙赋》《答挚虞新婚箴》《藉田赋》《悼亡诗》《怀县诗》《萤火赋》《关中记》。

（三）宋元时期

《宋史·艺文志》著录："《潘岳集》七卷"由此可见，到了宋代，官修书目《中兴馆阁书目》（三十卷，陈骙著）《中兴馆阁续书目》（三十卷，宋张攀著）、《崇文总目》（六十六卷，宋王尧臣著）等非佚即残，它们对《潘岳集》的著录情况已无从知晓，《宋史》作为元代的官修史书其著录的七卷本应是宋人的重辑本。司马光《资治通鉴》也载录了潘岳《关中记》中的部分内容。

李昉等奉宋太宗敕撰《太平御览》一千卷，分五十五部，下分若干细目。引录潘岳作品十八篇，分别为：《西征赋》《闲居赋》《笙赋》《藉田赋》《安石榴赋》《射雉赋》《寡妇赋》《沧海赋》《萤火赋》《秋兴赋》《关中诗》《金谷诗》《怀县诗》《悼亡诗》《客舍议》《宜城宣君诔》《杨肇诔》《伤弱子》。

南宋著名的私人藏书目录陈振孙《直斋书录解题》和晁公武《郡斋读书志》对《潘岳集》均无著录，可见十卷本《潘岳集》最迟在南宋时期已经有所佚失了。

二、明清时期潘岳著述的整理情况

明万历年间，吕兆禧从《文选》《晋书》《艺文类聚》等前代总集、史书、类书中，对潘岳诗文进行重新整理、辑录成《潘黄门集》六卷，这是现存最早的《潘岳集》辑本。明万历年间的汪士贤所编《汉魏诸名家集》中《潘岳集》的底本便是吕兆禧的辑本。明天启年间张燮编刻了《七十二家集》，也收录《潘黄门集》六卷，张本不对前人刻本完全因袭，而是在其基础上，参考其他文献，进行重新编次和辑补。继张燮之后，张溥又辑有《汉魏六朝百三名家集》，编者根据明张燮《七十二家集》，又取冯惟讷《古诗纪》、梅鼎祚《历代文纪》中作品较多的作家，将自汉贾谊至隋薛道衡共一百零三人诗文组成一编，并有所增益。基本上一人一集，每一集中，先列赋，次列文，后列诗。各集前均附有编者题词，评述作家生平与创作。张溥辑《潘黄门集》一卷，过录了张燮本中的辑本，只是编次上稍加改动（将张燮本卷之四的诗作挪到卷末）并将张燮本的附录删除。

严可均编《全上古三代秦汉三国六朝文》，主要取材明梅鼎祚的《历代文纪》及张溥的《汉魏六朝百三家集》，共分十五集，收录唐以前作者3497人，佚文断句，都加辑录，绝大多数作者前有小传，是迄今为止收录唐以前文章最全的一部总集。严可均辑《潘岳集》四卷，具体篇目为：

《全晋文》第九十卷：《秋兴赋》《寒赋》《登虎牢山赋》《沧海赋》《西征赋》；

《全晋文》第九十一卷：《怀旧赋》《悼亡赋》《寡妇赋》《藉田赋》《闲居赋》《狭室赋》《笙赋》《相风赋》《秋菊赋》《莲花赋》《芙蓉赋》《朝菌赋》；

《全晋文》第九十二卷：《橘赋》《河阳庭前安石榴赋》《果赋》《射雉赋》《萤火赋》《上关中诗表》《九品议》《上客舍议》《两阶铜人训》《许由颂》《故太常任府君画赞》《答挚虞新婚箴》《世祖武皇帝诔》《杨荆州诔》《杨仲武诔》《马汧督诔》；

《全晋文》第九十三卷：《太宰鲁武公诔》《庾尚书诔》《夏侯常侍诔》《南阳长公主诔》《皇女诔》《邢夫人诔》《从姊诔》《秦氏从姊诔》《贾充妇宜城宣君诔》《虞茂春诔》《司空郑袤碑》《荆州刺史东武戴侯杨使君碑》《都乡碑》《景献皇后哀策文》《羊夫人谥策文》《伤弱子辞》《金鹿

哀辞》《阳城刘氏妹哀辞》《妹哀辞》《悲邢生》《京陵女公子王氏哀辞》《为任子咸妻作孤女泽兰哀辞》《哀永逝文》《哭弟文》《为杨长文作弟仲武哀祝文》《吊孟尝君文》《为诸妇祭庾新妇文》《草慇怀太子祷神文》。

三、明清时期重要的诗文总集和选本中潘岳作品的收录情况

《古诗纪》明代冯惟讷编，现存最早专门搜集唐以前的诗歌总集，又称《诗纪》，一百五十六卷。明嘉靖三十六年（1557 年）成书。全面地网罗了上古至隋朝的诗歌，因而成为张溥《汉魏六朝百三家集》的主要参考书目之一，潘岳的诗歌主要见于第三十八卷中，依次为《关中诗》十六章、《为贾谧作赠陆机诗》十一章、《北芒送别王世胄诗》《家风诗》《于贾谧坐讲〈汉书〉》《离合诗》《金谷集作诗》《河阳县作二首》《在怀县作二首》《内顾诗二首》《悼亡诗三首》《哀诗》《思子诗》《别诗》共十九首。

《古诗归》由明代钟惺、谭元春合纂，录诗自上古至隋代，共十五卷。其中，古逸二卷，汉四卷，魏一卷，晋三卷，宋二卷，齐、梁二卷，陈、北朝及隋一卷。选潘岳《悼亡诗·荏苒冬春谢》一首。

《古诗镜》由明代陆时雍编选，是明末中古诗歌的重要选本。全书共三十六卷，卷一至卷二十七，录汉魏六朝诗歌；卷二十八录北朝诗歌；卷二十九录隋诗；卷三十至卷三十六，分别录历代歌谣乐章、谐语。各卷依时代编次，所选诗人名下附小传及评语。选潘岳诗歌《河阳县作·微身轻蝉翼》《在怀县作·春秋代迁逝》《内顾诗·静居怀所欢》三首，见于第九卷。

《古诗评选》由明末清初王夫之选编，该书选辑由西汉至隋代总共百余位诗人的八百多首诗歌作品，并分别加以论析与评点，其中选录潘岳诗歌三首，分别为《北芒送别王世胄》（见于第二卷）、《内顾诗》《哀诗》（见于第四卷）。

《古诗源》清人沈德潜选编，是唐之前古诗最重要的选本，《古诗源》

选辑了先秦至隋各个时代的诗歌，也包括一些民歌谣谚，共七百余首，分十四卷。在卷七《晋诗》中选录潘岳《悼亡诗·荏苒冬春谢》和《悼亡诗·皎皎窗中月》两首。

《古诗选》清人王士禛选编，为汉代至元代五、七言古体诗选集，其中选汉至唐的五言古诗十七卷，先秦至元的七言古诗十五卷，共三十二卷。选录潘岳《悼亡诗》三首，见于第四卷。

《历代赋汇》清人陈元龙选编，是清康熙年间编选的赋体文学总集，陈元龙在前人成果的基础上，广搜博采，分类编排，于康熙四十五年（1706）编成。该书收入先秦至明代的赋作三千八百三十四篇，共一百八十四卷。收潘岳赋作如下：

《相风赋》，载《正集》，卷七，《天象》。

《秋兴赋》，载《正集》，卷十二，《岁时》。

《登虎牢山赋》，载《正集》，卷十八，《地理》。

《沧海赋》，载《正集》，卷二十四，《地理》。

《藉田赋》，载《正集》，卷五十一，《典礼》。

《射雉赋》，载《正集》，卷五十八，《蒐狩》。

《狭室赋》，载《正集》，卷七十八，《室宇》。

《笙赋》，载《正集》，卷九十三，《音乐》。

《芙蓉赋》，载《正集》，卷一百二十二，《花果》。

《秋菊赋》，载《正集》，卷一百二十三，《花果》。

《河阳庭前安石榴赋》，载《正集》，卷一百二十七，《花果》。

《橘赋》，载《正集》，卷一百二十七，《花果》。

《萤火赋》，载《正集》，卷一百三十八，《鳞虫》。

《怀旧赋》，载《外集》，卷七，《怀思》。

《西征赋》，载《外集》，卷九，《行旅》。

《闲居赋》，载《外集》，卷十二，《旷达》。

《寡妇赋》，载《外集》，卷十九，《人事》。

《悼亡赋》，载《外集》，卷二十，《人事》。

《莲花赋》，载《逸句》，卷二，《花果》。

《朱实赋》，载《逸句》，卷十六，《花果》，逸句附。

《骈体文钞》清人李兆洛选编，历代学骈文总集，全书分为上、中、下三编，辑入先秦至隋的作品六百多篇，共三十一卷。是目前收录骈文最多的选本，其中收录潘岳作品如下：

上编：谥诔哀策类：《世祖武皇帝诔》《皇女诔》；

　　　　驳议类：《上客舍议》；

中编：诔祭类：《杨荆州诔》《杨仲武诔》《夏侯常侍诔》《马汧督诔》

　　　　　　　《伤子辞》《悲邢生辞》《为任子咸妻作孤女泽兰哀辞》

　　　　　　　《金鹿哀辞》《哀永逝文》。

《采菽堂古诗选》清人陈祚明选编，共选先秦至隋代各类诗歌四千四百八十七首。其中正集四千零一十五首，补遗四百七十二首。陈祚明选潘岳诗歌共十三首，依次为：《关中诗》十六章、《家风诗》《金谷集作诗》《河阳县作二首》《在怀县作二首》《内顾诗二首》《悼亡诗三首》《哀诗》。

明清时期的一些总集中关于潘岳的整理仍有一些遗误和不足：如严可均的《全上古三代秦汉三国六朝文·全晋文》中《潘岳文》误收潘尼的赋作《秋菊赋》；一些诗歌选本受到儒家诗教的影响，没有给潘岳诗歌以确当的定位等等，然而这些都不能掩盖明清学者为潘岳文学创作的广泛传播所做出的巨大贡献。

结　语

西晋文坛，名家辈出，"三张、二陆、两潘、一左"共同创造了太康文坛的中兴局面。潘岳锋发而韵流，在太康文坛占据举足轻重的地位，他是一个抒情性的文人，才华横溢又多愁善感的个性、坎坷多难的生活道路、趋于势力的人生态度都反映在文学创作之中。潘岳之名，蜚声后代，品评者众，但是纵观潘岳的接受历史，其名声并不因其见称于当时而享誉后代，相反在接受的历史中逐渐呈下降的趋势。

潘岳出身于以文学名世的官宦世家。其直系亲属中多人在官府任职，但所任官职均在五品以下，在士家大族占统治地位的魏晋时期，只能算作一般仕宦家族，属庶族阶层。潘氏家族具有数世业儒的家族门风，在传统儒家文化的熏陶下，家族中多人能文，其中以潘勖、潘岳、潘尼成就最高。

潘岳生于魏正始八年（247），卒于晋永康元年（300），荥阳中牟人，少有盛才，家庭婚姻生活美满，伉俪情深，而仕途不畅，一生辗转下僚。其行事虽轻躁，却也能恪尽职守，勤政恤仁，待友真诚，重情重义，但潘岳的任情、任天真的个性一旦反映在政治上就显得浅薄和拙劣，最终在皇权的相互倾轧与斗争中死于非命。将潘岳的文学作品串联起来能够勾勒出其一生心态变化的曲线图：由涉世未深时的锐意进取、积极入世到渐渐认识到士族专制社会的不公而产生不满，再到仕途深受排挤后的思想矛盾，最后在遭遇仕途和家庭的双重打击下表现出的消沉和软弱。将历史环境与心态研究结合起来，对潘岳的思想变化进行心灵化的体悟，符合知人论世的原则，也可避免对其人格进行武断的定位和评价。

潘岳在诗、赋、文的创作中都取得了较高的成就。诗歌上秉承"凄怆"的传统，创作出以抒情为主体的优秀诗歌，对"诗缘情"的独特理解和实践，体现了潘岳诗歌的主要成就。潘岳的辞赋既有鸿篇巨制、也有抒情小赋，与诗歌一样，其中成就较高者是那些抒发一己之情的作品，《西征赋》《秋兴赋》《闲居赋》等在内容和艺术上均突破了前代同题之作，因而最负盛名。潘岳的哀诔文，在继承前人的基础上勇于开拓创新，凸显了独特的创作个性。潘岳各体文学皆擅，其创作反映了各体文学间的相互影响，其中以诗歌与辞赋的关系最为密切，尤其是作为新兴文体的五言诗歌，在题材内容和艺术表现手法上都有赋化的倾向，反映了西晋时期诗赋并盛的局面，潘岳文学的主要成就从文体上说，以辞赋创作成就最高，从主题上看，他的哀诔文章加上哀情诗赋是潘岳文学作品中最有特色的部分。

西方的文艺接受理论为中国古代文学研究提供了新的视角，但是却不能完全覆盖中国古代文学接受史，传统道德意识的介入是文学接受在中国的特殊方式，因而潘岳的接受研究，也不应仅仅限于以文本为对象，还要包括对作者的道德评价，有时甚至是道德评价占据主流，因此潘岳在历代的接受状况应包括其人和其文两条主线。

潘岳文学接受经历了中国历史上的两次思想文化转型，一次是两晋时期的文化综合化，一次是唐宋时期本位文化的复归。对于潘岳这样一位饱受争议的文学大家，两次文化转型对于其人其文在后世的地位和影响具有明显的导向作用。

不同时代的文艺风气及审美趣味导致了潘岳接受呈现出不同的状况：魏晋南北朝时期以文学批评专论为主，加之以潘岳文学创作对南北朝时期文学大家的影响。唐五代，潘岳的人格个性，仕途经历、诗文内容向社会、文化、诗文创作各个领域渗透，由个人走向群体，这一时期最值得关注的是大量唐诗中运用了关于潘岳的典故，使得潘岳在唐代的接受超出了文本接受，对于潘岳人格个性、行事方式的认同，成为唐代潘岳接受的主流。宋元时期，受第二次文化转型的影响，道德意识逐渐纳入审美评价范畴中来，文学批评更加重视创作主体的作用，诗话这种新的文学批评形式，以及擅于表达细腻情感的词的出现促进了潘岳接受在宋代的细致和深入。明清时期，诗话批评仍然是潘岳接受的主要形式，随着儒家诗教观的回归，潘岳的声名遭遇了前所未有的苛责和打击。明清时期辨体意识增强，批评家们常常将潘岳个人的风格特色放入辨体模式当中考察潘岳在诗歌发展体系中的地位，显现了潘岳接受的新风貌。

从魏晋南北朝时期至明清时期的潘岳接受情况，可窥见潘岳接受的大致轨迹：从态度上看，潘岳的名声呈逐渐下滑的趋势。六朝人重其才，因而赞誉居多；唐五代人仍然是誉多于毁，但是态度开始发生转移；宋金元对潘岳的态度愈加向"非其行"的方向靠拢；明清时期对潘岳的批判和苛责占据了主流。从接受的内容上看，潘岳其人其文在各个不同时期都产生了较大的影响，只是在不同的时期有不同的侧重，在总体上逐渐趋向深入和细致。通过对潘岳接受史的考察，可以认识到从魏晋南北朝时期直至明清时期时代文艺风气和审美趣味变化的轨迹：由注重艺术的审美特性逐渐转变为重视创作主体的作用，再变而为以人品为先的批评标准。

总之，本书将潘岳接受史置于中国古代思想文化的两次转型之中，提出了一些管窥之见。潘岳作为西晋时期的文学大家，其研究领域仍大有可为，如作为萧统比较欣赏的作家，潘岳入《选》作品在历代的传播与《文选》在历代的接受状况之间的关系；潘岳对后世诸家创作的影响还有广大的研究空间；潘岳著述的重辑还存在许多不足之处，仍需进一步的整理；由于资料的短缺，潘岳其人其文仍有尚存争议之处等等，都需要作进一步的研究。

参考文献

1. ［汉］班固 . 汉书 [M]. 北京：中华书局，1962.

2. ［南朝宋］范晔 . 后汉书 [M]. 北京：中华书局，1965.

3. ［晋］陈寿 . 三国志 [M]. 北京：中华书局，1982.

4. ［南朝梁］沈约 . 宋书 [M]. 北京：中华书局，1974.

5. ［南朝梁］萧子显 . 南齐书 [M]. 北京：中华书局，1972.

6. ［北齐］魏收 . 魏书 [M]. 北京：中华书局，1974.

7. ［唐］姚思廉 . 梁书 [M]. 北京：中华书局，1973.

8. ［唐］姚思廉 . 陈书 [M]. 北京：中华书局，1972.

9. ［唐］李延寿 . 南史 [M]. 北京：中华书局，1975.

10. ［唐］李延寿 . 北史 [M]. 北京：中华书局，1974.

11. ［唐］魏征等 . 隋书 [M]. 北京：中华书局，1973.

12. ［唐］房玄龄等 . 晋书 [M]. 北京：中华书局，1974.

13. ［宋］欧阳修等 . 新唐书 [M]. 中华书局，1975.

14. ［宋］司马光著，［元］胡三省音注 . 资治通鉴 [M]. 北京：中华书局，1956.

15. ［元］脱脱 . 宋史 [M]. 北京：中华书局，1977.

16. ［清］汤球辑，杨朝明校补 . 九家旧晋书辑本 [M]. 郑州：中州古籍出版社，
    1991.

17. ［清］赵翼 . 廿二史劄记 [M]. 上海：上海古籍出版社，2011.

18. ［清］章学诚．文史通义［M］．上海：上海古籍出版社，2008.

19. ［清］王鸣盛．十七史商榷［M］．北京：中国书店，1987.

20. ［唐］虞世南．北堂书钞［M］．北京：中国书店，1989.

21. ［唐］徐坚．初学记［M］．北京：中华书局，1962.

22. ［唐］欧阳询．艺文类聚［M］．上海：上海古籍出版社，1982.

23. ［宋］李昉等．太平御览［M］．北京：中华书局，1985.

24. ［宋］李昉等．太平广记［M］．北京：中华书局，1961.

25. ［宋］李昉等．文苑英华［M］．北京：中华书局，1966.

26. ［元］马端临．文献通考［M］．杭州：浙江古籍出版社，2000.

27. ［清］永瑢．文渊阁四库全书［M］．台北：商务印书馆，1986.

28. ［清］纪昀．钦定四库全书总目［M］．北京：中华书局，1997.

29. ［南朝宋］刘义庆著，余嘉锡笺疏．世说新语笺疏［M］．北京：中华书局，
    2007.

30. ［南朝梁］萧统编，李善注．文选［M］．上海：上海古籍出版社，1986.

31. ［南朝梁］钟嵘著，曹旭集注．诗品集注［M］．上海：上海古籍出版社，
    1994.

32. ［南朝梁］刘勰著，詹锳义证．文心雕龙义证［M］．上海：上海古籍出版
    社，1989.

33. ［南朝陈］徐陵编，［清］吴兆宜注．玉台新咏笺注［M］．北京：中华书
    局，1985.

34. ［北齐］颜之推著，庄辉明、章义和译注．颜氏家训译注［M］．上海：上
    海古籍出版社，1999.

35. ［北魏］郦道元著，王国维校．水经注校［M］．上海：上海人民出版社，
    1984.

36. ［唐］弘法大师撰，王利器校注．文镜秘府论校注［M］．北京：中国社会

科学出版社，1983.

37. ［宋］陆游.老学庵笔记［M］.北京：中华书局，1979.

38. ［宋］胡仔.苕溪渔隐丛话［M］.北京：人民文学出版社，1984.

39. ［宋］洪迈.容斋随笔［M］.上海：上海古籍出版社，1978.

40. ［宋］计有功.唐诗纪事［M］.上海：上海古籍出版社，1965.

41. ［宋］魏庆之.诗人玉屑［M］.北京：中华书局，1959.

42. ［宋］朱熹著，［宋］黎清德编.朱子语类［M］.北京：中华书局，1986.

43. ［元］陶宗仪.南村辍耕录［M］.沈阳：辽宁教育出版社，1988.

44. ［明］吴讷.文章辨体序说［M］.北京：人民文学出版社，1998.

45. ［明］许学夷.诗源辨体［M］.北京：人民文学出版社，1987.

46. ［明］张溥著，殷孟伦注.汉魏六朝百三家集题辞注［M］.北京：人民文学出版社，1981.

47. ［清］何焯著，崔高维点校.义门读书记［M］.北京：中华书局，1987.

48. ［清］刘熙载.艺概［M］.上海：上海古籍出版社，1978.

49. ［清］沈德潜.古诗源［M］.北京：中华书局，2006.

50. ［清］李兆洛.骈体文钞［M］.上海：上海书店，1988.

51. ［清］陈元龙.历代赋汇［M］.北京：北京图书馆出版社，1999.

52. ［清］陈祚明.采菽堂古诗选［M］.上海：上海古籍出版社，2008.

53. ［清］王夫之.古诗评选［M］.上海：上海古籍出版社，2011.

54. ［清］吴淇.六朝选诗定论［M］.扬州：广陵书社，2009.

55. ［清］严可均.全上古三代秦汉三国六朝文［M］.北京：商务印书馆，1999.

56. 逯钦立.先秦汉魏晋南北朝诗［M］.北京：中华书局，1983.

57. 丁福保.两汉三国晋南北朝诗［M］.北京：中华书局，1959.

58. 范之麟、吴庚舜.全唐诗典故辞典［M］.武汉：湖北辞书出版社，1989年版.

59. 何文焕.历代诗话［M］.北京：中华书局，1981.

60. 丁福保.历代诗话续编[M].北京：中华书局，1983.

61. 吴文治.宋诗话全编[M].南京：江苏古籍出版社，1998.

62. 吴文治.明诗话全编[M].南京：江苏古籍出版社，1997.

63. 丁福保.清诗话[M].上海：上海古籍出版社，1978.

64. 郭绍虞.清诗话续编[M].上海：上海古籍出版，1983.

65. 萧华荣.魏晋南北朝诗话[M].济南：齐鲁书社，1986.

66. 王运熙、杨明.魏晋南北朝文学批评史[M].上海：上海古籍出版社，1989.

67. 王运熙、杨明.隋唐五代文学批评史[M].上海：上海古籍出版社，1994.

68. 顾易生等.宋金元文学批评史[M].上海：上海古籍出版社，1996.

69. 袁震宇、刘明今.明代文学批评史[M].上海：上海古籍出版社，1991.

70. 吴宏一、叶庆炳.清代文学批评资料汇编[M]台北：成文出版社，1979.

71. 穆克宏、郭丹.魏晋南北朝文论全编[M].南京：江苏教育出版社，2004.

72. 周祖譔.隋唐五代文论选[M].北京：人民文学出版社，1990.

73. 陶秋英.宋金元文论选[M].北京：人民文学出版社，1984.

74. 蔡景康.明代文论选[M].北京：人民文学出版社，1993.

75. 王运熙、顾易生.清代文论选[M].北京：人民文学出版社，1999.

76. ［晋］陆机著，金涛声点校.陆机集[M].北京：中华书局，1982.

77. ［南朝梁］江淹著，胡之骥注.江文通集汇注[M].北京：中华书局，1984.

78. ［唐］白居易著，顾学颉点校.白居易集[M].北京：中华书局，1979.

79. ［唐］皎然著，李壮鹰校注.诗式校注[M].济南：齐鲁书社，1986.

80. ［唐］韦应物著，陶敏、王友胜校注.韦应物集校注[M].上海：上海古籍出版社，1998.

81. ［唐］元稹著，冀勒点校.元稹集[M].北京：中华书局，1982.

82. ［唐］杜甫著，萧涤非选注.杜甫诗选注[M].上海：上海古籍出版社，1983.

83. ［宋］苏轼著，孔繁礼点校.苏轼文集[M].北京：中华书局，1986.

84. ［宋］张耒著，李逸安等点校．张耒集 [M].北京：中华书局，1990.

85. ［宋］陆游．陆游集 [M].北京：中华书局，1976.

86. ［唐］皎然著，李壮鹰校注．诗式校注 [M].济南：齐鲁书社，1986.

87. ［宋］史达祖著，王步高校注．梅溪词校注 [M].天津：天津人民出版社，1994.

88. ［宋］朱熹．楚辞集注 [M].上海：上海古籍出版社，1979.

89. 姜亮夫．陆平原年谱 [M].北京：古典文学出版社，1957.

90. 陆侃如．中古文学系年 [M].北京：人民文学出版社，1985.

91. 傅璇琮．潘岳系年考证 [M].文史第十四辑．

92. 邓魁英、聂石樵选注．杜甫诗选注 [M].上海：上海古籍出版社，1983.

93. ［汉］郑玄注，［唐］孔颖达等正义．礼记正义 [M].上海：上海古籍出版社，2008.

94. ［魏］王弼、［晋］康伯注，［唐］孔颖达正义．周易正义 [M].上海：上海古籍出版社，1990.

95. ［晋］郭象注、［唐］成玄英疏．庄子注疏 [M].北京：中华书局，2011.

96. 崔高维校点．礼记 [M].沈阳：辽宁教育出版社，1997.

97. 程树德集释．论语集释 [M].北京：中华书局，1990.

98. 朱谦之校释．老子校释 [M].北京：中华书局，1984.

99. ［清］彭定求、杨中讷等．全唐诗 [M].北京：中华书局，1960.

100. 唐圭璋．全宋词 [M].北京：中华书局，1965.

101. 朱东润选注．梅尧臣诗选 [M].北京：人民文学出版社，1980.

102. 俞陛云．唐五代两宋词选释 [M].上海：上海古籍出版社，2011.

103. 刘师培．中国中古文学史 [M].上海：上海古籍出版社，2006.

104. 王瑶．中古文学史论 [M].北京：北京大学出版社，1986.

105. 吕思勉．两晋南北朝史 [M].上海：上海古籍出版社，2005.

106. 陈寅恪. 魏晋南北朝史讲演录 [M] 合肥：黄山书社，1987.

107. 陈寅恪. 陈寅恪史学论文选集 [M]. 上海：上海古籍出版社，1992.

108. 唐长孺. 魏晋南北朝史论丛 [M]. 北京：三联书店，1955.

109. 唐长儒. 魏晋南北朝史论拾遗 [M]. 北京：中华书局，1983.

110. 穆克宏. 魏晋南北朝文学史料述略 [M]. 北京：中华书局，1997.

111. 褚斌杰、谭家健. 先秦文学史 [M]. 北京：人民文学出版社，1998.

112. 刘永济. 十四朝文学要略 [M]. 哈尔滨：黑龙江人民出版社，1984.

113. 胡适. 白话文学史 [M]. 长沙：岳麓书社，1986.

114. 陆侃如、冯沅君. 中国文学史简编 [M]. 北京：作家出版社，1957.

115. 刘大杰. 中国文学发展史 [M]. 上海：上海古籍出版社，1982.

116. 游国恩. 中国文学史 [M]. 北京：人民文学出版社，1982.

117. 章培恒、骆玉明. 中国文学史 [M]. 上海：复旦大学出版社，1996.

118. 袁行霈. 中国文学史 [M]. 北京：高等教育出版社，1999.

119. 葛晓音. 汉唐文学的嬗变 [M]. 北京：北京大学出版社，1990.

120. 徐公持. 魏晋文学史 [M]. 北京：人民文学出版社，1999.

121. 曹道衡、沈玉成. 南北朝文学史 [M]. 北京：人民文学出版社，1991.

122. 乔象钟、陈铁民. 唐代文学史（上）[M]. 北京：人民文学出版社，1995.

123. 吴庚舜、董乃斌. 唐代文学史（下）[M]. 北京：人民文学出版社，1995.

124. 姜剑云. 太康文学研究 [M]. 北京：中华书局，2003.

125. 俞士玲. 西晋文学考论 [M]. 南京：南京大学出版社，2008.

126. 叶枫宇. 西晋作家的人格与文风 [M]. 上海：三联书店，2006.

127. 穆克宏. 魏晋南北朝文学史料述略 [M]. 北京：中华书局，1997.

128. 陆侃如、冯沅君. 中国诗史 [M]. 济南：山东大学出版社，1996.

129. 张松如. 中国诗歌史 [M]. 长春：吉林大学出版社，1989.

130. 余冠英. 汉魏六朝诗论丛 [M]. 北京：商务印书馆，2010.

131. 葛晓音 . 八代诗史 [M]. 北京：中华书局，2007.

132. 王钟陵 . 中国中古诗歌史 [M] 南京：江苏教育出版社，1988.

133. 傅刚 . 魏晋南北朝诗歌史论 [M]. 长春：吉林教育出版社，1995.

134. 钱志熙 . 魏晋诗歌艺术原论 [M]. 北京：北京大学出版社，1993.

135. 洪顺隆 . 六朝诗论 [M]. 台北：文津出版社，1985.

136. 胡旭 . 悼亡诗史 [M]. 上海：东方出版中心，2010.

137. 王国璎 . 中国山水诗研究 [M]. 北京：中华书局，2007.

138. 叶嘉莹 . 汉魏六朝诗讲录 [M]. 石家庄：河北教育出版社，1997.

139. 黄金明 . 汉魏晋南北朝诔碑文研究 [M]. 北京：人民文学出版社，2005

140. 郭预衡 . 中国散文史 [M]. 上海：上海古籍出版社，1986.

141. 陈柱 . 中国散文史 [M]. 上海：上海书店，1984.

142. 王琳 . 六朝辞赋史 [M]. 哈尔滨：黑龙江教育出版社，1998.

143. 程章灿 . 魏晋南北朝赋史 [M]. 南京：江苏古籍出版社，1992.

144. 万光治 . 汉赋通论 [M]. 成都：巴蜀书社，1989.

145. 郭建勋 . 先唐辞赋研究 [M]. 北京：人民出版社，2004.

146. 王巍 . 历代咏物赋研究 [M]. 沈阳：辽宁大学出版社，1987.

147. 马积高 . 赋史 [M]. 上海：上海古籍出版社，1987.

148. 马积高 . 历代辞赋研究史料概述 [M]. 北京：中华书局，2001.

149. 徐志啸 . 历代赋论辑要 [M]. 上海：复旦大学出版社，1991.

150. 瞿蜕园 . 汉魏六朝赋选 [M]. 上海：上海古籍出版社，1964.

151. 张仁青 . 中国骈文发展史 [M]. 杭州：浙江大学出版社，2009.

152. 景署慧 . 中国魏晋南北朝文学史 [M]. 北京：人民出版社，1994.

153. 何德章 . 中国魏晋南北朝政治史 [M]. 北京：人民出版社，1994.

154. 卜宪群、张南 . 中国魏晋南北朝教育史 [M]. 北京：人民出版社，1994.

155. 罗宗强 . 魏晋南北朝文学思想史 [M]. 北京：中华书局，1996.

156. 罗宗强 . 玄学与魏晋士人心态 [M]. 杭州：浙江人民出版社，2003.

157. 陈顺智 . 魏晋玄学与六朝文学 [M]. 武汉：武汉大学出版社，1993.

158. 吴文治 . 中国文学史大事年表 [M]. 合肥：黄山书社，1987.

159. 刘汝霖 . 汉晋学术编年 [M]. 北京：中华书局，1987.

160. 余英时 . 士与中国文化 [M] 上海：上海人民出版社，2003.

161. 孙昌武 . 佛教与中国文学 [M]. 上海：上海人民出版社，2007.

162. 仪平策 . 中古审美文化通论 [M]. 济南：山东人民出版社，2007.

163. 罗宏曾 . 魏晋南北朝文化史 [M]. 成都：四川人民出版社，1989.

164. 韩经太 . 心灵现实的艺术透视——中国文人心态与古典诗歌艺术 [M]. 北京现代出版社，1990.

165. 阎步克 . 察举制度变迁史稿 [M]. 沈阳：辽宁大学出版社，1997.

166. 阎步克 . 士大夫政治演生史稿 [M]. 北京：北京大学出版社，1996.

167. 阎步克 . 品位与职位：秦汉魏晋南北朝官阶制度研究 [M]. 北京：中华书局，2009.

168. 陈戍国 . 魏晋南北朝礼制研究 [M]. 长沙：湖南教育出版社，1995.

169. 朱光潜 . 文艺心理学 [M]. 香港：万源图书公司，1978.

170. 冯友兰 . 中国哲学史 [M]. 北京：三联书店，2009.

171. 任继愈 . 中国哲学发展史 [M]. 北京：人民出版社，1988.

172. 成复旺、蔡钟翔、黄保真 . 中国文学理论史 [M]. 北京：北京出版社，1987.

173. 吉川忠夫 . 六朝精神史研究 [M]. 江苏人民出版社，2010.

174. 洪顺隆 . 由隐逸到宫体 [M]. 台北：文史哲出版社，1984.

175. 宗白华 . 意境 [M]. 北京：北京大学出版社，1987.

176. 李泽厚 . 美的历程 [M]. 天津：天津社会科学院出版社，2001.

177. 刘庆柱 . 三秦记辑注、关中记辑注 [M]. 西安：三秦出版社，2006.

178. 褚斌杰 . 中国古代文体概论 [M]. 北京：北京大学出版社，1984.

179. 陈斌．明代中古诗歌接受与批评研究 [M]．上海：三联书店，2009．

180. 萧驰．中国诗歌美学 [M]．北京：北京大学出版社，1986．

181. 袁行霈．中国诗歌艺术研究 [M]．北京：北京大学出版社，1987．

182. 吴应天．文章结构学 [M]．北京：中国人民大学出版社，1989．

183. 金振邦．文章体裁辞典．长春：东北师范大学出版社，1995．

184. 白春仁．文学修辞学 [M]．长春：吉林教育出版社，1993．

185. 王利器．王利器论学杂著 [M]．北京：北京师范大学出版社，1990．

186. 张伯伟．中国古代文学批评方法研究．北京：中华书局，2002．

187. 白寅．心灵化批评——中国古代文学批评的思维特征 [M]．北京：中国社
会科学出版社，2005．

188. 王立，刘卫英．红豆——女性情爱文学的文化心理透视 [M]．北京：人民
文学出版社，2002．

189. 王立．中国古代文学十大主题 [M]．台北：文史哲出版社，1994．

190. 王兆鹏，尚永亮．文学传播与接受论丛 [M]．北京：中华书局，2006．

191. 林正和．诗词与科学 [M]．南京：江苏科学技术出版社，1984．

192. 徐复观．中国文学论集 [M]．台北：学生书局，1985．

193. 董乃斌等．文化綮流中的文学与文士 [M]．郑州：河南人民出版社，1995．

194. 钱钟书．谈艺录 [M]．北京：三联书店，2001．

195. 傅刚．《昭明文选》研究 [M]．北京：中国社会科学出版社，2001．

196. 李剑锋．元前陶渊明接受史 [M]．济南：齐鲁书社，2002．

197. 王玫．建安文学接受史论 [M]．上海：上海古籍出版社,2005．

198. 丁福林．鲍照研究 [M]．南京：凤凰出版社，2009．

199. 李雁．谢灵运研究．北京：人民文学出版社，2005．

200. 吉定．庾信研究 [M]．上海：上海古籍出版社，2008．

201. 董志广．潘岳集校注 [M]．天津：天津古籍出版社.2005．

202. 王增文. 潘黄门集校注 [M]，郑州：中州古籍出版社，2002.

203. 陈淑美. 潘岳及其诗文研究 [M]. 台北：文津出版社，1999.

204. 王晓东. 潘岳研究 [M]. 上海：上海古籍出版社，2011.

205. 招祥麟. 潘尼赋研究 [M]. 上海：上海古籍出版社，2011.

206. [联邦德国]H.R. 姚斯、[美]R.C. 霍拉勃著，周宁、金元浦译. 接受美学与接受理论 [M]. 沈阳：辽宁人民出版社，1987.

207. 朱立元. 接受美学 [M]. 上海：上海人民出版社，1989.

208. 金元浦. 接受反应文论 [M]. 济南：山东教育出版社，1998.

209. 张思齐. 中国接受美学导论 [M]. 成都：巴蜀书社 .1989.

210. 张廷深. 接受理论 [M]. 成都：四川文艺出版社，1989.

211. 马以鑫. 接受美学新论 [M]. 北京：学林出版社，1995.

212. 陈文忠. 中国古典诗歌接受史研究 [M]. 合肥：安徽大学出版社，1998.

213. 尚学锋，过常宝，郭英德. 中国古典文学接受史 [M]. 济南：山东教育出版社，2000.

214. 渠晓云. 魏晋散文研究 [D]. 苏州：苏州大学博士学位论文，2004.

215. 罗春兰. 鲍照诗接受史研究 [D]. 上海：复旦大学博士学位论文，2004.

216. 汪君. 魏晋南北朝的艺术批评 [D]. 南京：东南大学博士学位论文，2005.

217. 张建伟. 阮籍研究 [D]. 北京：首都师范大学博士学位论文，2005.

218. 曾毅. 西晋诗歌批评史研究 [D]. 成都：四川师范大学博士学位论文，2010.

219. 张国星. 潘岳其人其文 [J]. 文学遗产，1984（4）.

220. 李泽厚. 古典文学札记一则 [J]. 文学评论，1986（4）.

221. 降大任. 诗歌"诚本"说辨析——从遗山论潘岳谈起 [J]. 上海大学学报，1994（3）.

222. 柏松. 潘岳在超脱与沉沦之间 [J]. 西南师范大学学报，1997（5）.

223. 苗健青. 试论潘岳人格的悲剧性 [J]. 温州师范学院学报，1997（5）.

224. 吉广舆.从元遗山论诗绝句看潘岳诗品与人品的出入 [J].陕西师范大学学报，1999（3）.

225. 刘福燕.正确评价潘岳之人品及其文品 [J].山西教育学院学报，2001（2）.

226. 姜剑云.论潘岳的人生道路与人格精神 [J].漳州师范学院学报，2002（3）.

227. 潘啸龙.潘岳人品论 [J].安徽师范大学学报，2006（5）.

228. 王增文.潘岳和他的诗赋哀诔 [J].商丘师范学院学报，1994（2）.

229. 萧立生.论潘岳抒情赋的艺术特色 [J].湖南大学学报，1996（2）.

230. 刘昆庸.潘才如江，缘情绮靡——钟嵘论潘岳 [J].中国韵文学刊，1998（1）

231. 马云娟.论潘岳作品的艺术特征 [J].内蒙古民族大学学报，2005（5）.

232. 徐公持.潘岳早期任职及徙官考辨 [J].文学遗产，2001（5）.

233. 胡旭.潘岳隐逸思想初探 [J].郑州大学学报，1995（5）.

234. 胡旭.潘岳三考 [J].江苏教育学院学报，2002（5）.

235. 王晓东.潘岳赋作辨伪 [J].北京教育学院学报，2007（1）.

236. 龚颖仪."诗意地栖居"：从潘岳《闲居赋》看西晋时期"人文不一"现象 [J].内蒙古农业大学学报，2010（5）.

237. 杨晓斌.从模拟铺陈走向自抒机杼——潘岳五赋考论 [J].学术论坛，2010（1）.

238. 王德华.唯生与位谓之大宝——潘岳《西征赋》解读 [J].古典文学知识.2010（2）.

239. 高胜利.潘岳事迹二考 [J].三峡大学学报，2010（6）.

240. 江庆柏.清代的文选学 [J].华南师范大学学报，1987（3）.

241. 梁建徽、郑金春.论《选·赋》在文学史上的地位和影响 [J].福建师范大学学报，1995（2）.

242. 穆克宏.《文选》对后世的影响 [J].福建论坛，1996（3）.

243. 李景奇.中国哀悼文学与潘岳的文学成就 [J].河南师范大学学报，2011（4）.

244. 辛刚国．论六朝贵游风气及其对文学的影响 [J]．江汉论坛，2014（12）．

245. 邬国平．文学训诂与自由释义——以李善注《文选》作为考察对象 [J]．中山大学学报，2012（3）．

246. 顾农．《文选》中潘岳赋六首释证 [J]．广西师范大学学报，2011（6）．

247. 高扬．宋代士人审美心理多元化的文化成因 [J]．文艺评论，2012（6）．

248. 曾毅．王夫之的潘岳、陆机比较批评分析 [J]．衡阳师范学院学报，2011（8）．

249. 徐志啸．明清赋学论 [J]．晋阳学刊，2012（5）．

250. 何诗海．明代辨体批评的成就 [J]．南京师范大学文学院学报，2013（3）．

251. 赵俊玲．魏晋南北朝时期诔与哀辞的融合 [J]．殷都学刊，2019（4）．

252. 杨嘉慧．潘岳文如其人再证 [J]．兰州教育学院学报，2019（7）．

253. 李林昊．从金谷园会到兰亭雅集：文人集团的政治转向与性质之辨——兼论兰亭文人的玄言诗创作 [J]．内蒙古大学学报（哲学社会科学版），2022（4）．

254. 曹旭，史晓婷．"披沙简金"与"烂若舒锦"：谢氏诗学中的潘、陆华绮美学 [J]．南通大学学报（社会科学版），2022（5）．